LAATSTE RO

Graham Swift
LAATSTE RONDE

VERTALING RIEN VERHOEF

2000
Uitgeverij De Bezige Bij
Amsterdam

De vertaler ontving voor deze vertaling een werkbeurs van de Stichting Fonds voor de Letteren.

Oorspronkelijke titel *Last Orders*
Uitgave Picador Londen
Eerste druk januari 1997
Tweede druk februari 1997
Derde druk maart 1997
Vierde druk (Literaire Reus) mei 2000
Omslag Studio Paul Koeleman
Druk Hooiberg, Epe
ISBN 90 234 3966 X
NUGI 301

Voor Al

But man is a Noble Animal, splendid in ashes,
and pompous in the grave.

Sir Thomas Browne: *Urn Burial*

I do like to be beside the seaside.

John A. Glover-Kind

Het is niet zomaar een gewone dag.

Bernie tapt me een *pint* en zet die voor me neer. Hij kijkt me verwonderd aan met zijn slappe hondengezicht, maar hij heeft wel in de gaten dat ik niet in ben voor een praatje. Daarom ben ik hier, vijf minuten na openingstijd, voor wat zwijgend overleg met een *pint*-glas. Hij kan het zwarte strikje zien, al is de begrafenis nou al vier dagen geleden. Ik geef hem een briefje van vijf pond en hij gaat daarmee naar de kassa en komt terug met mijn wisselgeld. Hij bekijkt me als hij de munten extra zachtjes op de bar naast mijn glas legt.

''t Wordt niet meer wat het was, hè?' zegt hij hoofdschuddend, en kijkt een eindje de bar langs, als het ware naar een vrije plaats. ''t Wordt niet meer wat het was.'

Ik zeg: 'Je bent nog niet van hem af.'

Hij zegt: 'Wát?'

Ik nip het schuim van mijn bier. 'Ik zei dat je nog niet van hem af bent.'

Fronsend krabt hij over zijn wang en kijkt me aan. 'Tuurlijk, Ray,' zegt hij, en loopt achter de bar van me weg.

Ik heb er nooit de gek mee willen steken.

Ik neem een teug uit mijn *pint* en steek een peuk op. Buiten mij zijn er misschien nog drie, vier vroege vogels, en de tent ziet er niet zo best uit. Kil, een vleugje ontsmettingsmiddel, te veel lege ruimte. Er komt een bundel zonlicht door het raam, vol stofjes. Doet je denken aan een kerk.

Ik zit daar en kijk naar de oude klok, aan de wand achter de bar. *Thos. Slattery, Klokkenmaker, Southwark.* De flessen in het rek als orgelpijpen.

De volgende die binnenkomt is Lenny. Hij draagt geen strikje, hij draagt geeneens een das. Hij kijkt gauw even wat ik aanheb en we vinden allebei dat we de plank misgeslagen hebben.

'Laat mij maar, Lenny,' zeg ik. 'Een *pint*?'

Hij zegt: 'Wat een verrassing.'

Bernie komt naar ons toe. Hij zegt: 'Nieuwe dienstregeling, soms?'

'Môge,' zegt Lenny.

'Een *pint* voor Lenny,' zeg ik.

'Zeker met pensioen nou, Lenny?' zegt Bernie.

'Ik heb er allang de leeftijd voor, hè, Bern? Maar ik ben niet zoals Raysy hier, een man van het luie leven. De groente-en-fruithandel heeft me nodig.'

'Maar vandaag toch niet, hè?' zegt Bernie.

Bernie tapt de *pint* en gaat naar de kassa.

'Heb je hem niks verteld?' zegt Lenny, en kijkt naar Bernie.

'Nee,' zeg ik, en kijk naar mijn bier en dan naar Lenny.

Lenny trekt zijn wenkbrauwen op. Zijn gezicht biedt een rauwe, blozende aanblik. Zo ziet het er altijd uit, alsof er een blauwe plek opkomt. Hij trekt aan zijn boord waar zijn das niet zit.

'Wat een verrassing,' zegt hij. 'En Amy gaat niet mee? Ik bedoel, die heeft zich niet bedacht?'

'Nee,' zeg ik. 'Het blijft denk ik wel bij ons. De vriendenkring.'

'Haar eigen man,' zegt hij.

Hij pakt zijn glas maar hij aarzelt met drinken, alsof er zelfs voor het drinken van een *pint* bier vandaag andere regels gelden.

'Gaan wij naar Vic?' zegt hij.

'Nee, Vic komt hierheen,' zeg ik.

Hij knikt, heft zijn glas, houdt dat dan, halverwege zijn mond, opeens stil. Zijn wenkbrauwen gaan nog verder omhoog.

Ik zeg: 'Vic komt hierheen. Met Jack. Drink op, Lenny.'

Een minuut of vijf later komt Vic binnen. Hij draagt een strikje maar dat mag je ook verwachten, hij is nou eenmaal begrafenisondernemer en hij komt nou eenmaal zo van zijn zaak. Maar hij is niet in vol ornaat. Hij draagt een lichtbruine regenjas waar uit een van de zakken een pet steekt, alsof hij het goede midden heeft proberen te vinden: hij is gewoon een van ons, het is geen officiële klus, het is wat anders.

'Môge,' zegt hij.

Ik vroeg me steeds al af waar hij mee aan zou komen. En Lenny vast ook. Alsof ik voor me zag hoe Vic de cafédeur opendeed en doodernstig binnen kwam benen met een eiken kistje met koperbeslag. Maar al wat hij bij zich heeft, onder zijn ene arm, is een eenvoudige bruinkartonnen doos, zo'n dertig centimeter hoog en vijftien in het vierkant. Hij lijkt net iemand die wat winkels af is geweest en badkamertegels heeft gekocht.

Hij strijkt neer op de kruk naast Lenny, zet de doos op de bar en knoopt zijn regenjas los.

'Nog vers,' zegt hij.

'Dat is het dus?' zegt Lenny, en kijkt. 'Dat is hem?'

'Ja,' zegt Vic. 'Wat drinken we?'

'Wat zit daarin?' zegt Lenny.

'Wat denk je?' zegt Vic.

Hij draait de doos om zodat we kunnen zien dat er opzij met plakband een wit kaartje zit. Het heeft een datum en een nummer en een naam: JACK ARTHUR DODDS.

Lenny zegt: 'Ik bedoel, hij zit toch niet zomaar in een doos?'

Bij wijze van antwoord pakt Vic de doos en klapt die met zijn duim van boven open. 'Voor mij een whisky,' zegt hij, 'volgens mij is het een whisky-dag.'

Hij voelt in de doos en haalt er langzaam een plastic bus uit. Die lijkt op een grote pot oploskoffie, hij heeft hetzelfde soort schroefdeksel. Maar hij is niet van glas, hij is van een bronskleurig, vaag glanzend plastic. Op dat deksel zit ook een etiket.

'Hier,' zegt Vic, en geeft de koker aan Lenny.

Lenny pakt hem onzeker aan, alsof hij er nog niet aan toe

is om hem aan te nemen maar dat ook niet kan weigeren, alsof hij eerst zijn handen had horen te wassen. Hij lijkt niet voorbereid op het gewicht. Hij zit op zijn barkruk en houdt hem vast, weet niet wat hij moet zeggen, maar hij zal wel hetzelfde denken als wat ik denk. Of het wel allemaal Jack is daarin of Jack vermengd met stukjes van anderen, die voor hem zijn gedaan en die na hem zijn gedaan. Zodat Lenny daar wel eens kon zitten met iets van Jack en iets van de vrouw van een andere kerel, bijvoorbeeld. En als het wel Jack is, of hij dat dan echt helemaal is of alleen wat ze in die koker konden krijgen, want het was een grote vent.

Hij zegt: 'Dat lijkt toch onmogelijk?' Dan geeft hij de koker aan mij, zo van om in-de-stemming-te-komen, alsof het een gezelschapsspelletje is. Raden wat dit weegt.

'Zwaar,' zeg ik.

'Stampvol,' zegt Vic.

Ik zou hem denk ik niet vol krijgen, want ik ben aan de kleine kant. Het zou wel niet horen om het deksel eraf te schroeven.

Ik geef hem terug aan Lenny. Lenny geeft hem terug aan Vic.

Vic zegt: 'Waar hangt Bern uit?'

Vic is een breedgebouwde vent van het soort klaar-af, het soort dat bij het begin ergens van in zijn handen wrijft. Zijn handen zijn altijd schoon. Als ik de koker vastheb kijkt hij me aan of hij me net een cadeautje heeft gegeven. Het is een troost om te weten dat je begrafenisondernemer een maat van je is. Dat moet voor Jack een troost geweest zijn. Het is een troost om te weten dat je eigen maat je aflegt en in je kist stopt en doet wat nodig is. Dus Vic kan het maar beter nog lang maken.

Het moet een troost voor Jack geweest zijn dat je zijn winkel had, *Dodds & Zoon, Slagerij*, en dat je pal aan de overkant de zaak van Vic had, met de wassen bloemen en de marmeren stenen en de engel met het gebogen hoofd voor de ruit: *Tucker & Zonen, Uitvaartcentrum*. Een troost en een stimulans, en ook een soort gepastheid, aangezien er bij de één dode dieren en bij de ander lijken lagen.

Misschien dat Jack daarom van geen wijken wist.

Ik had tegen Jack gezegd: 'Hij is nooit nergens heen geweest', en Jack had gezegd: 'Wat zeg je, Raysy? Ik versta je niet.' Hij had zich naar Vince overgebogen.

De laatste ronde stond eraan te komen.

Ik zei: 'Ze noemen het de *Coach and Horses*, maar die koets met paarden is nooit nergens heen geweest.'

We waren neergestreken aan de bar, vaste plek. Lenny, Jack, Vince en ik. De jonge Vince was jarig, dus hadden we 'm allemaal flink zitten, Vince werd veertig. En de *Coach* was honderd, als je af mocht gaan op de klok. Daar zat ik naar te turen – COACH AND HORSES in geelkoperen letters langs de bovenrand. *Slattery. 1884.* Voor het eerst dat ik daaraan dacht. En Vince tuurde naar Bernie Skinners nieuwe barmeisje, Brenda, of was het Glenda? Of liever naar het rokje waar ze in was geperst, alsof ze zat terwijl ze stond.

Ik tuurde ook niet alleen naar de klok.

Jack zei: 'Vince, straks spatten je ogen er nog uit.'

Vince zei: 'En anders haar kont wel.'

Jack lachte. Je kon zien dat we allemaal wel weer zo oud als Vincey zouden willen zijn.

Ik had Jack lang niet zulke goeie maatjes met Vince gezien. Misschien moest hij wel, het was nou eenmaal Vinceys grote dag. Áls het tenminste zijn grote dag was, want diezelfde avond, op de plee, zegt Lenny tegen me: 'Heb jij je wel eens afgevraagd hoe hij weet dat hij jarig is? Jack en Amy zijn er toch nooit bij geweest? Die hebben nooit een akte gekregen. Joan van mij denkt dat Amy die drie maart gewoon uit de lucht gegrepen heeft. Eén april was er misschien wel dichter bij geweest, hè?'

Lenny is een stoker.

We stonden daar wankelend te sassen en ik zei: 'Nee, dat heb ik me nooit afgevraagd. Al die jaren.'

Lenny zei: 'Maar ach, ik vergeet tegenwoordig mijn eigen

verjaardag. Het is alweer een tijdje terug dat de rest van ons aan de veertig was, hè, Ray?'

Ik zei: 'Behoorlijk tijdje.'

Lenny zei: 'Die eikel heeft ook recht op zijn beurt.' Hij trok zijn rits dicht en slingerde de bar weer in en ik stond daar naar het porselein te turen.

Ik zei: 'Bezopen naam voor een kroeg.'

Jack zei: 'Hoezo?'

Ik zei: De *Coach*. De koets. Dat probeer ik je te vertellen.'

Vince keek Brenda aan en zei: 'Grapje van Ray.'

'Terwijl hij nooit van zijn plaats is geweest.'

Jack zei: 'Nou, daar moet jij dan wat van zeggen, Raysy. Jij bent de paardenman. Zeg jij dan maar tegen die ouwe Bernie daar dat hij eens met zijn zweep knalt.'

Vince zei: 'Zij mag elke dag wel met mijn zweep knallen.'

Jack zei: 'Ik zal je eens een knal voor je kop geven. Als Mandy dat niet doet.'

En dat zei hij nog net op het nippertje want pal daarna komt Mandy zelf binnenlopen, om Vincey mee naar huis te nemen. Ze heeft bij Jack thuis gezeten, met Amy en Joan zitten kleppen. Vincey ziet haar niet, kijkt naar andere dingen, en Jack en ik wel maar wij laten niks merken, en ze komt vanachter op Vince af en spreidt haar handen voor zijn gezicht en zegt: 'Hé, jij met je grote ogen, wie ben ik?'

Ze heeft niet meer de bouw van Brenda maar ze mag er nog best wezen voor iemand die zelf ook haast veertig is, en dan is er allereerst nog wat ze aanheeft, een roodleren jek over een zwartkanten topje. Ze zegt: 'Ik kom je halen, jarige Job', en Vincey trekt een van haar handen omlaag en doet of hij erin bijt. Hij draagt een van zijn chique dassen, blauw met gele zigzag, strop losgetrokken. Hij sabbelt aan Mandy's hand en zij haalt haar andere hand van zijn gezicht en doet of ze aan zijn borst krabt. Dus als ze opstaan om weg te gaan en we ze naar de deur zien lopen, zegt Lenny: 'Prille liefde, hè?', met zijn tong in zijn mondhoek.

Maar voor ze weggaan zegt Jack: 'Krijg ik geen zoen dan?' en met een lachje zegt Mandy: 'Natuurlijk wel, Jack', en we kijken allemaal hoe ze haar armen om Jacks hals slaat, alsof ze het meent, en hem twee natte pakkerds geeft, op elke wang één, en we zien allemaal Jacks hand om haar heen gaan, zonder dat zij hem loslaat, en op haar kont tikken. Het is een grote hand. We zien allemaal een van Mandy's hielen uit haar schoen oprijzen. Ze zal bij Amy wel een glaasje genomen hebben. Dan schudt Jack zich los en zegt: 'Schiet op, wegwezen nou. En neem die malloot ook mee', waarbij hij op Vince wijst.

Dan kijken Jack en Vince elkaar aan en zegt Jack: 'Gefeliciteerd met je verjaardag, jongen. Fijn je te zien', alsof hij hem niet elke dag kan zien als hij wil. Vince zegt: 'Trusten Jack', en pakt zijn jek van de haak onder de bar, en heel even lijkt het of hij Jack zijn hand toe zal steken. Vergeven en vergeten. In plaats daarvan legt hij zijn hand op Jacks schouder, alsof hij die als steuntje nodig heeft, maar aan Jacks gezicht te zien zal hij er wel vlug in knijpen.

Jack zegt: 'Je hebt nog maar een uur.'

Mandy zegt: 'Profiteer er dus maar van.'

Lenny zegt: 'Beloftes.'

Vince zegt: 'Je kan nooit weten.'

Mandy trekt Vince aan zijn arm terwijl hij zijn glas pakt en zonder haast het laatste restje uitdrinkt. Hij zegt: 'Laat ze smachten, zeg ik altijd.' Hij gaat met zijn pols over zijn mond. 'Wat moet, dat moet.'

Lenny zegt: 'Jij bent nou ook niet meer de jongste, ouwe reus. Thuis voor sluitingstijd, en niet eens op eigen benen.'

Ik zeg: 'De koets vertrekt.'

Lenny zegt: 'Let maar niet op Ray, Mandy. Die heeft zijn dag niet. Heeft op de verkeerde knol gewed. Ga maar lekker slapen, Mandy.' Dat rode jek vloekt vreselijk bij Lenny's gezicht.

Mandy zegt: 'Trusten, jongens.'

Jack lacht. 'Trusten, kinderen.'

En iedereen kan zien, als ze naar buiten glippen, en Vincey met zijn hand Mandy alleen maar een zetje in de rug geeft, dat zij de enigen in dit café zijn die niet mogen mopperen. Leuke wagen voor de deur, voordeeltje van het vak. Leuk dochtertje dat voor ze opblijft, veertien jaar oud. Maar dat lijkt wel achttien tegenwoordig.

Lenny zegt: 'Torteldui fjes, hè?', en speelt met een leeg glas. 'Wie is er aan de beurt?' en Jack zegt: 'Ik', en kijkt of hij ook jarig is.

De laatste ronde stond eraan te komen, als Bernie op zijn bel ramt, alsof het geen koets is maar een brandweerwagen. Maar ook dan komt hij niet van zijn plaats. Er was rook en lawaai en geleuter en gekakel en Brenda die zich overboog en een barblad vol gemorste plassen. Zaterdagavond. En ik zei: 'Dit jaar wordt hij honderd, heeft niemand dat gemerkt?'

Jack zei: 'Wie wordt er honderd?'

Ik zei: 'De kroeg, de *Coach*. Kijk maar op de klok.'

Jack zei: 'Het is tien voor elf.'

'Maar hij is nog nooit ergens heen geweest, hè?'

'Die klok?'

'De *Coach*. De koets.'

En Jack zei: 'Waar zou hij volgens jou dan heen moeten, Raysy? Waar zouden we volgens jou dan allemaal naartoe moeten met die klotekoets?'

Vic pakt de koker en begint die weer in de doos te schuiven maar dat is een lastig karweitje en de doos glijdt van zijn schoot op de grond, dus zet hij de koker op de bar.

Hij is ongeveer zo groot als een *pint*-glas.

Hij zegt: 'Bern!'

Bernie is aan het andere eind van de bar, als altijd met een droogdoek over zijn schouder. Hij keert zich om en komt op ons af. Hij wil net iets tegen Vic zeggen, dan ziet hij de koker, naast Lenny's *pint*. Hij bedenkt zich en hij zegt: 'Wat is dat?' Maar alsof hij het antwoord al heeft uitgevist.

'Dat is Jack,' zegt Vic. 'Dat is de as van Jack.'

Bernie kijkt naar de koker, dan kijkt hij naar Vic, dan kijkt hij vlug het hele café rond. Hij kijkt zoals hij kijkt als hij besluit een ongewenste klant eruit te gooien, waar hij goed in is. Alsof hij zich oplaadt. Dan wordt zijn gezicht kalm, het wordt bijna verlegen.

'Is dat Jack?' zegt hij, en buigt zich over, alsof de koker wel eens antwoord zou kunnen geven, wel eens zou kunnen zeggen: 'Dag Bernie.'

'Here Jezus,' zegt Bernie, 'wat doet die hier?'

Dus legt Vic het uit. Het is het beste dat Vic het uitlegt, als vakman. Uit de mond van Lenny of mij zou het wel eens als een hoop flauwekul kunnen klinken.

Dan zeg ik: 'Dus we vonden dat hij nog een laatste kijkje in de *Coach* moest nemen.'

'Ja, ja,' zegt Bernie alsof hij nee bedoelt.

'Het is een verrassing,' zegt Lenny.

Vic zegt: 'Geef mij een grote whisky, Bernie. Neem er zelf ook een.'

'Doe ik, dank je, doe ik, Vic,' zegt Bernie, heel overwogen en eerbiedig, alsof een whisky op zijn plaats is en je niet hoort te weigeren als een begrafenisondernemer je wat te drinken aanbiedt.

Hij pakt twee glazen uit het rek en drukt het ene tegen

de whiskyfles omhoog, tweemaal, dan houdt hij het zelf bij een enkele. Hij keert zich om en schuift Vic de dubbele toe. Vic duwt hem een briefje van vijf toe, maar Bernie steekt een hand omhoog. 'Van het huis, Vic, van het huis,' zegt hij. 'Gebeurt niet elke dag, hè?' Dan heft hij zijn glas, ogen gericht op de koker, alsof hij een soort verheven toespraakje gaat houden maar hij zegt: 'Here Jezus, zes weken terug zat hij daar nog.'

We kijken allemaal in ons glas.

Vic zegt: 'Nou daar gaat-ie dan.'

We heffen mompelend onze glazen. JackJackJack.

'En daar ga jij, Vic,' zeg ik. 'Je hebt donderdag mooi werk geleverd.'

'Liep gesmeerd,' zegt Lenny.

'Graag gedaan,' zegt Vic. 'Hoe is het met Amy?'

'Gaat wel,' zeg ik.

'Dus ze wil nog steeds niet mee?'

'Nee, ze gaat naar June, zoals gewoonlijk.'

Iedereen zwijgt.

Vic zegt: 'Is toch haar beslissing?'

Lenny steekt zijn neus in zijn glas alsof je van hem niks horen zal.

Bernie kijkt naar de koker en kijkt angstvallig het café rond. Hij kijkt Vic aan alsof hij niet wil zeuren maar toch.

Vic zegt: 'Begrepen, Bernie', en haalt de koker weg. Hij bukt zich naar de gevallen doos. 'Niet zo best voor de zaken, hè?'

'Ook niet zo bevorderlijk voor de jouwe, Vic,' zegt Lenny.

Vic schuift de koker weer zorgvuldig in de doos. Het is tien voor half twaalf op de klok van Slattery en het voelt minder als een kerk. Er komt nog meer klandizie binnen. Iemand heeft de jukebox aangezet. *Going back some day, come what may, to Blue Bayou*... Dat is beter, dat is beter.

De eerste natte kringen op het mahonie, de eerste wolkjes blauwe rook.

Vic zegt: 'Dan hebben we nou alleen onze chauffeur nog nodig.'

Lenny zegt: 'Dit is zijn nummer. Benieuwd waar hij mee komt. Rijdt tegenwoordig elke week ergens anders in, voor zover ik het kan zien.'

Bernie zegt: 'Iedereen nog hetzelfde?'

Terwijl hij dat zegt klinkt er buiten op straat een geloei en getoeter. Even stilte, dan weer een uitbarsting.

Lenny zegt: 'Daar zal je hem hebben. Daar zal je Vincey hebben.'

Er klinkt een nieuw rondje getoeter.

Vic zegt: 'Komt hij niet binnen?'

Lenny zegt: 'Hij zal wel willen dat wij naar buiten komen.'

We gaan niet naar buiten maar we staan op en gaan naar het raam. Vic houdt de doos vast alsof iemand die zou kunnen pikken. We gaan op onze tenen staan, met de hoofden dicht bij elkaar, zodat we over de matglazen helft van de ruit kunnen kijken. Ik niet helemaal, maar ik zeg niks.

'Jezus Christus,' zegt Lenny.

'Het is een Mercedes,' zegt Vic.

'Laar dat maar aan die ouwe reus over,' zegt Lenny.

Ik zet me af op de vensterbank om heel even wat hoger te komen. Het is een koningsblauwe Mercedes met crème bekleding, glimmend in de aprilzon.

'Jezus,' zeg ik. 'Een Mercedes.'

Lenny zegt, het lijkt wel een grap die hij vijftig jaar heeft opgespaard: 'Wat zou Rommel dát leuk vinden.'

Amy slaat me gade als ik de brief heb gelezen en opkijk.

Ze zegt: 'Hij dacht zeker dat hij er uiteindelijk toch zou komen, hoe dan ook.'

Ik zeg: 'Wanneer heeft hij dit geschreven?'

Ze zegt: 'Een paar dagen voor hij –'

Ik kijk haar aan en ik zeg: 'Dat had hij je gewoon kunnen zeggen. Waarom moest hij nou een brief schrijven?'

Ze zegt: 'Hij dacht zeker dat ik zou denken dat hij een grapje maakte. Hij dacht zeker dat het zo passender zou zijn.'

Het is geen lange brief, maar hij had nog korter gekund, als je nagaat hoe hij verpakt is in taal die je wel ziet in de kleine lettertjes achter op formulieren. Het is helemaal niet de taal van Jack. Maar iemand kan best heel breedsprakig worden, heel vormelijk, als hij weet dat het met hem gedaan is.

Maar de kern ervan is duidelijk. Er staat dat hij wil dat zijn as van het einde van de pier in Margate wordt gemikt.

Er staat niet eens: 'Lieve Amy'. Er staat: 'L.S.'.

Ze zegt: 'Ik heb het tegen Vic gezegd. Die zei dat het niks uitmaakt. Er staat in zijn testament dat hij gecremeerd moet worden maar wat er met de as gebeurt is een vrije keus. Die mag je overal neergooien zolang het maar niet over andermans eigendom is.'

'Dus?'

'Dus Vic zegt: "Amy, als je het wil, ga je gang. Als je wil dat ik het doe, ook goed. Ik zal zorgen dat de rekening er niet al te veel hoger door wordt. Maar één ding is zeker," zegt hij, "als je het niet doet, komt Jack dat nooit te weten."'

'Dus?'

We zitten buiten in de tuin bij het St. Thomas, tegenover de Big Ben. Ze kijkt uit over de rivier alsof ze bedenkt wat ze zou doen als ze nou de as van Jack had en hij haar had gezegd dat ze die in de Theems moest mikken op de klanken van de Big Ben. Maar we hebben Jacks as niet. We hebben alleen maar Jacks pyjama's, twee stuks, en zijn tandenborstel en zijn scheerapparaat en zijn polshorloge en nog zo het een en ander dat je meekrijgt in een plastic zak als je de formulieren ophaalt. Daar hoeven we nou dus niet meer heen, daar is geen reden voor. Niet meer door die krakende gang lopen, niet meer rondhangen en koppen thee drinken. Er ligt nou vast al iemand anders in zijn bed, een andere stakker.

Het is een zachte grauwe dag en het water is grauw, en daar blijft zij over uitkijken zonder wat te zeggen, dus zeg ik, omdat ik denk dat ze misschien wil dat ik dat zeg: 'Als je het wil doen, Amy, breng ik je erheen.'

'In die ouwe camper?' zegt ze, en keert zich om.

Ik zeg: 'Vanzelf.' Ze gaat denk ik met een lachje ja zeggen. De dag gaat denk ik opklaren.

Ze zegt: 'Ik kan het niet, Ray. Ik bedoel – bedankt. Maar ik wil het helemaal niet.'

Ze kijkt weer uit over de rivier en ik kan niet uitmaken of ze het allemaal een flauwe grap vindt, nou Jack eindelijk wou gaan doen waar hij nooit toe leek te komen: de winkel verkopen, zijn gestreepte schort ophangen en naar een andere tijdpassering omzien. Nou zij en Jack dat leuke huisje in Margate gevonden hadden. Westgate. Het zou er allemaal van komen. Krijgt Jack ineens een akelig gevalletje van maagkanker.

Ik hoor het niet te zeggen maar ik zeg het toch: 'Het verzoek van een man die doodgaat, Amy.'

Ze kijkt me aan: 'Wil jíj het doen, Ray?' Haar gezicht staat leeg. 'Dan wordt het toch gedaan? Dan wordt zijn wens toch uitgevoerd. Hij zegt toch alleen maar "L.S."?'

Ik zwijg heel even. 'Goed, ik zal het doen. Natuurlijk doe ik het. En Vince?'

'Ik heb niks tegen Vince gezegd. Hierover, bedoel ik.' Ze knikt naar de brief. 'Ik zal het tegen hem zeggen. Misschien dat jij en hij –'

Ik zeg: 'Ik praat wel met Vince.'

Ik geef de brief terug. Het is Jacks handschrift, maar dan wel Jacks handschrift dat helemaal spichtig en zwak en iel is geworden. Het is niet als het handschrift dat je altijd zag op dat bord aan de winkelpui. *Karbonades – In de Reclame.*

Ik zeg: 'Het had nog erger gekund, Amy. Dat jullie dat huisje al gekocht hadden en op het punt van verhuizen stonden. Of dat je er net in getrokken was en –'

Ze zegt: 'Het lijkt of hij toch nog haast zijn zin gekregen heeft.'

Ik kijk haar aan.

'Doorwerken tot hij erbij neerviel.' Ze vouwt de brief op. 'Uiteindelijk was ík het probleem. Ík was de sta-in-de-weg. Wist je dat niet? Toen ik wist dat hij het meende, toen ik wist dat hij echt van plan was overal een punt achter te zetten. Ik zei: "Wat moet ik dan met June?" Hij zei: "Daar gaat het nou net om, meid. Als ik het op kan geven om Jack Dodds de slager te zijn, dan kan jij het wel opgeven om elke week dat zinloze reisje te maken." Zo noemde hij het: een "zinloos reisje".'

Ze kijkt weer naar het water. 'Je weet nog wel, als hij van mening veranderde, dan moest heel de wereld mee veranderen. Hij zei: we worden nieuwe mensen.' Ze snuift weer even. 'Nieuwe mensen.'

Ik kijk uit over de tuin omdat ik niet wil dat ze de gedachte ziet die misschien van mijn gezicht te lezen is: dat het al met al nogal een pover uitgangspunt is om nieuwe mensen te worden: een huisje in Margate. Nou niet bepaald het beloofde land.

Op een bank in de hoek aan de overkant zit een verpleegster een boterham weg te kauwen. Waggelende duiven.

Misschien heeft Amy wel dezelfde gedachte, misschien heeft ze die wel gehad. Niet het beloofde land.

Ik zeg: 'Weet je zeker dat je niet mee zou willen?'

Ze schudt van nee. 'Ik heb toch zo mijn redenen, Ray?'

Ze kijkt me aan.

'Jack denk ik ook,' zeg ik, en tik op de brief in haar hand. Ik laat mijn hand omhooggaan om een kneepje in haar arm te geven.

'Aan zee, hè Ray?' Ze kijkt weer naar de rivier. 'Ja, hij had zijn redenen.' Dan houdt ze haar mond.

De verpleegster heeft blond haar, opgestoken als bij een verpleegster. Zwarte benen.

'Ach,' zegt ze, 'we hadden het denk ik toch niet gered. Als je alles bij elkaar optelde. Als je aftrok wat Jack nog voor de winkel schuldig was.' Haar gezicht wordt net een ietsje bitter.

'Dan waren we nog aardig wat tekortgekomen.'

De verpleegster heeft haar boterham op, veegt haar rok af. De duiven waggelen vlugger, pikken. Ze lijken wel verstrooide as, stukjes as met vleugels.

Ik zeg: 'Hoeveel te kort?'

We rijden voorbij Albany Road en Trafalgar Avenue en de afslag Rotherhithe. Green Man, Thomas à Becket, lord Nelson. De hemel is bijna even blauw als de auto.

Vince zegt: 'Rijdt als een zonnetje, hè?' En hij haalt zijn handen van het stuur zodat we kunnen voelen hoe die auto op zichzelf kan passen. Hij lijkt ietsje naar links te trekken.

Hij vond dat hij Jack eer aan moest doen, hij vond dat hij hem eens echt moest trakteren, zei hij. Want hij stond daar toch al haast een maand in de showroom, met een 'klant' die maar niet besluiten kon, en een beetje meer op de teller zou niks uitmaken en een wagen hoort niet stil te staan. Hij vond dat hij Jack het beste moest geven.

Maar voor ons is het ook niet zo kwaad, voor Vic en Lenny en mij, die levend en wel overeind zitten. De wereld ziet er best aardig uit als je gezeten bent op crème leer en erop uitkijkt door getinte elektrische raampjes, dan ziet zelfs de Old Kent Road er aardig uit.

Hij trekt ietsje naar links. Lenny zegt: 'Je rijdt er toch geen deuk in, ouwe reus? Het mag je geen handel kosten.'

Vince zegt dat hij nooit een deuk rijdt in een auto, zeker niet als hij vanwege de bijzondere gelegenheid extra rustig en voorzichtig rijdt.

Lenny zegt: 'Met je handen van het stuur.'

Dan vraagt Vince aan Vic wat ze met een lijkwagen doen als ze de snelweg op moeten.

Vic zegt: 'Dan geven we gas.'

Vince heeft geen strikje om. Dat hebben alleen Vic en ik. Hij draagt een drukke rood-witte das bij een donkerblauw pak. Dat is zijn showroomkloffie, en hij komt ook van de showroom, maar hij had wel een andere das kunnen kiezen. Hij heeft zijn jasje uitgetrokken, dat ligt opgevouwen op de achterbank tussen Lenny en mij in. Kwaliteitsspul. Ik denk dat het Vince wel goed gaat, hij is toch niet zo kwaad terechtgekomen. Hij zegt dat ze in de zakenwereld nou voelen dat het gaat nijpen en dat ze tussen de middag komen overwippen om het een en ander te gelde te maken.

Lenny zegt: 'Moedig hem nou niet aan, Vic.'

Vic zegt: 'Een lijkwagen is wat anders, iedereen gaat opzij voor een lijkwagen.'

Lenny zegt: 'Bedoel je soms dat ze niet opzij gaan voor Vincey?'

Vic zit voorin naast Vince en heeft de doos op zijn knieën. Ik begrijp wel dat het zo hoort, want Vic is de vakman, maar het lijkt me niet juist dat hij hem heel de tijd vasthoudt. Misschien moeten we dat om beurten doen.

Vince kijkt opzij naar Vic. Met een lachje zegt hij: 'Op je vrije dag nog aan het werk, hè, Vic?'

Vince draagt een wit overhemd met zilveren manchetknopen en heeft smerige aftershave op. Zijn haar zit helemaal glad naar achter. Het is een gloednieuw pak.

We rijden langs de gasfabriek, Ilderton Road, onder de spoorbrug door. Prince of Windsor. De zon komt achter de torenflats vandaan, hel in ons gezicht, en Vince haalt onder het dashboard een lompe zonnebril vandaan. Lenny begint te zingen, tersluiks, tussen zijn tanden door: '*Blue bayooo...*' En we voelen het allemaal, door de zonneschijn en het bier in ons lijf en de komende reis: of het iets is wat Jack voor ons heeft gedaan, om ons een apart gevoel te geven, om ons te trakteren. Alsof we een uitje hebben, aan de boemel gaan, en de wereld ziet er goed uit, die ziet eruit of ze er alleen voor ons is.

Nou laat ze maar gaan, hè June? Laat hun het maar doen, dat hele stel. Laat ze het maar doen zonder mij. En jou. Jongensuitje. Goed voor ze.

Jack moest dat weten. Altijd maar werken. Behalve dan als hij tegen de bar in de *Coach* leunde.

Al die jaren geleden heb ik hem dat ook gezegd. We moeten ons een verzetje gunnen, een pleziertje, we moeten ons eens vrijaf gunnen. Zijn dappere kleine Amy. Als je van je paard valt moet je meteen weer opstijgen. We moeten ons uit onszelf zien te krijgen. *Nieuwe mensen.*

Het was misschien wel nooit tot een keus tussen jou en hem gekomen.

Mijn arme dappere Jack.

Weer in de draaimolen, weer op de schommel. Strandpret. Al die dingen, June, die heb jij nooit gekend. Ezeltje rijden, emmertje en schepje, poppenkast. De aanrollende golven en de drommen op het strand en roepende, hollende kinderen, overal kinderen, en hij daarnaar kijken alsof het allemaal een kunstje was. Kijk naar het vogeltje, geef me vlug een kus, einde van de pier.

Maar het was de Pier niet, zelfs daar zat hij naast. Het was de Dam. Dat had hij nog horen te weten: de Pier en de Dam, twee verschillende dingen, ook al leek de Dam meer een pier en was de Pier maar een havenmuur. Alleen is er nou geen Dam meer, volledig weggevaagd in een storm, jaren terug, en opgeruimd staat netjes, zeg ik, en hoe. Dus misschien was het wel niet zijn fout, misschien was het wel zijn reserveplan. Als hij weggemikt moest worden, als het een kwestie van wegmikken was, als hij ergens moest worden meegenomen naar het eind en weggemikt, maar reken niet op mij, Jack, ik ga niks wegmikken, dan moest het de Pier zijn. Al had het eigenlijk de Dam moeten zijn.

Vic zegt: 'Groeten van Pam. Ze zal aan ons denken.'

Lenny zegt: 'Geldt ook voor Joan.'

Vince zegt: 'En Mandy.'

Als ze over hun vrouw beginnen moet ik denk ik mijn mond maar houden.

Vince zegt: 'Het was fijn om Pam op de begrafenis te zien, Vic. Dat genoegen hebben we niet vaak.'

Vic zegt: 'Treurig genoegen.'

Lenny zegt: 'Liep gesmeerd.'

We komen bij de stoplichten bij het station New Cross Gate en het verkeer vertraagt tot een slakkengang.

Carol heeft er denk ik niet eens van gehoord. Ik had de schrik van mijn leven gekregen als die op de begrafenis was opgedoken.

Lenny zegt: 'Ze waren allemaal misschien ook wel meegegaan. Joan had er helemaal op gerekend. Maar ik denk als Amy –'

Ik zeg: 'Ik weet niet hoe we ons hier met zijn zevenen in hadden moeten persen, Lenny, zelfs in dit ding.'

Vince zegt: 'Met zijn vieren is prettig. Misschien is het ook eigenlijk wel mannenwerk.'

Ik zeg: 'Vijf.'

Vince zegt: 'Vijf.' Dan zegt hij: 'Het is geen ding, Raysy, het is een Mercedes.'

Lenny kijkt naar mij en dan naar al het verkeer om ons heen. 'Toch is er nog altijd geen auto gebouwd die de file de baas is, hè, ouwe reus?'

Lenny is een stoker.

Vic zegt: 'Pam wou ons per se boterhammen en een thermosfles meegeven maar ik zei dat we volgens mij oud genoeg waren om voor onszelf te zorgen.' Hij houdt de doos vast alsof het zijn lunch zou kunnen zijn.

Vince zegt: 'Het is een beste meid, Vic. Het was fijn om haar te zien.'

Lenny zegt: 'Joan had er vast op gerekend.'

We kruipen vijf meter vooruit en staan dan weer stil. Op de stoep lopen ons mensen voorbij, glippen de stationsingang binnen alsof het een gewone dag is. We zouden een lichtreclame op moeten hebben: AS.

Lenny zegt: 'Elke wagen is gelijk in een opstopping, hè?'

Vince trommelt met zijn vingers op het stuur.

Vic zegt: 'Volgens Pam heeft hij in elk geval een goeie erewacht.'

We gaan allemaal rechtop zitten, alsof wij andere mensen moeten zijn, alsof wij van koninklijken bloede zijn en de mensen op de stoep horen te blijven staan zwaaien.

Het is een 380 S, dat is het V8, automaat. Hij is zes jaar oud maar hij zou zonder een trillinkje nog tweehonderd kunnen. Alleen niet op New Cross Road dan.

Speciaal gespoten, geheel leren bekleding.

Dus Hoessein moest hem maar gauw kopen, contant, dat moest hij maar doen. Verder heb ik niks meer klaarstaan.

Ik vertel niemand wat, Amy niet, Mandy niet, van Jacks laatste verzoekje, of van mijn cadeautje. Ik heb altijd gezegd: Kom niet bij mij aankloppen, Jack, verwacht van mij niet dat ik schuif.

Het lijkt wel of de enige keer dat iemand kan krijgen wat hij vraagt is als hij doodgaat. Al had hij dan ook niet gevraagd om een Mercedes uit de S-klasse, verlengde wielbasis, notenhouten dashboard. Dus ik hoop verdomme wel dat hij dat waardeert, dat hoop ik verdomme wel.

Hoessein moest ook verdomme maar gauw en zo.

Hij heeft banden met witte zijkanten. Links vooraan moet wat lucht hebben.

Ik zei: 'Neem er nog eentje van me, Jack, en dan ga ik op huis aan. Ik heb nou een gezinnetje, hè?' Maar hij kijkt me aan, steekt opeens zijn hand op alsof iedereen zijn mond moet houden, alsof die laatste opmerking de deur dichtdeed, en ik zie Ray en Lenny in hun glas gaan turen.

Maar het was zo. Mand, ik en de kleine Kath. Die droeg nog sokjes toen.

Hij zegt: 'Neem ons niet kwalijk, heren, Vince en ik moeten even onder vier ogen praten', en hij duwt me naar een tafeltje in de hoek. Hij zegt dat het een moeilijke week is geweest en of ik hem vijf pond kan lenen, alleen maar omdat hij dan Ray en Lenny daar wat aan kan bieden en niet voor gek staat, maar ik wist dat het niet om die vijf pond ging, ik wist dat hij me niet in de eerste plaats daarom gevraagd had om langs te komen. Vijf pond. Vijf mille kwam misschien dichterbij. Als je toch op je knieën moet, doe het dan goed.

Maar hij gaat niet nederig op zijn knieën. Hij kijkt me aan of ík zou moeten bedelen, alsof hij niet uit is op een lening maar meer of ik mijn verplichtingen moet nakomen. Alsof het minste dat ik hem verschuldigd was, en dat heeft hij me toch laten weten, was dat ik me jaren terug bij hem had gevoegd en gedaan had of ik echt een geval van eigen vlees en bloed was. Alleen was het geen eigen vlees en bloed, maar rundvlees. Rundvlees of auto's. Dat was de keus.

Ik zeg: 'Verwacht van mij niet dat ik je uit de sores help.'

Maar hij tuurt me aan of dat nou precies is wat er van me wordt verlangd, of we een akkoordje hebben gesloten en hij nou wil dat ik mijn deel daarvan nakom. Ik hoor toch van akkoordjes te weten, als handelaar, als tweedehands-autohandelaar? Alsof er wat verkeerds was aan tweedehands auto's en wat allemachtig heiligs aan rundvlees.

Ik zeg: 'Als jij niet kan zien wat je onder je snufferd hebt. Een nieuwe supermarkt een eindje verderop en die bieden jou een baan als chef-slager. Dan heb je toch geen keus?'

Hij zegt: 'O nee?'

Ik zeg: 'Blijf dan maar zitten als je wil. Je moet het zelf weten.'

Hij zegt: 'Dan ben ik tenminste eigen baas.'

Ik zeg: 'Eigen baas? Jij bent nooit eigen baas geweest. Je ouwe heer was toch je baas? Wat zegt dat over die winkel?'

Hij kijkt me aan of hij me wel een klap voor mijn kop kan geven.

Hij zegt: 'Dat zegt toch niet zoveel?'

Ik zeg: 'Verwacht van mij niet dat ik je uit de sores help, dat is alles', en geef hem een briefje van vijf. 'Verwacht niks.' Ik stop hem er nog een toe.

Ik zeg: 'Hier heb je tien pond, Jack. Geef je maten wat te drinken. En neem zelf ook wat. Ik ben pleite.'

En wat had hij nou ooit gedaan? Het was Amy. Hij kwam alleen maar thuis nadat hij de oorlog had gewonnen en daar lag ik – zijn welkomstgeschenk – in dat ledikantje dat voor June bestemd was.

Hij heeft *cruise control*, stuurbekrachtiging.

En daar lag hij, zo'n veertig jaar later, met die slangen in zijn lijf, zijn eigen baas verdomme, zeker weten, en hij zegt: 'Kom hier, Vince. Ik wil je wat vragen.' Hij laat het maar niet rusten.

Het is een mooie wagen.

En die chirurg – Strickland – kijkt me aan of ik zijn volgende slachtoffer ben, of hij zijn mes in mij gaat steken. Ik denk: Dat is omdat hij weet dat ik niet echt naaste familie ben. Maar dan denk ik: Nee, het is gewoon omdat die ouwe lul het hem niet makkelijk gemaakt heeft, en nou geeft deze zak dat door. Het was net wat voor Jack om het zelfs de man die zijn leven kon redden niet makkelijk te maken.

Hij begint uit te leggen. Hij zegt: 'Weet u hoe uw maag eruitziet?' alsof ik een volslagen hufter ben.

Hij zegt: 'En weet u waar hij zit?'

Het is de enige manier waarop ik erover denken kan. Alsof ik een reparatie doe. Wat uitboor of zo, wat ontkool. Ik weet niet hoe wij vanbinnen werken maar een goeie auto herken ik meteen, ik weet hoe je een motor uit elkaar haalt. Als je het mij vraagt is vlees en bloed niet zo'n mooi stuk werk, niet altijd, maar een goeie auto is een goeie auto.

Dus Hoessein kan maar beter dokken.

Jack zei altijd: 'Een stel spoken, dat zijn jullie daar op dat kantoor, Raysy. Een stel verdomde zombies.' Dan zei hij: 'Jij moet maar eens naar Smithfield komen en zien hoe echte mannen de kost verdienen.'

En dat deed ik wel eens. 's Ochtends vroeg, vooral toen het tussen Carol en mij helemaal scheef ging, toen we niet eens meer praatten. Dan glipte ik vroeg weg en nam net als anders de 63 maar stapte twee haltes later uit en liep vanaf Farringdon Road, door Charterhouse Street, in het halve licht. Ontbijt in Smithfield. Dan gingen we naar die kroeg in Long Lane of naar zo'n café dat om half acht 's ochtends bier met een hapje serveert. Je had er Ted White uit Peckham en Joe Malone uit Rotherhithe en Jimmy Phelps uit Camberwell. En in de begintijd had je natuurlijk Vince, die werd opgeleid. Voor hij dienst nam.

Dan zeiden ze: wat jij nodig hebt, Raysy, is een flinke hap eten, jij ziet er spichtig uit. Wat jij nodig hebt is wat vlees aan je lijf. Dan zei ik dat ik van nature zo gebouwd was. Vlieggewicht. Eet op, dat maakt niks uit.

Raar maar je ziet nooit een magere slager.

Dan moest ik almaar dat Smithfield-gezeur van hem aanhoren, almaar dat Smithfield-geleuter. Dat Smithfield het ware centrum, het ware hart van Londen was. Het hart verdomme, vanzelf, vanwege het vlees. Dat Smithfield niet zomaar Smithfield was, maar dat het Leven en Dood was. Dat was het: Leven en Dood. Want pal tegenover de vleesmarkt had je het St. Bart-ziekenhuis, en pal tegenover het Bart had je het gerechtshof de Old Bailey, op de plaats van de oude Newgate-gevangenis, waar er geregeld hingen te bungelen. Dus in Smithfield werd geslacht in vele vormen: door slagers, artsen en beulen.

Maar van Jimmy Phelps hoorde ik dat hij als hij dat allemaal zei, alleen maar zei wat zijn ouwe heer, Ronnie Dodds, woord voor woord tegen hem had gezegd. En van

Jimmy Phelps hoorde ik, toen Jack ruim buiten gehoorsafstand was, toen Jack en Vince hadden ingeladen en weer op de terugweg naar Bermondsey waren, dat Jack eigenlijk helemaal nooit slager had willen worden. Het kwam alleen doordat die ouwe het zo en niet anders wou. Dodds en Zoon, slagerij sinds 1903.

Hij zegt: 'Weet je wat Jack wou worden? Nooit tegen Jack zeggen dat je dat van mij hebt, hè?' En zijn gezicht krijgt half een lachje en half iets angstigs, alsof Jack er nog is en wel eens vanachter op hem toe zou kunnen sluipen. 'Toen Jack was als Vince nou, in zijn leertijd, net als ik, bekeek hij ieder vrij moment de zusters die uit het Bart kwamen. Het zal wel door die zusters zijn gekomen, hij dacht dat elke dokter gratis een stel zusters voor zichzelf had, maar op een dag zegt hij tegen me, en niet uit een grapje, dat hij alles wel eraan kon geven en tegen die ouwe zeggen dat hij in zijn sop kon gaarkoken, want eigenlijk wou hij dokter worden.'

Jimmy barst in lachen uit. Hij zit daar in zijn besmeurde stofjas, met zijn handen om een kop thee, en hij barst in lachen uit. Hij zegt: 'Dat meende hij. Hij zei dat hij er alleen maar voor van witte jas hoefde te wisselen. Zie je het voor je? Dokter Dodds.'

Maar hij ziet dat ik niet lach, dus bedaart hij.

'Niks tegen Jack zeggen,' zegt hij.

'Nee,' zeg ik min of meer peinzend, alsof het best eens zou kunnen van wel.

En ik vraag me af of Jimmy Phelps wel altijd slager wou worden. Ik weet nog wat Jack zei, in de woestijn, dat we vanbinnen allemaal hetzelfde zijn, officieren en manschappen, allemaal van hetzelfde materiaal. Strepen op iemands schouder betekenen geen mallemoer.

Ik werd ook geen verzekeringsagent omdat ik dat wou.

Maar ik heb nooit wat tegen Jack gezegd, en Jack heeft nooit wat tegen mij gezegd. Al zou je denken dat het toen hij daar in het St. Thomas lag, met overal om hem heen dokters en zusters, een goed moment was om het zich te laten ontvallen. Maar hij zei alleen: 'Het had het Bart moeten zijn, hè Raysy? Toch eigenlijk het Bart.'

En of hij nou ooit dokter wou worden of niet, ik denk dat al die jaren als slager, al die jaren dat hij naar Smithfield ging, hem een behoorlijke laatste lach tegen de medische stand hadden opgeleverd. Want ik hoorde van hem dat de chirurg bij hem kwam voor het bekende onderonsje, het bekende woordje in het oor, en dat hij toen geen smoesjes wou. Geen hocus-pocus.

'Raysy,' zegt hij, 'ik zei tegen hem dat ik op de man af mijn kansen wou horen. Hij zegt dat hij geen gokker is maar ik krijg het toch van hem los. "Laten we zeggen twee tegen een," zegt hij. Ik zeg: "Klinkt of ik verdomme favoriet ben, hè?" Dan begint hij dat hij zus kan doen en zo kan doen en ik zeg: "Niet met me sollen." Ik trek mijn pyjamajasje open. Ik zeg: "Waar maakt u de snee?" En hij kijkt zo'n beetje of zijn neus uit het lid is en ik me niet aan de spelregels hou, dus ik zeg: "Beroepsinteresse, begrijpt u. Beroepsinteresse." Dan kijkt hij me verwonderd aan, dus ik zeg: "Staat er in dat dossier van u niet wat ik voor de kost doe? Pardon, 'deed' bedoel ik." Dus kijkt hij vlug in zijn aantekeningen – een beetje schaapachtig nou. Dan zegt hij: "Aha – ik zie dat u slager was, meneer Dodds." En ik zeg: "Keurslager."'

'Krijg ik het nou nog te horen?' zegt Vic. 'Waarom?'

'Daar gingen we altijd heen,' zegt Vince. 'Uitjes op zondag. In die oude vleeswagen.'

Lenny zegt: 'Dat weet ik toch, ouwe reus? Denk je dat ik dat niet meer weet? Maar dit is geen uitje op zondag.'

Ik zeg: 'Daar zijn ze op huwelijksreis geweest.'

Lenny zegt: 'Ik dacht dat ze niet op huwelijksreis geweest waren. Ik dacht dat ze spaarden voor een kinderwagen toen.'

'Ze zijn naderhand op huwelijksreis geweest,' zeg ik. 'Nadat June was geboren. Ze vonden dat ze toch ten minste nog op huwelijksreis moesten.'

Lenny kijkt me even aan. 'Moet het huwelijksreisje wel geweest zijn.'

'Toch is het zo,' zegt Vince. 'Zomer '39.'

'Jij was erbij, hè, ouwe reus?' zegt Lenny.

Iedereen zwijgt.

'Van een vleeswagen tot een Mercedes, hè?' zegt Lenny. 'Doet me denken, Raysy, jij was er ook niet.'

Vince bekijkt ons in zijn spiegeltje. Achter die zonnebril kan je zijn ogen niet zien.

Ik zeg: 'Ik heb het van Amy.'

Lenny zegt: 'Dat heb jij van Amy. Heeft ze je soms ook verteld waarom ze niet meegaat?'

Iedereen zwijgt.

Vic zegt: 'Maakt toch niks uit? Daar heeft Jack toch geen weet van? Ik heb haar zelfs gezegd dat hij er ook geen weet van zou hebben als ze heel het gedoe wou vergeten. Als ze de as in de tuin van het kerkhof strooiden, zou hij daar toch niks van weten?'

'En dat is begrafenisondernemer,' zegt Lenny.

Ik zeg: 'Ze is naar June. Het is vandaag haar dag om naar June te gaan.'

'Daar gaat het niet om,' zegt Lenny. 'Als Amy eens één

keer niet naar June zou gaan, zou June daar ook geen weet van hebben. June heeft toch nergens weet van? Als Amy het nog niet aankon, had ze kunnen wachten tot ze zover was, het hoefde niet vandaag gedaan te worden.'

Vic zegt: 'Je mag niet oordelen.'

Lenny zegt: 'As is as.'

Vic zegt: 'En je kan alles beter meteen doen.'

Lenny zegt: 'En een wens is een wens.'

Vince zegt: 'Hoe weten we dat hij er geen weet van heeft?'

Lenny zegt: 'Niet dat ik zeg dat ik zo gek zou zijn om zelf zo'n wens te uiten.'

'Zo precies was het niet,' zeg ik.

Lenny zegt: 'Wat was er niet zo precies?'

'Wat Jack schreef. Over zijn wens. Er stond zeker niet dat Amy het moest doen, alleen maar dat hij het zo wou.'

Lenny zegt: 'Hoe weet jij dat?'

'Dat heeft Amy me laten zien.'

'Dat heeft Amy je laten zien? Ik schijn hier de enige te zijn die nergens weet van heeft.' Hij kijkt uit het raampje. We komen bij Blackheath, aan de achterkant van Greenwich Park. In de berm bloeien narcissen. 'En Raysy hier is een rijke bron van kennis.'

Vince kijkt in het spiegeltje.

Vic wordt helemaal ongedurig en tut-tuttig, alsof het tijd is om over wat anders te beginnen. Hij zegt: 'Het is net als met de paarden. Je moet het tegenwoordig uit hem wringen.'

Vic heeft de doos vast. Ik vind niet dat hij heel de tijd die doos vast moet houden.

Lenny zegt: 'En dan nog krijg je fluttips van hem.'

Ik zeg: 'De laatste tip die ik gaf was goed.'

Vince kijkt nog steeds.

Lenny zegt: 'Ja, maar niet voor een van ons.'

Vic zegt: 'Wie, Raysy?' Vic zou een goeie scheidsrechter zijn.

Ik zeg: 'Zou je wel willen weten, hè?'

Ik kijk uit het raampje. Blackheath betekent zwarte hei maar is niet zwart en is geen hei. Het is een en al groen gras onder een blauwe hemel. Als er niet kriskras wegen door liepen, zou je er goed kunnen galopperen. Eens struikrovers hier. Koetsen naar Dover. Je geld of je leven.

Vic zegt: 'Toch blijft het een raadsel. Waarom Margate?'

Lenny zegt: 'Volgens mij gooide hij een balletje op, alleen maar om te kijken of we het zouden doen.'

Vince draait zich half om op zijn stoel.

'Dus jij denkt dat hij wel wat weet? Jij denkt dat hij ons kan zien?'

Lenny knippert en zwijgt even. Hij kijkt mij aan en dan Vic, alsof hij wat van dat gescheidsrechter nodig heeft.

'Bij wijze van spreken, Vincey, bij wijze van spreken. Natuurlijk kan hij ons niet zien. Hij kan niks zien.'

Vics handen schuiven wat over de doos.

Dan grinnikt Lenny. 'Let wel, ouwe reus, als hij ons niet kan zien, als hij niks kan zien, waarom leen je dan een Mercedes?'

Vince kijkt voor zich op de weg.

De zon flonkert op het gras. Dat kan Jack niet zien.

Vic zegt, langzaam en gemoedelijk: 'Het gaat om het gebaar, Vince. Het is een mooi gebaar. Het is een fraaie auto.'

Vince zegt: 'Het is geen vleeswagen.'

Jacks ogen zijn dicht, het lijkt of hij slaapt, en ik denk: Ik zou zo naar buiten kunnen glippen, ik zou zo weg kunnen sluipen, maar als hij dan niet slaapt weet hij dat ik weggeslopen ben, dan heeft hij me uitgeprobeerd. Dus ik zeg: 'Jack?' en hij doet zo vlug als je maar wil zijn ogen open.

Die ene zuster heeft dienst, zuster Kelly, die ik zo leuk vind, zwart haar. Ik denk: Als ik maar half de kans kreeg, kon ik wel een poging wagen. Bijzondere omstandigheden, tenslotte. Net als wanneer de wereld binnenkort vergaat. Wat zou je ervan zeggen, zustertje, jij en ik? Ik zou weg kunnen sluipen met zuster Kelly.

Ik zeg: 'Amy zei dat je wat bepraten wou. Onder vier ogen.'

Hij zwijgt even, dan zegt hij: 'Ik heb Amy gezegd dat ik Ray wou spreken. Ik heb Amy gezegd dat ze Ray moest zeggen dat hij even langskomt.'

Hij kijkt me aan.

Ik zeg: 'Ik ben het, Jack. Vince.' Want je weet het niet, met die medicijnen. Met die hele toestand.

Hij zegt: 'Ik heb ze nog wel op een rijtje.' Tuurt me aan.

Ik neem aan dat hij het inmiddels wel weet, echt weet. Dat het goed is doorgedrongen en hij tijd gehad heeft om ermee te leven, *ermee te leven*, en dat er geen geintje met hem uit wordt gehaald. Dat je te horen krijgt dat je ergens bent, maar dat je er dan nog niet bent, zelfs nog lang niet bent.

Hij moet het weten. Maar ik weet niet hoe het is om het te weten. Wil ik ook niet weten.

Hij zegt: 'Ik weet dat jij het bent, Vince, en ik weet dat ik het ben. Wil je ruilen?'

Ik lach een beetje stom.

Hij zegt: 'Kom eens hier, Vince, ik wil je wat vragen.'

Het is een gure avond buiten, nat en winderig. Op het raam aan het einde van de zaal kun je de druppels zien dwarrelen en waaieren. Maar dat zal hierbinnen wel niet uitmaken, hoe het daarbuiten is, regen of zonneschijn, dat is geen gewichtige gespreksstof.

Ik denk aan zuster Kelly als haar dienst erop zit, met de wind onder haar rok.

'Kom eens hier, Vince.'

Ik ben vast al dichtbij genoeg, maar ik schuif wat op over het bed en buig me naar voren. Zijn hand ligt daar op het beddengoed, met de vingers half gekromd, met de pleisters en dergelijke verderop aan zijn pols waar de slangen erin gaan. Ik weet dat hij wil dat ik zijn hand pak. Dat zou niet zo moeilijk moeten zijn, zijn hand pakken, maar het lijkt of hij mij dan te pakken heeft, of hij nooit meer los zal laten.

Hij zegt: 'Ik heb Amy gezegd dat ik wat met Ray wou bepraten, helemaal alleen.'

'Dat is mooi,' zeg ik. 'Ray is een gabber.'

'Ray is een gabber,' zegt hij.

Hij kijkt me aan.

Hij zegt: 'Amy weet niet wat er gaande is, hè? Amy is de kluts kwijt.'

Ik zeg: 'Ze mankeert niks, ze redt zich wel. Ze redt zich heus wel.'

Wetend van niet, ook al komt dat nog wel. Wetend dat ze vanavond weer de logeerkamer binnen zal komen, waar Mandy en ik slapen, en dan wil dat ik haar stevig in mijn armen neem, pal voor Mandy's neus, of ik haar nieuwe man ben, of ik Jack ben.

Hij zegt: 'Ik heb het makkelijk.'

Ik kijk hem aan.

Ik zeg: 'Lijkt mij geen makkie.'

Hij zegt: 'Mensen raken in paniek.'

Zuster Kelly buigt zich over een andere arme sloeber. Ik zei altijd tegen hem, toen ik haar voor het eerst zag: 'Jij zit hier goed, Jack, jij bent hier goed terechtgekomen.' Maar ik weet het ook niet. Ik weet niet of het een kwelling of een zegen zou zijn om te worden ingestopt door zuster Kelly als je de pijp uit gaat.

Ze heet Joy. Zuster Joy Kelly. Dat staat op haar naamplaatje, op haar linker tiet.

Jack ligt op sterven en ik heb een stijve.

Hij zegt: 'En wat heeft die Strickland tegen jou gezegd? Voor de operatie. Geslijm, zeker?'

Ik denk even na en zeg dan: 'Ik kan het je nou wel zeggen, maakt niks uit. Hij zei dat je een kans van een op tien had.'

Hij kijkt me aan. 'Een op tien. En jij hebt niet gewed, zeker? Ik wed dat jij niet gewed hebt.'

Ik voel dat hij weet dat ik het heel de tijd al wist, ergens, dat ik niet gewenst of gehoopt heb.

Einde van de rit, Jack.

Hij zegt: 'Help me eens wat op, Vince', en hij grijpt mijn arm en ik zet me schrap zodat hij zich op kan trekken. Dat moet zeer doen met die rits in zijn buik, er zit een paarsige vlek op het verband, maar hij geeft geen krimp, hij houdt zich gewoon vast terwijl ik met mijn vrije hand de kussens verschuif. Hij weegt niet zoveel meer. Grote Jack.

Hij zegt: 'Zo is het beter.' Maar terwijl hij dat zegt kan ik zien dat hij gaat kokhalzen, kan ik zijn keel zien verkrampen. Hij begint nog wat van dat slijm op te geven. Ik grijp een kom van de stapel en ik zorg dat ik de doekjes klaar heb. Het is net als toen Kath klein was.

Hij zakt weer naar achter en veegt zijn mond af. Ik zet de kom op het nachtkastje. Hij zou minder op zichzelf moeten lijken maar zo is het niet, hij lijkt meer op zichzelf. Het lijkt wel of omdat zijn lichaam afnokt, alles in zijn gezicht is gaan zitten en ook al is dat dan veranderd, ook al is dat helemaal hol en hangt het vlees erbij, daardoor schijnt de hoofdzaak des te beter door, alsof er iemand vanbinnen een lampje heeft aangedaan.

Ik zeg: 'Waar wou je me over spreken?' Alsof ik een druk man ben en ik weer eens verder moet. Het kwam er verkeerd uit.

Hij kijkt me aan. Hij kijkt recht in mijn gezicht alsof hij

ook op zoek is naar een lampje, alsof hij op zoek is naar zijn eigen gezicht in dat van mij, en het gaat recht door me heen, alsof ik hol ben, alsof ik leeg ben, dat ik niet zijn ogen heb, zijn stem, zijn botten, de manier waarop hij zijn kaak houdt en je strak aankijkt zonder verdomme ook maar te knipperen.

Dan zou het niet voorbij zijn, zou het niet voorbij hoeven zijn.

Het lijkt wel of ik niet echt ben, of ik nooit echt geweest ben. Maar Jack is wel echt, die is echter dan ooit. Al zal hij niet zo lang meer echt zijn.

Hij zegt: 'Ik wil wat geld van je lenen.'

Ik zeg: 'Geld?'

Hij zegt: 'Geld.'

Ik zeg: 'Heb je dan geld nodig?'

Zijn hand gaat naar de la van zijn nachtkastje. 'Ik heb hier mijn portefeuille liggen, naast mijn horloge en mijn kam.' Hij trekt de la half open, met iets behoedzaams en omzichtigs. Het lijkt wel of daar zijn hele leven in zit.

Ik zeg: 'Heb je hier dan geld nodig?'

Hij zegt: 'Ik heb geld nodig, jongen.'

Maar het lijkt of ik nou wel zijn vader lijk. Bedtijd, Jack, geen geintjes meer, ik kom welterusten zeggen.

Ik kijk hem aan en haal mijn schouders op en ga met mijn hand naar mijn binnenzak maar hij grijpt die vast.

Hij zegt: 'Ik had duizend pond in gedachten.'

Ik zeg: 'Duizend pond? Wou je duizend pond?'

Hij zegt: 'Komende vrijdag, laten we zeggen. En mondje dicht.'

Hij kijkt me aan, ik kijk hem aan. Hij heeft mijn hand vast. Hij zegt: 'Vraag maar niks, Vince, vraag maar niks. Het is een verzoek, het is geen bevel.'

Ik kijk hem aan. Boven zijn hoofd hangt dat bordje: NIETS DOOR DE MOND.

Ik zeg: 'Lenen?'

Hij zei: 'Pak de teugels, Ray jongen. Vooruit, pak ze maar voor papa.'

Er stond 'FRANK JOHNSON – SLOOPWERKEN' daarboven op het bord achter de bok op de kar, en daar liet hij me wel eens naast hem zitten en alleen maar meerijden. Maar hij zei dat schroot niks voor mij was. Hij zei dat ik achter een bureau moest gaan werken, met mijn hersens, en ik heb nooit geweten of dat om mijn postuur of mijn hersens was of omdat een bureaubaan volgens hem hoe dan ook een hogere roeping was. Zodat het niks had uitgemaakt als ik als spierbonk geboren was, dan had hij me nog de kar niet laten uitladen. Daar had hij Charlie Dixon voor.

Zelf was hij niet zo potig, alleen maar lang, met een lichaam dat helemaal los aan zijn schouders bungelde als een jas aan een hangertje, alsof hij wel een centimeter of vijf dichter bij de grond had mogen wezen. En ik vroeg me wel eens af hoe een lange man als hij een onderdeurtje als ik had voortgebracht, en of die voortbrenging wel helemaal kosjer was, want van mijn moeder had ik geen weet meer.

Niet dat het een vak was om je voor te schamen: schroothandelaar. Hij was geen voddenman. Hij zat zich op die kar niet schor te schreeuwen, had hij ook niet gekund, vanwege zijn borst. Hij leurde niet, hij werkte op afspraak, contract. Maar toch.

Dus ging ik werken bij die verzekeringsmaatschappij. Hij was trots dat ik een kantoorjongen was. En hij zijn eigen baas. Baas van de schroothoop. Toen kwam de oorlog en was schroot een bloeiende handel en had hij van mij wel een handje hulp kunnen gebruiken, maar ik moest mijn bestaan als kantoorjongen verruilen voor dat van soldaat. Hij zei: 'Een hummel als jij, jou slaan ze over.' Maar dat deden ze niet. Hij zei: 'Het zal voor jou in elk geval makkelijker zijn om je kop omlaag te houden. Dat geef ik je als raad: hou je kop omlaag.' Dat deed ik. En na de oorlog was het niet ik die er niet meer was, maar hij. Het was geen bom, het was zijn borst. Maar ik ging toch weer naar kantoor. Nadat ik met Jack Dodds in de woestijn had gekampeerd ging ik weer naar een kantoor in Blackfriars. Ik had de sloperij en de eengezinswoning, geen oorlogsschade. Ik trok huur van de ene, van Charlie Dixon, om de betalingen voor de andere vol te houden. Een vermogend man, zou je kunnen zeggen, maar ik ging wel elke dag naar mijn werk als kantoorbediende. Ten dele door toen wist ik dat het geen verschil maakte, wat iemand doet en hoe hij in zijn hoofd leeft zijn twee verschillende dingen. Maar het kwam deels ook door de herinnering aan hem, alsof hij toekeek.

Hij liet me Duke altijd uitmesten en voeren en hij liet me wel eens naast hem op die kar zitten. Maar ik mocht geen schroot tillen. Trippel-trappel, trippel-trap. De dag kwam dat hij zei dat ik de teugels pakken mocht en ik pakte ze en leerde de kunst een karrenpaard te mennen. Hij zei: 'Je moet er niet aan trekken, je moet eraan draaien, en meer met je tong klakken alsof je het meent.' En ik heb nooit tegen hem gezegd: er is een werkje dat kleine ventjes kunnen, alleen kleine ventjes. Het heeft met paarden te maken.

We zijn hier in Bermondsey, Ray jongen. Waar denk jij dat we zijn – Ascot?

Zoals ik daar naast hem zat en naar Dukes achterwerk keek zal ik wel mijn eerste schunnige gedachten over vrouwen hebben gekregen. Daar moest ik op afgaan. Vrouwen hadden denk ik net zo goed een ander soort dier kunnen zijn, als je keek wat ik van ze wist. Maar dat was geen basis om op door te gaan, en toen ik op een zondag Daisy Dixon Duke ging laten zien, wetend dat Duke er niet was omdat die ouwe een bijzonder klusje was gaan doen, leek het er niet op dat de lucht van paardenmest en paardenpis haar dierlijke natuur opwekte. Het gewenste effect leek uit te blijven. Ik had speciaal schoon stro neergelegd. Ik zei: 'Helemaal het rijk alleen.' En zij zegt, opeens kortaf en kribbig tegen me: 'En wat moet ik met die suikerklontjes?'

En tien jaar later, toen pa er allang niet meer was, komt haar jongere zus Carol en wil weten of ik nog van plan was de sloperij te verkopen, alleen maakte haar vader zich zorgen, want die wist niet of hij die vrachtwagen moest kopen, zonder zeker te zijn van dat terrein. Ik denk: En waarom kan Charlie me dat zelf niet vragen? En ik denk: Weet zij dat ik altijd een oogje op Daisy had? Wat heeft Daisy tegen haar gezegd? Ik denk, als ze zich overbuigt om het gas van de kachel hoger te zetten: Ze heeft een kont die er wezen mag.

Het was een paardenwereld, en dat was het. Als ik bedenk hoe hij daar naast me op die kar zat dan denk ik niet aan schroot, geel- en roodkoper, lood, gietijzer. Ik denk aan Duke. Ik denk aan het leven van voerlui en venters. Ik zie hem naar voren buigen, met zijn ellebogen op zijn knieën, nadat ik de teugels heb gepakt, en om zich heen beginnen te kijken alsof hij niet had gemerkt dat de wereld voorbijging. Ik zie hem in zijn nek krabben en zijn pet verzetten. Ik zie hem een peuk opsteken, zwakke borst of geen zwakke borst, en de eerste trek uitblazen, onderlip uitgestoken, dan over zijn kin wrijven met het topje van zijn duim, sigaret tussen zijn vingers, dan met de muis van zijn duim over zijn voorhoofd gaan, en ik weet dat ik dat ook allemaal doe, onwillekeurig, dezelfde gebaren, dezelfde bewegingen.

Ik had nooit die sloperij aan Vince mogen laten.

Uitjes op zondag in de vleeswagen, alsof ik dat niet meer weet.

Alsof ik niet meer weet dat ze onze Sally afzetten – half in slaap was ze soms al – en mijn Joan zei: 'Komen jullie nog even binnen voor een kop thee?' En Amy zei: 'Beter van niet, we moesten Vince maar eens in bed gaan stoppen.' Alsof ik niet meer weet van het zand tussen Sally's tenen en dat speelgoedemmertje met schelpen en stukjes zeewier en dode krabben, en de zeelucht op haar lijf, in haar haar, in haar kleren, en de liters olie die Joan en ik wegsmeerden tegen haar zonnebrand.

We zouden zelf met haar gegaan zijn, alleen hadden we het geld niet voor de trein, en we hadden natuurlijk geen auto. Geen auto, geen winkel, een huis van niks, we scharrelden ons kostje bij elkaar, verdomme, dat deden we. Ik was beter af in het leger als je het mij vraagt. En ik weet nog hoe Amy dan keek – maar misschien verbeeldde ik me dat, het siert een vrouw als Amy niet – als ze zei: nee, ze kwamen niet meer binnen. Alsof het was omdat wij in beton en zij in metselwerk woonden. Alsof Amy kapsones kreeg. Zij en Jack waren een dagje naar zee geweest en Joan en ik waren de eendjes in Southwark Park wezen voeren.

Dan stond Amy daar en hield Sally's hand nog vast en streelde haar haar en bukte om haar een kus te geven, zodat ik zin had om te zeggen: 'Dat is nou iets wat wij hebben en jullie niet.' Maar dat deed ik niet. Ik keek gewoon toe als Amy mijn dochter kuste, en Joan schepte diep adem.

Het was nou eenmaal niet onze schuld waar de bommen vielen. Het was niet mijn schuld dat alles wat die ouwe naliet drieënhalve shilling op een spaarbankboekje en een kruiwagen op de Borough-markt was. En je moest niet vergeten dat Jack en Amy ook zo hun tegenslag hadden gehad, en de kleine Vince natuurlijk, arm lulletje. Je hebt tegenslag en tegenslag. Dus misschien verbeeldde ik het me inderdaad, misschien was het gewoon dat ik dacht: Amy ziet er puik uit na een dagje buiten met wat zeelucht, ze ziet er puik uit. Ze is nog altijd een stuk om te zien, Jack.

Dan zei Jack: 'Vooruit dan, Ame.' En dan zat Vincey daar voor in de bestelwagen, klaar om naar bed gezeuld te worden, maar hij leek nog niet zo slaperig want hij keek ook naar Amy en Sally terwijl die rondhingen op onze stoep, en hoopte als een gek dat Sally zich om zou draaien en hem gedag zou zwaaien.

We hadden zelf wel een dagje buiten kunnen gebruiken. Ik zei dat het laatste strand waar ik pootje had gebaad Salerno was, ik heb het niet zo op stranden, maar we hadden wel een dagje buiten kunnen gebruiken. Ik had wel een blik op Amy in haar badpak kunnen gebruiken. Maar dat is het ouderschap, denk ik, dat je bewust aan het kortste eind trekt. Er was niet ook nog ruimte voor ons voor in die bestelwagen, het is een wonder dat zij vieren zich erin wisten te persen. Dus was het allemaal voor Sally's plezier. En dat van Jack en Amy natuurlijk, vooral van Amy. Alsof dat niet tot ons doordrong.

Joan zegt: 'Die twee kinderen worden net broertje en zusje, hè?'

Maar op een dag komt Sally uit school en zegt dat er op de speelplaats over Vince wordt gepraat. Dat hij niet helemaal goed bij zijn hoofd is. Net als zijn *grote zus*. Dat hij ook in een tehuis zou horen, een kindertehuis. Al moest het bij nader inzien dan wel het één of het ander zijn: ofwel het weeshuis ofwel het gesticht. Ze zegt dat Vince niks doet dan vechten en ze weet niet wat ze er zelf van vindt.

Dus zeggen wij het tegen haar. Ze moet een jaar of tien zijn geweest. We zeggen haar dat ze geen sterveling mag zeggen dat wij het haar gezegd hebben, maar we zeggen het tegen haar. Het klonk toch al half als een sprookje, half als iets wat je verzinnen zou om tegen een kind te zeggen.

Dat jaren geleden toen ze pas getrouwd waren oom Jack en tante Amy, die natuurlijk niet echt haar tante en oom waren, maar dat wist ze al, een meisje hadden gekregen dat June heette. Maar het was geen kind zoals het hoorde, het was niet goed geboren, er moest speciaal voor gezorgd worden. Dat gebeurt wel eens, niet zo vaak, haast nooit, maar het gebeurt. En tante Amy wist dat ze geen ander kind kon krijgen, tenminste niet zonder hetzelfde gevaar te lopen, dus was ze geen gelukkige vrouw. Jack was ook niet zo happy.

Toen kwam de oorlog. Op Bermondsey vallen bommen en daarvan valt er eentje op het ouwe huis van mama en papa, maar dat is een ander verhaal, want er is nog een bom en die valt op het huis waar ze bij Pritchett pas gezinsuitbreiding hebben, genaamd Vince. Vincent Ian Pritchett, als je het wil weten: V.I.P. Schuld van zijn ouders. Dat was op Powell Road, waar nu die flats staan, vlak om de hoek van Wheeler Street waar tante Amy toen woonde. Het was juni '44 – een V-1. Nog een week en mevrouw Pritchett en Vince zouden geëvacueerd zijn – in veiligheid zijn gebracht. En het was op de maand af vijf jaar sinds June was geboren. June – juni. Zo was zíj aan haar naam gekomen. De heer Pritchett was thuis met verlof, en dat was pech, of misschien wel niet, al naar gelang je het bekijkt. En papa en oom Jack waren allebei vechten tegen de Duitsers, al hadden wij elkaar toen zelfs nog nooit gezien.

Goed, van het gezin Pritchett is niet veel meer over. Op Vince na, die het als levendig ventje zonder een schrammetje overleeft. En als je het nog niet doorhebt, het was Amy die Vince in huis nam en voor hem zorgde en hem net of hij haar eigen kind was groot ging brengen. Misschien heb je ook wel door, of komt dat op een dag nog wel, dat ze meer dan één reden had.

Er zijn regels, er zijn voorschriften hoe je een weeskind groot moet brengen, maar het was oorlogstijd, niet vergeten, en dan worden regels vergeten. Dus als zo'n jaar later de oorlog afgelopen is en oom Jack thuiskomt, zeurt niemand over het feit dat hij en Amy een kind hebben geadopteerd en Vince een nieuwe mama en papa heeft gevonden. Dus je zou kunnen zeggen dat het allemaal keurig en nog lang en gelukkig eindigde. Alleen is June er nog, die geen kind meer zou horen te zijn maar dat nog wel is. Volg je dit nog? En Amy had altijd, speciaal, een meisje gewild.

'En mondje dicht hierover,' zeggen wij.

Maar algauw daarna zegt ze tegen ons dat ze de zondag erop weer naar Margate gaan maar dat ze haar niet mee willen hebben. Joan zegt: 'Wat heb je dan gezegd?' en raakt helemaal in paniek. En Sally zegt dat ze niks heeft gezegd, het werd alleen zo krap in die bestelwagen, zelfs nou Vince achterin zit. Ik zeg: 'Zetten ze Vince achterin?' Ze zegt: 'Ja.' En algauw daarna komt ze thuis uit school, met tranen in haar ogen, en zegt dat Vince het nou toch wist. Ze hadden het zelf tegen hem gezegd.

Ach, vroeg of laat moest het gebeuren, en vraag mij niet hoe je het moment moet kiezen.

Dus nou krijgt Vince echt wat te verstouwen. Hij zegt tegen Sally dat hij nou dus wist dat het waar was wat ze op het schoolplein zeiden, en zij zegt dat het niks uitmaakte, hij bleef Vince, zij liet hem niet in de steek. En Vince slaat haar tegen de grond.

Elke generatie wil denk ik dat voor de volgende alles beter uitpakt, dat het lijkt of er een tweede kans is. Ik had moeten weten dat ze het type was waar naarmate ze happiger werd meer over werd gelopen. Feit is dat ze een zwak had voor Vincey, stapel op hem was, en volgens mij was ze een goeie vrouw voor hem geweest, niet elke vrouw die wist hoe het zat zou het met hem hebben aangelegd. Ook zij had het slechter kunnen treffen, al met al, dan aan te trouwen bij Dodds en Zoon. Je kon wel zeggen dat het niet zoveel was om het oog op te hebben, een slagerij, maar als je ouweheer niet meer had dan een groente-en-fruitkraampje, was het wel een stapje vooruit. Alleen had Vince zo zijn eigen gedachten over Dodds en Zoon, bijvoorbeeld dat hij er niks mee te maken wou hebben, en als ik had geweten wat er uiteindelijk van hem zou worden had ik denk ik misschien wel gezegd: 'Die moet je aan de haak slaan, meid.' Of misschien had ik wel gezegd: 'Laat die maar lopen, dat is niks voor jou.'

Maar eens was het toch ook mijn droom, het was de droom van elke arme sloeber. En chic pak, een chique das, een chique auto, altijd een pak ponden in je zak. Toen ik elke avond naar sportschool Scobie ging, was dat de belofte. En al de lekkere wijven die je maar wensen kon. De oorlog maakte daar een eind aan. Een bokser, hè? Mooi zo, beste kerel. Al heb ik nooit ingezien wat je aan een goeie linkse hoek had bij het graven van een schuttersputje.

En kijk eens wie er het eerst bij was. De kleine juffrouw Mandy. Kutwijfie uit Lancashire.

Elke generatie zet zich denk ik voor gek bij de volgende. Vince had dan wel zijn eigen gedachten over Dodds en Zoon, maar dan nog was het overdreven wat hij deed, om voor vijf jaar te tekenen alleen maar om buiten bereik van Jack te blijven, net op het ogenblik dat elke knul van zijn leeftijd Here Jezus dankte dat er geen dienstplicht meer bestond. Ik denk dat hij in het Midden-Oosten een zware prijs betaalde om geen slagersjongen te zijn en een jeep te leren te repareren. Die knul had wel een kogel door zijn kop kunnen krijgen. Wat ik niet erg gevonden had.

En kom me niet aan met die flauwekul, beste meid, dat jij wel weer aan je trekken zou komen als hij terug was. Dat hij het vreemdelingenlegioen in was gevlucht om er een betere man van te worden.

Ik zei: 'Nou, Jack, je kan niet zeggen dat hij niet in jouw voetsporen treedt. Jij bent ook soldaat geweest, behalve slager.'

Hij kijkt me aan of hij zegt: ik ben niet in de stemming voor grappen.

Hij zegt: 'Ik was slager uit vrije wil.'

Maar ik wist dat ook daar een beetje dienstplicht aan te

pas gekomen was. Zo had ik een paar keer vertrouwelijk met Raysy gepraat.

Hij zegt: 'Soldaat – een verdomde rebel zou ik hem noemen. Een verdomde deserteur. Zo zou ik hem noemen.'

Ik denk: En gelijk heb je.

Ik zeg: 'Dat was niet de enige reden. Wat jij denkt dat zijn reden was – dat was niet zijn enige reden.'

Maar hij luistert niet. Hoort me wel maar hij luistert niet. Alsof er op de wereld maar één reden is en dat is Jack Dodds, slager.

Ik zeg: 'Hij is niet je eigendom, Jack. Ze zijn toch niet ons eigendom?'

Hij zegt: 'Zeur niet.'

Hij kijkt me aan en ik denk: Je mag blij zijn dat hij niet je eigendom is, als je eindelijk eens luistert naar wat ik zeg, want je mag dan wel een grote kerel zijn en het mag dan wel vijftien jaar geleden zijn dat ik een ring in stapte, maar.

Ik zeg: 'Ze zijn toch niet ons eigendom? Zelfs als ze wel ons eigendom zijn, zijn ze nog niet ons eigendom.'

Hij zegt: 'Je lult uit je nek.'

Dus ik zeg: 'De andere reden was Sally. Hij heeft een afscheidscadeautje voor haar achtergelaten. Mijn idee is dat ze daarvan af moet.'

Lenny zegt: 'En hoe is het met je Kath?'

Vince geeft lange tijd geen antwoord. Het lijkt wel of hij het niet heeft gehoord of dat hij zich op de weg concentreert. Ik zie hem in het spiegeltje kijken.

'Werkt ze nog altijd bij je in de garage?' zegt Lenny.

Lenny weet dat het niet zo is, en Lenny weet dat Vince het niet heeft op 'garage'. Het is 'showroom' tegenwoordig. Het was Lenny die op een avond in de *Coach* zei: 'Showroom, noemt die showbink het, nou ja.'

'Nee,' zegt Vince. 'Daar is ze toch mee genokt?'

Lenny zegt: 'Ze heeft nog wel werk, hoop ik.'

Vince geeft geen antwoord.

Lenny antwoordt voor hem en zegt: 'Nee, ik hoorde dat ze nog wel werk heeft.'

Vince zegt: 'Waarom vraag je het dan?'

Vince drukt heel even zijn voet in. We horen allemaal de extra toeren.

Vic zegt: 'Wat zouden jullie ervan zeggen als we eens ergens stopten en wat aten, even pauze namen?'

Lenny zegt: 'Benieuwd, meer niet. Je kan niet altijd afgaan op wat je hoort.'

Ik zeg: 'Goed idee, Vic.'

Vic heeft nog altijd de doos vast. Hij zou hem niet zo in moeten pikken.

Lenny zegt: 'Het is alleen jammer dat ze nooit bij Jack langs is geweest, in het ziekenhuis. Toen hij op – Dat zou Jack gewaardeerd hebben. Er is een tijd geweest dat ze hem Opa noemde.'

Vince zegt: 'Maar dat was hij niet.'

Vic zegt: 'Ik zou zeggen zo ergens rond Rochester.'

Lenny zegt: 'Dochters. Wie wil die nou?'

We komen bij de aansluiting met de M25. Er is druk verkeer.

Lenny kijkt mij aan. Hij zegt: 'Hoor jij nou nog veel van

je Susie tegenwoordig?'

Ik zeg: 'Af en toe een brief.'

Hij zegt: 'Zou die volgens jou komen, als jij op – Ik bedoel, denk je dat die op zou komen dagen?'

Vic zegt: 'Wat een vraag.'

Lenny zegt: 'Maar niet onredelijk.'

Ik zeg: 'Daar heb ik nog niet bij stilgestaan.' Maar dat heb ik wel.

Lenny zegt: 'Het is geen onredelijke vraag.'

Vic zegt: 'Jack zou erop gerekend hebben dat we schafttijd namen.' Vince kijkt hem aan.

Lenny zegt: 'En hoe is het met jouw kroost, Vic? Volgens mij heb jij het goed gedaan – twee zoons gekregen, ze in de zaak genomen, zodat jij je makkelijk terug kan trekken. De fakkel door kan geven. En zo.'

Vic zegt: 'Ik mag niet klagen.'

Lenny zegt: '"Tucker en Zonen" – klinkt toch best, Vince?'

Vince geeft geen antwoord.

'Toch, Vince?'

Vince zegt, helemaal vinnig en sissend: 'Ik ben er. Ik ben meegegaan.'

Hij wijkt uit om een vrachtwagen in te halen.

Lenny zegt: 'Dochters.'

De hemel is helder en blauw en schoon met maar een enkel plukje wolk. Een windje beroert de bomen aan de wegkant. Op de borden staat 'Sevenoaks, Dartford Tunnel'. We zijn Londen uit maar het uitzicht aan weerszijden kan nog niet beslissen of het stad of land is. Het lijkt wel of we reizen maar steeds op dezelfde plaats blijven.

Ik zeg: 'Die doos zal wel zwaar worden, Vic, wil je hem niet naar achter doorgeven?'

Lenny zegt: 'Maar wanneer stap je er nou uit, Vic? Wanneer ga je het aan die jongens overlaten?'

Ik kijk Lenny aan. Ik denk: Niet ophouden nog, Vic, wij zijn nog met zijn tweeën.

Vic zegt: 'Rustig aan. Er zijn nog een paar klanten waar ik voor blijven moet.'

Ik kan Vics gezicht niet zien maar hij grinnikt niet en hij heeft zich niet met een knipoog omgekeerd.

'En de jongens schoppen me er nog niet uit. Honger, Lenny?'

'Ik heb dorst.'

Vince zegt: 'Jij zou het ervan kunnen nemen, Vic. Jij zou het niet bij Margate hoeven laten.'

Lenny zegt: 'Die ouwe reus hier heeft het oog op de Bahama's.'

Vince zegt: 'Voor zowat een mille per klus.'

Lenny zegt: 'Heeft Jack dat gekost? Joan kan maar beter gaan sparen.'

Vince zegt: 'Dat is mijn schatting.'

Vic blijft zwijgen.

Lenny zegt: 'Betaal jij dan niet de rekening, ouwe reus?'

Ik zeg: 'Dus als je hem soms door wil geven, Vic.'

Vic zegt: 'Neem me niet kwalijk, Raysy', alsof hij het was vergeten. 'Dus jij wil hem even vasthouden?' Hij keert zich met een gemoedelijk lachje om, alsof hij geen gevoelens wil kwetsen.

Lenny zegt: 'Maar als je ooit op je werk de geest zou geven, Vic, zou het toch wel handig zijn.'

Vic zegt: 'Daar heb ik ook aan gedacht. Hier.'

Hij geeft mij de doos aan.

'Zijn Dick en Trev op de zaak?' zegt Lenny.

'Tuurlijk.'

'Mooi hoor,' zegt Lenny, 'leuk hoor. Dochters, hè Raysy? Niks dan narigheid.'

Ik heb nu de doos vast, ik heb Jack op mijn knieën. We kijken allemaal even wat er voorbijkomt, dan zegt Lenny: 'Toch zou je ermee uit moeten scheiden, Vic. Als Kath op haar leeftijd niet meer hoeft te werken, moet dat voor jou toch ook kunnen.'

Vince zegt: 'Ze is niet met werken uitgescheden.'

Lenny zegt: 'O, nee? Dus het is waar dat ze niet hoeft lopen schooien? Daar heb je wel wat aan verloren, ouwe reus, weet je dat, volgens mij trok zij de klanten.'

Vince zwijgt.

'Volgens mij was een rok van haar zes dassen van jou waard.'

Vince zwijgt, maar het lijkt wel of zijn schouders worden opgehesen.

'Zo te horen trekt ze nou haar eigen klanten.'

Lenny's gezicht is helemaal ruw en verhit. Ik heb nooit geweten of dat kwam door het boksen, jaren terug, of dat zijn gezicht altijd zo was geweest, al van meet af aan nooit was gladgestreken. Hij kijkt vlug naar mij, met de doos op mijn schoot, en ik voel me nou een sukkel dat ik erom gevraagd heb, dat ik hem zit vast te houden als een kind dat zijn speelgoed hebben moet.

Vince zegt: 'Ja, misschien moeten we even stoppen.'

Lenny zegt: 'Misschien was het ook maar goed dat ze nooit bij Jack langs is geweest. Dan hoefde hij ook nooit te weten dat zijn kleindochter een –'

Vince zegt: 'Ze was zijn kleindochter niet.'

'En verder?'

Vic zegt: 'Heren – vergeet niet wie we bij ons hebben.' Hij zou een fluitje moeten hebben.

Lenny zegt: 'Die kan niks horen, net zomin als hij wat zien kan. Of je moet die ouwe reus hier geloven.'

Ik til de doos van mijn knieën. Ik wil hem tussen Lenny en mij in op de bank zetten maar daar ligt het jasje van Vince.

Lenny zegt: 'Gek hoor, want als je mij gevraagd had of Vincey een stelregel had, dan zou ik zeggen "Uit het oog, uit het hart".'

Lenny ziet mij met de doos goochelen. Hij zegt: 'Duveltje in een doosje, hè Raysy?'

Ik zet de doos op het jasje en klop even op de stof alsof ik er nog geen kreukje in wil hebben. Vince verstelt het spiegeltje wat om te kijken wat ik doe maar ergens merk ik dat hij het wel best vindt, zijn gedachten zijn niet bij zijn jasje. Hij draait het spiegeltje niet terug.

We rijden zwijgend verder, al voelt het of Vince aanstalten maakt om wat te zeggen. Hij blijft naar de doos op zijn jasje kijken. Ten slotte heft hij zijn hoofd en houdt dat schuin alsof hij wil zeggen dat hij het niet heeft tegen niemand in het bijzonder, of het moest Lenny zijn. Zijn stem heeft een rare toon.

Hij zegt: 'Ik dacht altijd dat ze me konden zien. Ik dacht altijd dat ik hen niet kon zien maar dat zij mij wel konden zien.'

Susie legt de föhn neer en schudt een paar maal kwiek en heftig met haar hoofd om het haar los te gooien en ik denk, dat kan ik niet ontkennen: ze is knapper dan Carol ooit geweest is, ook Carol op haar leeftijd. Het heeft iets oneerbiedigs en oneerlijks tegenover Carol om dat te denken maar dat geeft niet want ze is een deel van Carol, ze heeft een deel van Carol in zich, we zijn allemaal deel van elkaar. Het is niet zo dat ik als ik een tweede kans kreeg Sue en niet Carol kon kiezen, want zonder Carol had Sue er niet kunnen zijn. Maar het is wel waar dat ik als ik iemand anders was, een jongere man, als ik Andy heette en uit Sydney in Australië kwam, dat ik dan Sue leuk zou vinden zoals ik Carol leuk vond, alleen nog meer. Ik zou mijn eigen dochter leuk vinden.

En er is nog iets waar: dat ze het nu beter hebben, beter, eenvoudiger, vlotter. Toen ik zo oud was als zij was het tijd om je plunjezak te pakken en ten strijde te trekken. Ik had misschien later geboren moeten worden, zoals Vincey. Maar ik ben anders dan Vincey. En dan was er weer geen Susie van achttien geweest.

Haar transistorradio staat aan. *Round, round, get around, I get around...* Ze beweegt haar schouders op de maat alsof ze danst maar dan zittend. Ik klop nog eens op de halfopen deur. Ze heeft me de eerste keer niet gehoord, met die föhn en de radio aan, dus sta ik daar misschien al een halve minuut met de kop koffie in mijn hand.

Carol is winkelen, Sue wast haar haar. Zaterdagochtend. En zelf ben ik zo meteen ook weg. De vaste route: de sigarenboer, de gokboer, de drankboer. Die kop koffie is een manier om gladjes te vertrekken, maar het is ook een manier om mijn dochter te bespieden.

Ze kijkt om, schudt met een lachje haar haar nog eens, dit keer alleen om het schudden, en ik zeg bij mezelf zoals ik jaren geleden voor het eerst heb gezegd toen ze amper uit haar wandelwagentje was: Het is een flirt, ze weet donders goed hoe ze moet flirten. Ze flirt met haar eigen vader, ze weet wanneer ze dat doet en het houdt in dat ze wat wil.

Ze zegt: 'Bedankt', en zet de radio zachter, kromt haar vingers om de kop en neemt vlug een slok, na eerst te hebben geblazen. Dan zet ze de kop neer en gaat haar haar kammen en kijkt me argwanend aan, alsof ik boze plannen heb, en zegt: 'Naar de *Coach*?' Die vraag hoeft niet gesteld te worden want meestal ga ik zaterdags naar de *Coach*, maar ze stelt hem toch om me van mijn stuk te brengen, wat een reden te meer is dat ik weet dat ze ergens op uit is. En als ik de oude grap maak – 'De *Coach* komt niet naar mij toe' – lacht ze wel maar fronst ze tegelijkertijd, er zit een stug plooitje vlak boven haar neus, zodat ik denk dat het geen kleinigheid is.

Ze laat haar lachje verdwijnen en neemt nog een slokje koffie. 'Nog even niet weggaan.' Langzaam haalt ze diep adem. Ze houdt de koffie op haar schoot en haar haar valt naar voren als ze erin kijkt, alsof ze een wens doet, alsof ze haar gebeden zegt, en ik denk: *Jezus*. Ik zeg het haast hardop. Herinner me Sally, herinner me Lenny die naar me toe kwam: 'Raysy, ik heb een winnaar nodig, vlug.' Herinner me de naam van het paard dat won in Kempton: *Bold Buccaneer*, elf tegen twee. Ze kijkt op. Ze kan mijn gezicht lezen als een uitslagenbord. 'Nee, dát is het niet,' zegt ze bijna lachend, bijna opgelucht. 'Dat is het niet, het is wat anders.'

Dan klopt ze op het bed en wil dat ik ga zitten, op het smalle eenpersoonsbedje waar ze al in slaapt vanaf haar zesde.

Ze zei: 'Hij is op zoek naar zijn wortels.'

Carol zei: 'Wat zijn het in hun eigen land voor mensen?'

Ze zei: 'Zijn voorouders, zijn oorsprong. Hij wil zijn familie opsporen, hij wil naar de plaats waar die vandaan kwam. Dat doen er veel als ze een tijdje hier zijn.'

Allemaal op zoek naar hun wortels.

En het was wel handig dat ze in zijn geval uit een dorp achter in Somerset kwamen, want zo werd het een leuk uitstapje, een leuk tripje naar het *West Country*. Ze konden een blik werpen op Stonehenge, de kathedraal van Salisbury, Cheddar Gorge, en al die andere bezienswaardigheden die een Aussie hier misschien wou zien. Met een tent en een oude Ford Anglia die hij van een makker had afgetroggeld. Het was wel handig dat het zomer was, de eerste zomer dat ze studeerde, en de tijden veranderden, lang haar, korte rokken en bijna gelijke kansen. Vertel mij niet dat hij niet in de eerste plaats daarom hier was, wortels me reet, en ik denk niet dat het wat uit had gemaakt als ze Klein Kakkenburg of hoe het ook heette nooit hadden gevonden, zolang ze maar wat weitjes met lang gras vonden om samen in te rollebollen.

We hadden nooit ja gezegd zonder die klotewortels van hem.

Maar je moest het wel goedvinden want het was de tijd van de tolerantie, en het maakte niks uit wat ze bij jezelf thuis, wat je eigen voorouders misschien zouden hebben gezegd.

Niet iedereen kan alles hebben, hè, Ray jongen? Hup! Ik zie dat Daisy Dixon gaat trouwen.

Maar toen ze weg waren wenste ik hun het beste. Had ik wel met ze willen ruilen. In gedachten zag ik ze door Engeland trekken. Hampshire, Wiltshire, Somerset, de heuvels over en ver weg. Ik verbeeldde me dat ze hun tent opzetten en met de geur van gras en maar een dun lapje stof tussen hen en de nacht bij elkaar kropen. Ik zou je wel wat kunnen vertellen, meid, over kamperen onder de sterren, woestijnnachten waar je kloten bij afvroren. En of het er nou ooit van gekomen is of niet, onwillekeurig zag ik ze in gedachten een verscholen kerkhof vinden, groen en vredig, en de namen op de grafstenen bekijken.

Er was een oorlog nodig om mij te laten reizen, om mij

de wereld te laten zien, als je het zo mag noemen. Maar hij was zomaar heel dat eind van Sydney naar Somerset gewipt, en zij was samen met hem op reis, ergens onderweg, en ik woonde nog altijd in Bermondsey, hield voor Charlie Dixons lol nog altijd de sloperij van die ouwe aan. De drankboer, de gokboer, de bus naar Blackfriars. En in meer dan vijftien jaar was ik met Carol nergens heen geweest.

Ik zei: 'Hoe groot is de kans dat die auto ze in de steek laat?'

Zij zei: 'Hoe groot is de kans dat ze zwanger terugkomt?'

Haar gezicht was helemaal star en stug, alsof het allemaal mijn schuld zou zijn, allemaal door mij zou komen want zij was niet degene die ooit ja gezegd had.

Ja, jullie, waarom ga je er met zijn tweeën niet gewoon vandoor?

Ik weet niet wat vooropstond: dat haar dochter groot werd en van alles had wat ze zelf nooit had gehad en dat ze daardoor deed als een vrouw die een verkeerde keus gemaakt had, of dat ze dat toch al jarenlang dacht maar het om Sue groot te brengen uit haar hoofd had gezet. Ze was veertig, bijna eenenveertig. Ze had geen tweede kind gewild, één was zat. Ik dacht wel eens dat ze Sue al nooit had gewild. Susie was voor mij. Ik dacht wel eens: De wereld is niet eerlijk, als je aan Amy denkt.

Ze zei: 'Hoe groot is die kans, Lucky Johnson? Als je daar nou eens je geld op zette?'

Ze neemt nog een teug koffie en heeft nog altijd die plooi in haar voorhoofd, en ik denk: Als ze niet de klos is wat is dan het probleem en waarom kan ze maar met zoveel moeite woorden vinden? Dan lijkt het of ik mezelf inwendig een schop geef, een grote schop, zodat ik daar op dat bed haast opspring, want ik zie glashelder wat er gaat komen, en ik had het allang moeten aan zien komen, sukkel dat ik ben, en ze ziet denk ik dat ik dat zie, want op dat moment begint ze, alsof ik haar vrij baan gegeven heb. Ze slaat die bruine ogen op waar ze wel weg mee weet en zegt: 'Pap.'

Ze zegt dat Andy in de winter teruggaat naar Sydney en dat zij met hem mee wil, bij hem wil gaan wonen. Ze wil in Australië gaan wonen.

Sukkel dat ik ben. Geef ze een vinger. Eerst rijden ze naar Somerset, dan willen ze naar Sydney vliegen. Ik denk: Deze zaterdag kom ik nooit in de *Coach*.

Ze legt haar hand op mijn arm en knijpt erin alsof ze probeert te zeggen dat het, voorlopig even, alleen iets is tussen mij en haar – die Andy staat daarbuiten – het is iets waar zij en ik uit moeten komen. Alsof ze het als ik nee zei zou aanvaarden.

Maar het enige dat ik niet zeg, zoals Carol zou hebben gedaan als alleen zij het voor het zeggen had gehad, is 'Nee. Nee, meid. Nee en nog eens nee.'

Ik zeg: 'Je bent hier toch thuis?' Maar al terwijl ik dat zeg weet ik dat het een pover begin is want als het erop aankomt hoeft ze alleen maar te zeggen 'Ik ben achttien en niet je eigendom'. Maar dat zegt ze niet, ze kijkt me alleen aan als iemand die dat zou kunnen zeggen.

Ik zeg: 'En je studie dan?'

Wat niet zo'n kleinigheid is, het is niet zo'n kleinigheid dat de dochter van Ray Johnson studeert en lerares wil worden. Die ouwe zou trots zijn geweest.

Ze zegt: 'In Australië kan je ook studeren, in Australië kan je ook lesgeven.' Ze kijkt me aan alsof ze klaar is en afwacht of ik daar nog op door wil borduren, want ze weet dat het niet bepaald dankzij mijn voorbeeld is dat ze gedaan heeft wat ze heeft gedaan. Dat is bij haar altijd een teer punt geweest, ook al begint ze er niet meer over, alsof ze haar eigen vader gaandeweg afschrijft, dat ik die hersens die ik zogenaamd heb wel beter had kunnen gebruiken.

'Die heeft koppie,' zei Jack altijd, 'die heeft koppie, die Raysy.'

Jij zou wel wat beters kunnen, pap, dan naar dat saaie kantoor te gaan.

Maar dat doe ik toch, ik ga naar de bookmaker. Ik werk, ik gok op de knollen.

Ik zeg: 'Je weet niks van Australië.'

Ze zegt: 'Daar kom ik dan toch achter? En Andy laat het me zien.' Ze schrikt want ze probeerde zijn naam niet te noemen.

Ik zeg: 'Dat zal wel ja. Ik zal hem eens wat hoeken van de kamer laten zien.'

Ze kijkt helemaal verbaasd en gekwetst en tegelijkertijd woedend, want het is oneerlijk, het is onwaardig, het is niks voor mij. Herrieschopperij. Met mijn hersens, met mijn postuur. En ik heb helemaal niet gezegd dat ik Andy niet mocht. Juist wel, ik mag hem wel, ik mag die schooier wel.

Haar gezicht wordt vuurrood, haar ogen fonkelen maar dan gaat ze overstag – ze is ook niet gek – en wordt helemaal zacht en smekend.

En ik denk: Het is alleen maar terecht dat ze er beter uitziet dan ooit haar moeder toen ze achttien was, want de wereld wordt beter, ja zeker, die hoort ook beter te worden, het is niemands schuld dat hij te vroeg geboren wordt. Alleen heb ik Carol nooit gezien toen ze achttien was, toen trok ik nog altijd ten strijde. Du's hoe weet ik dat? En hoe dan ook is het zo, dat heb ik nooit tegen Sue gezegd, misschien is het nou het moment, dat ik haar moeders grote zus leuk vond.

Ik heb altijd je tante Daisy leuk gevonden.

Ik zeg: 'En wat heeft Andy je dan te bieden? Wat heeft hij te bieden?'

Ik zie ze in een jeep door Australië trekken.

Maar dan komt Carol thuis van het winkelen. We horen de voordeur en het geluid van neergesmeten tassen. Ik zou nou in de *Coach* moeten zijn, halverwege de eerste *pint*, na inzet van een triootje op de paarden. Dan gaan de vonken er echt afvliegen, dan moet ik er even hard aan geloven als

Sue. Want het is allemaal mijn schuld, zegt Carol, het komt allemaal door mij, ze hoopt wel dat ik dat inzie, alsof Sue wél zwanger was geraakt. Dus moet ik partij voor Sue kiezen, om me te verweren moet ik pleiten voor dat wat ik niet wil. Dat is denk ik precies waar Sue op heeft gerekend. Maar het maakt op geen van beiden veel indruk, wat ik zeg, want het is iets tussen hen tweeën, dat zie ik wel in, het is een strijd tussen hen tweeën. Ik ben maar de man in het midden waar ze allebei achter weg proberen te duiken. Heel het weekend gaan ze tekeer als twee katten, en er komt een moment dat ik versuft en verbluft ben en niet meer helder kan denken, en ik denk: Ik woon nou meer dan achttien jaar met twee ervan en ik begrijp ze nog steeds niet. Er komt een moment dat ik niet meer Sue of Carol zie, maar dat ik de kont van Duke zie.

Ik zette dertig pond op een paard genaamd Silver Lord, een van vijf outsiders. Dertig pond, in '65. Ik zeg tegen niemand wat. Ik denk: Als hij wint houdt dat in dat ze gaat, en houdt dat in dat ze ook nog het reisgeld heeft. Er was geen andere manier om eruit te komen. Maar je zou denk ik kunnen zeggen dat ik er al uit was, want ik was niet van plan om dertig pond te verspelen. En er zijn wel keren dat je afgaat op vorm en eerdere prestaties en ieder laatste kleinigheidje dat je weet van een knol, maar er zijn ook keren dat je gewoon het gevoel hebt, dat je gewoon de tekenen ziet.

Niet iedereen ziet tekenen, maar ze noemen mij Lucky Johnson.

En soms zit ik ernaast.

Ik denk: Ik zet geld op Susies leven, ik zet geld in tegen dat wat ik wil, maar in mijn achterhoofd is nog een sprankje van een andere gedachte, ik wil dat niet denken maar ik denk het toch, en ik denk dat Sue het ook heeft gedacht, ik denk dat zelfs Carol het heeft gedacht. Dat als Sue er niet was, als die ergens ver weg was waar we haar niet konden zien, dan was dat misschien voor Carol en mij een manier om het nog een keertje te proberen.

Hij komt aan met een halve lengte, twaalf tegen een, en als haar moeder er niet is stop ik haar het geld toe, driehonderd en zestig pegels. Ik zeg: 'Mondje dicht.' Ik zeg: 'Hier is je reisgeld. Gebruik het zodra je het nodig hebt. Áls je het nodig hebt.' Ik was niet van plan haar te zeggen hoe ik eraan kwam maar dat was denk ik niet zo moeilijk te raden. Dus zei ik: 'Silver Lord, Chepstow. Halve lengte.'

Dan komt ook Handige Andy zijn zegje doen, terwijl Sue met de handen om haar knieën geklemd naast hem zit. Hij zegt dat ze hun besluit hebben genomen, er is geen twijfel over mogelijk, en hij zal voor Sue zorgen. Hij zegt dat hij zoveel meer harmonie voelt nou – nou hij zijn wortels heeft gevonden – wat moeilijk van hem te geloven is met die Afghaanse jas aan. Hij zegt dat hij zich zoveel 'toffer' voelt nou, door alles, door Sue. Hij heeft zo'n rimpel in zijn gezicht, alsof hij gewend is in de zon te turen. Ik heb zin om hem te schoppen. Ik heb zin om die zak zijn schouder te vermorzelen.

Carol loopt de kamer uit. We horen de keukendeur dichtslaan. Hij zwijgt even en zegt dan: 'Bedankt, meneer Johnson. Paardje, hè?' Ik kijk naar Sue die op haar lip bijt en neerkijkt. Andy lacht sullig. Dan sta ik op en ga naar Carol.

Ze is niet meer boos, ze huilt, ze heeft een hand voor haar gezicht. Het lijkt wel of die keukendeur haar laatste munitie was. Ze buigt zich huilend over de gootsteen. Ze zegt: 'Als ze gaat, wil ik haar nooit meer zien, begrepen?' Maar dat wordt niet in woede gezegd, het wordt gezegd alsof ze smeekt.

Ik sla mijn armen om haar heen. Ze is nog altijd vrij slank voor een vrouw van veertig, ik kan haar ribben voelen. Als ik langer was, had ze haar hoofd onder mijn kin gestopt en had ik haar haar gekust. Het lijkt wel of ze een tweede dochter is geworden. Ze was altijd haar papa's meid, Charlies meid. Is voor hem met mij getrouwd.

Ik zeg: 'Je kan haar niet tegenhouden. Ze is achttien.'

Ze zegt: 'En ik niet.'

En op dat ogenblik besefte ik dat het niet zo was dat ze niet wou dat Sue aan het andere eind van de wereld een nieuw leven begon. Maar ze was jaloers.

Ik probeerde er iets beters van te maken, ik probeerde ons leven beter te maken. Ik gaf zelfs het wedden eraan. Ik leerde het zonder te stellen.

Maar het werkte niet. Of misschien had het wel kunnen werken als in december erop niet ineens haar vader was gestorven. Een ongeluk komt nooit. Komt te vallen, op karwei, gietijzeren goot, en breekt zijn schedel. Op slag. Charlie Dixon, Schroothandelaar, Sloopwerken.

Het was niet of ik een gevoel kreeg, het was niet of ik een teken zag, maar het was ook niet of zij erdoor bevrijd werd. Integendeel.

Ik sliep in het oude bed van Sue, of sliep niet. Ging vroeg naar mijn werk. Ontbeet in Smithfield.

Toen op een dag in april daarna drong het tot me door, zag ik de tekenen. Of misschien zou je kunnen zeggen dat ik het zat was om het zonder te stellen, in elke betekenis. Als ik het één keer kon, kon ik het nog eens. £ 100. Alles wat ik in ruim drie maanden misschien verwed zou hebben. En op een zaterdag was ik degene die ging winkelen. Toen ik terugkwam neuriede ik een liedje. *If I am fancy-free and I love to wander...* Ik keek haar in haar gezicht alsof de lente was gekomen en ik de brenger van vreugde was. Ik zei: 'Ik wil je wat laten zien – buiten op straat.'

Ze keek uit het raam en ik wees.

Rockabilly, Uttoxeter, honderd tegen acht.

Ze zei: 'Wat is dat?'

Ik zei: 'Dat is een kampeerauto. Een camper, luxe-uitvoering. Een tweepersoons woonwagen.'

Ze zei: 'Dat doet de deur dicht.'

Het was niet zoals het nou is, een vlugge race over de snelweg met halverwege Kent de smaak van Londen nog in je mond. Het leek wel een ontdekkingsreis, maar dan andersom. Zodat je wachtte en hoopte om land te zien, maar in plaats daarvan al gelijk over land reisde, helemaal ongeduldig, helemaal klaar voor die eerste glimp. De kust. De zee.

Ik keek naar Sally's benen. Ik keek naar de velden en de bossen en de heuvels en de koeien en schapen en boerderijen en ik keek naar de weg, grauw en warm als olifantshuid, die op ons afkwam, steeds maar op ons afkwam, als iets wat we opschepten, opaten, maar dan keek ik weer naar Sally's benen, die op die van Amy rustten. Of niet zozeer rustten, want ze bewogen, schoven, gleden steeds, en als we bijna bij de zee waren kronkelden ze ineens op en neer en gingen haar voeten onder het dashboard, zoals het ook ging als ze won met ik zie ik zie wat jij niet ziet, 'B' voor boomgaard, 'P' voor pompstation, of als Amy haar vroeg of ze moest stoppen en een plasje doen, 'P' voor plasje. Dan verdwenen zij en Amy samen, afzonderlijk, achter een heg, zodat ik wist dat het niet zomaar een kwestie was van je piemel uit je broek halen, het was wat anders.

Het was niet zozeer hoe ze bewogen of zelfs hoe haar katoenen rok wel eens opkroop zodat Amy die weer omlaag trok als Sally het zelf niet deed. Het was hun gladheid en kaalheid, hun plakkigheid-zonder-plakkig-te-zijn, en het was dat ze een geur hadden die je niet kon ruiken boven de geuren van de weg waar je over reed maar ik wist dat die er was en ik wist dat Sally overal zo moest ruiken, de delen die je niet kon zien. Het was net de geur van de zee, het was net het anders-zijn van de zee voor je er was.

Sally bij Amy op schoot, ik in het midden, Jack. We hadden om kunnen wisselen, ik had bij Amy op schoot gekund, zo zwaar was ik niet. *Sally had bij mij op schoot gekund*. Maar zo wou Amy het. Dat zag ik.

En op een dag zei hij toch: 'Jij zal achterin moeten. Jullie worden er niet kleiner op, geen van beiden. Als je wil dat Sally meegaat, zal jij achterin moeten.'

Dus ging ik achterin waar ik niet naar Sally's benen kon kijken, en al wat je kon ruiken de weeë, muffe, in-je-keel-blijven-stekende geur van vlees was.

Die was er niet meteen. Je had de picknicktas en de tas met strandspullen en het kleedje dat ze voor mij neerlegden en de zeeplucht van dat waarmee hij hem helemaal uitboende. Maar na een tijdje kwam de vleeslucht erdoor, als iets wat zich verstopt had, en nog een tijdje later kwam het misselijke gevoel en moest je daartegen vechten.

Maar nooit heb ik gezegd, nooit heb ik gezegd, en ze hebben het denk ik niet eens vermoed, doordat ze voorin de raampjes omlaag hadden en de lucht naar binnen stroomde, nooit heb ik op het metaal gebonkt en gezegd: 'Laat me eruit, ik moet overgeven.' Want ik deed het voor Sally, zodat zij mee kon. Ze zat voorin waar ik haar niet kon zien of ruiken, ik kon alleen vlees ruiken, maar dat ze daar was waar ik haar niet kon zien of ruiken was beter dan dat ze er helemaal niet was, en als we aan het andere eind uitstapten dan zou ze er zijn, echt, net als de zee. De vleeslucht en de misselijkheid zouden weg worden geblazen door de zeelucht, en ook al wist je dat het in de bestelwagen zo bleef ruiken en dat de terugreis nog kwam, daar dacht je niet meer aan totdat het zover was. Als iets het één is, is het niet het ander. En als ik weer in de bestelwagen stapte om naar huis te gaan, dan dacht ik: Het valt tegen elkaar weg, want aan de ene kant is wat er voor je is en aan de andere is er de herinnering, en misschien is het dat wel min of meer, is dat wel min of meer wat je mag verwachten, iets goeds tussen twee kwaden. Frisse lucht en zon en, aan weerszijden, in een doos zitten.

Ik vond denk ik dat ze onder de indruk had moeten zijn, dat ik het voor haar deed. Dus heb ik nooit wat gezegd. Maar misschien was ze wel niet onder de indruk, misschien heeft ze ook wel nooit wat vermoed, misschien vond ze het zelfs wel om te lachen, ik daar achterin als een dier in een kooi, en misschien was de echte reden dat ze me daar achterin wilden wel dat Sally hun liever was dan ik.

June is mijn zus niet. Ik heb geen zus.

Dan stapte ik in en deed hij achter me de deuren dicht, die met DODDS erop en die met & ZOON erop. Dan liep hij om en startte de motor en begon ik hem te haten. Ik haatte hem en haatte die vleeslucht totdat ze een en hetzelfde waren. Er was geen beter middel om te vechten tegen de misselijkheid, beter dan om te denken aan iets fijns, de zee en Sally, want die gevoelens hadden niks van een gevecht. Dan lag ik hem daar op dat kleedje te haten en dacht: Ik word nooit slager, nooit van mijn leven. En terwijl ik hem daar lag te haten ontdekte ik nog iets, achter en onder die vleeslucht, iets wat die ritten dragelijk maakte. Ik legde mijn oor tegen het kleedje. Ik voelde het metaal onder me dreunen, ik hoorde het geknars en de greep van de versnelling, het gedender van de assen die het vermogen naar de wielen brachten, en dan dacht ik: Zo werkt een auto, ik lig op het drijfwerk van deze bestelwagen. Ik ben het niet, ik ben onderdeel van deze wagen.

Maar op een dag geef ik toch over. Helemaal over het kleedje en de strandtas en de picknick en zo. Ik zei niks, ik gaf gewoon over. Dus is er niet meer de lucht van vlees, maar de lucht van kots.

De volgende keer zegt hij dat Sally niet meegaat zodat ik voorin kan zitten. Dus ik denk: Nou heb ik het gedaan, nou gaat Sally nooit meer mee, en ik zeg: 'Ik vind het best, ik vind het best om achterin te gaan. Ik zal niet meer overgeven, heus.' Maar hij zegt: 'Ze gaat toch niet mee, deze keer niet. Dus spring maar voorin.'

Geen van beiden zeggen ze veel. Het lijkt wel of het toen ik achterin zat een soort straf was maar nou ik weer voorin zit is dat ook een straf. Maar dan denk ik: Niet ik ben degene die het jammer vindt, niet ik vind het jammer, zij vinden het jammer. Ze vinden het jammer dat ik achterin moest van ze. Ze vinden het jammer dat ze voor Sally's ouders hebben gespeeld maar dat ze nou mij weer hebben. Dan slaat hij de hoofdweg af alsof we helemaal niet naar zee gaan.

We stoppen vlak voor een heuveltop, met wegglooiende velden. Het is een en al groen. Ik denk: Ik zeg niks, ik zeg niet: 'Wat moeten we hier?' Op de heuveltop staat een oude molen, dat weet ik nog, en beneden is een uitzicht: velden en bossen en heggen en boomgaarden, een boerderij, een kerktoren, een dorp. Dat ligt in verschillende lapjes uitgespreid alsof die door iemand bij elkaar zijn gevoegd.

We blijven even zitten bij de tikkende motor en het windje buiten. Dan kijken ze elkaar aan en zegt hij: 'Kijk eens daar beneden. Daar hebben mama en ik elkaar ontmoet. Bij het plukken van de hop.' Maar dat zegt me niet zoveel, want ik weet wel wat paardje-hop wil zeggen maar ik heb geen flauw idee wat of hop is die je kan plukken. Dus ik zeg: 'Wat is het plukken van de hop?' en hij probeert dat uit te leggen, alsof hij daar niet op had gerekend. En ik word er ook niet veel wijzer van. En Amy zegt: 'Ze noemen Kent de Tuin van Engeland.' Ze kijkt me met een raar lachje aan. Dan zegt hij, alsof hij daar ook niet op had gerekend en het alleen maar zegt om niet wat anders te zeggen: 'Het lijkt wel of je het land moet hebben om de stad te hebben. Moet je die boomgaarden zien. Oom Lenny had geen appels die hij kon verkopen, hè? Moet je die schapen zien...' Dan zwijgt hij en blijft mij stil aankijken. Dan kijkt hij Amy aan en Amy knikt en hij zegt: 'Kom eens mee.'

We stappen uit en lopen de velden in en ik ben bang. Er zijn schapen die blaten en staren. Hij blijft staan en bekijkt het uitzicht. Ik denk: Het komt doordat die schapen gedood worden. Het komt doordat die schapen in mootjes gehakt en opgegeten worden. Het uitzicht is helemaal ver weg en klein en het lijkt wel of wij ook ver weg en klein zijn en iemand naar ons zou kunnen kijken zoals wij naar het uitzicht kijken. Hij kijkt mij aan, en ik weet dat de reden dat ik bang ben is dat hij het is. En mijn papa Jack is nooit bang. Hij lijkt niet op mijn papa Jack, het lijkt wel of hij zomaar iedereen zou kunnen zijn. Hij haalt diep adem, dan nog eens, vlug, en ik denk dat hij zich nog wou bedenken, maar hij wankelde al, ging onderuit, daar boven op die heuvel, en hij kon er niks meer tegen doen.

Dus Vincey komt thuis, in zijn nieuwe burgerkloffie, en neemt plaats op een kruk in de *Coach*, rondje voor de zaak, en nadat hij me vermurwd heeft met een grote whisky die ik nooit had moeten aannemen, zegt hij, koel als Kerstmis: 'Hoe is het met Sally?'

Je kon niet aan hem zien of dat schaamteloze lef was of dat hij ergens echt zo dom was dat hij verder dacht te kunnen gaan waar hij opgehouden was, vond dat hij genoeg boete had gedaan, met dank aan de landmacht, en nou kwam hij dan om mijn dochter vragen.

Hij heeft Jack denk ik net zo in de maling genomen want als je ziet hoe Jack zich gedraagt zou je denken dat Vince tot inkeer was gekomen, dat hij was teruggekeerd van de dwalingen zijns weegs. Je zou toch denken dat Jack niet zomaar zou geloven dat de enige reden dat Vince vijf jaar zijn snor gedrukt had was dat hij dan terug kon komen en vergeving vragen en gewoon verdergaan waar hij gebleven was.

Voor een vernisje moet een man in het leger zijn.

Fijn dat je er weer bent, knul. Neem de tijd, rust lekker uit, vermaak je. Altijd een plaatsje voor jou in de winkel, dat weet je.

Maar hij hoeft geen rust en vermaak, hij gaat als de donder aan het werk. Hij zet een flinke mep van zijn gespaarde soldij op een van de speciale aanbevelingen van Ray Johnson, en zoals vaker de laatste tijd krijgt Ray gelijk. Getuige een camper. Alleen is dat een gevoelig onderwerp, daar praten we niet over, net als we niet praten over Raysy's gelijk toen Lenny Tate een speciaal klusje voor zijn dochter moest laten doen.

En Vince koopt geen camper, die koopt een Jaguar uit '59, dus je zou wel eens kunnen denken dat hij de wereld laat weten hoe hij leven wil. Om een echte scharrelaar te worden moet je in het leger zijn. Maar hij parkeert die Jag op de oude sloperij van Charlie Dixon, met dank aan Ray.

Want Charlie Dixon is naar de schroothoop in de hemel. Dan koopt hij gereedschap en een garagekrik en sleutelt zijn meeste dagen aan de motor en haalt die uit elkaar en zet hem weer in elkaar, dan knapt hij de carrosserie op en verkoopt hem. Dan koopt hij nog een auto en doet hetzelfde, en voor het jaar om is staan er daar twee auto's op Rays sloperij, afgezien van die camper, en ik zeg tegen Jack: 'Maak je maar niks meer wijs, het is niet zomaar liefhebberij van die knul. Hij wil misschien wel niks liever dan heel de dag onder een auto liggen maar hij doet het niet alleen maar uit liefde. Daar blijft het niet bij.'

Hij zegt: 'Het is Ray z'n schuld.'

Ik zeg: 'Zou kunnen. Maar Ray heeft zijn eigen kopzorgen, hè?'

Maar Jack geeft niet zomaar op. Hij doet een laatste poging om Vince over te halen. Halfgaarder en bezopener kan het haast niet, en het neemt de vorm aan van Mandy Black uit Blackburn.

Het verhaal gaat dat ze op een ochtend vroeg in Smithfield opdook met een vleeswagen, een heel eind van huis en wat haar betreft hoe verder hoe beter, maar moe en ontredderd en hongerig. Dus krijgt ze van Jack en zijn maten een fatsoenlijk ontbijt. Maar Jack gaat nog een stap verder en biedt haar voor de nacht een dak boven haar hoofd. Ieder ander had haar dezelfde weg terug gestuurd en zich wat gegniffel en wat moeite bespaard, maar Jack niet. En je zou denken dat Amy er ook nog wel wat over te zeggen had. Je kon zeggen dat het gewoon uit aardigheid was of je kon zeggen dat hij alleen maar de oude familietraditie volgde waarmee bij Dodds zwervers werden opgenomen. Hoe dan ook: Mandy duikt op in Bermondsey, in Jacks bestelwagen, en ik vermoed zo dat Jack in dat stadium nog helemaal niet aan Vince dacht. Hij dacht eens een keer aan June. Hij dacht aan Amy. Arme sul.

Het vervelende is dat er met Vince weer thuis geen logeerbed is. Maar dat is geen probleem, zegt Vincey, hij kijkt wel of hij niet in de camper van Ray kan pitten. Het is maar voor een nacht en hij is gewend om in een tentje te wonen, ook al is het half november. En dan is hij dichter bij zijn dierbare auto's. Maar een nacht wordt haast een week, zij smeekt of ze haar niet willen verraden en zij kunnen het niet over hun hart verkrijgen om haar eruit te gooien, en ik denk dat Jack het pas in zijn hoofd kreeg dat hij met behulp van haar misschien Vince kon omkopen toen ze eraan gewend raakten dat zij een soort blijvende logé was. Al weet ik niet waarom hij dat dan dacht. Alsof hij verwachtte dat Vince zou zeggen: 'Bedankt, Jack, dan kom ik nou weer naar Smithfield. Het lijkt me daar wel.' Alsof Vince zelf geen stappen kon ondernemen en daar al niet allang mee bezig was. Alsof Jack zomaar over Mandy kon beschikken. In elk geval is het zo dat Tutje Hola uit Lancashire de kamer van Vince gebruikt, en dat Vince de camper van Ray gebruikt, en vroeg of laat gaat ze naar de sloperij om hem te bedanken voor zijn moeite en te zien wat hij zo heel de dag uitvoert. En daar zijn ze dan met z'n tweeën en daar is de camper en Vincey heeft de sleutel. Dus bekijk het maar, Jack.

Het grappige van alles is dat Mandy niet wist wat een geluk ze had, of anders was ze linker dan iedereen dacht, had ze kijk op de kansen op lange termijn. Want ook al wist niemand het nog, Vincey was al wel op weg om Auto Dodds en later Dodds Auto Showroom te worden. Garage, noem ik het. En al heb ik het altijd als een onzekere handel beschouwd en niet wat je een man voor zou houden als een glanzend voorbeeld van een mooie loopbaan, voor hem werkte het, het heeft meer centen opgeleverd dan Dodds en Zoon ooit hebben gedaan. *Moet je dat pak zien.* Zij heeft er jurkjes en kapsels en vakanties in de zon aan overgehouden. Ik wou wel eens dat mijn Sally weer door was gegaan met die ouwe reus, die rotzak, echt waar. Want veel slechter dan nou had ze niet af kunnen zijn, en ik denk terug aan die uitjes naar Margate die Joan en ik nooit hebben gemaakt, echt waar.

Hij zegt: 'Hoe is het met Sally?'

Ik zeg: 'Dat zou je wel willen weten.'

Hij zegt: 'Dat zou ik echt willen weten, Lenny. Neem nog wat te drinken.' Stalen gezicht.

Ik zeg: 'Ze is toch getrouwd?'

Ik denk: Die eikel heeft wel lef, dat geef ik hem na, die knakker weet van wanten. In het leger moet je zijn. Hij heeft ook niet zo'n lelijke kop, erger nog, hij ziet er blakend uit. Ik kan wel begrijpen waarom ze hem de vloer met zich aan lieten vegen, met die truc van de kleine wees nog achter de hand. Hij zal er de laatste vijf jaar wel heel wat gehad hebben, kamphoeren, wijven. En waarom moet hij daar rondjes zitten geven, net of hij de zegevierende held is, als hij alleen maar de eer heeft gehad om als een van de laatste soldaten uit Aden weg te trekken, en geleerd heeft om een sleutel en een oliekan te gebruiken? Het was anders voor Jack, Ray en mij. Klotewoestijn.

Ik zeg: Ze is toch getrouwd? Maar ik zeg niet dat ze niet met haar man samenwoont, aangezien haar man in de gevangenis van Pentonville woont. Want dat zal hij toch wel gehoord hebben. Vier aanklachten van brandstichting en een van mishandeling. Wat het land nodig heeft is dat de militaire dienst weer ingevoerd wordt, hè Vincey?

En ik zeg niet hoe ze de eindjes aan elkaar knoopt. Af en toe een klusje voor een centje. Kostgangers in huis. Doet maar raak nou. Vraag maar aan Raysy.

Ik zeg niet dat ze geen kinderen heeft. Al is dat wel een zorg minder voor haar, hè?

Hij zegt: 'Ik heb het gehoord. Ik heb gehoord dat ze getrouwd is.' Geen krimp. 'En hoe staat het met de groente-en-fruithandel, Lenny?'

Maar een goeie auto is niet zomaar een goeie auto.

Een goeie auto is een steun en toeverlaat en een aanwinst voor een man, behalve dat hij ermee ook van A naar B komt. Ik kan niet voor vrouwen spreken. Mandy rijdt of het niks bijzonders is, of een wagen een handtas is. Maar een goeie auto verdient eerbied, wees goed voor hem en hij is goed voor jou. En zo nodig kan je hem uit elkaar halen en zien hoe hij werkt. Het is geen raadsel.

Mensen vervloeken ze. Ze zeggen: de vloek van onze tijd. Maar ik zeg: is het niet verbazend? Is het niet verbazend dat er wat bestaat waar iedereen in kan springen en mee kan gaan en staan waar hij wil? Ik kan me geen wereld zonder auto's indenken. Er is niks mooiers, als je het mij vraagt, er is niks waar beter uit blijkt dat je gonst van leven en in het huidige tijdsgewricht leeft dan als je plankgas kilometers vreet en dat allemaal kan dankzij die borden en die stoplichten en die witte strepen en alles beweegt, zich verplaatst. Waar zijn we? Gravesend, 5 km. We komen bij Gravesend. Of als je op een warme dag met je zonnebril op door de stad rijdt en je arm bungelt uit het raampje en aan het eind van je arm bungelt een saffie en op de stoep loopt een mokkel om een lel te geven. *Riding along in my automobeeel...*

En ik zeg altijd dat het niet de auto zelf is, het is de combinatie van man en auto, het is de wederzijdse verbranding. Een auto is niks zonder een man aan de knoppen. En soms is een man niks zonder auto, dat zie ik wel. Autofocus, noem ik dat. Meet de klant een wagen aan, is mijn stelregel. Ik ben niet zomaar een autohandelaar, ik ben net een kleermaker. Ik ben trouwens ook een ster van een monteur, ik ken motoren zoals u het naadje van uw vrouw, maar ik ben opgeklommen sinds die dagen. Een goeie auto is net een goed pak.

Hij zei: 'Wat naar, meneer Dodds, wat vervelend om dat te horen.'

Vuile gladdakker.

Ik zei: 'De zaken gaan door, meneer Hoessein. Wilt u er een straatje mee om?'

Dus stapten we in de Mercedes.

'Wanneer is de begrafenis?'

Ik zei: 'Donderdag. De motor is zo goed als nieuw. Lak en sierwerk allemaal zo besteld.'

Hij zei: 'Een nare klap, meneer Dodds, het ergste, om een vader te verliezen.'

Ik zei: 'De voorvering moet even worden nagekeken, daar zorg ik voor. Schakelt als boter, hè?'

Hij denkt: Jack is dood dus hij heeft geen kind aan me.

Ik zei: 'De normale garantie.'

We reden over Jamaica Road, keerden om bij de Rotherhithe-rotonde.

Hij zei: 'Laat me even nadenken.'

Wat betekent dat hij misschien niet koopt. Wat betekent dat hij genoeg krijgt van Kath. Wat betekent dat ik geen houvast heb en dat ik niks extra's krijg.

En ik zit al een mille te laag.

We kwamen terug door Abbey Street en parkeerden langs de stoeprand en daar zaten we even. Maar je laat de klant altijd even nadenken.

Ik zei: 'Er is veel navraag naar gedaan, meneer H, maar – u kent me – eerste keus aan u.'

Hij zei: 'Laten we zeggen – tot vrijdag. Kathy gaat natuurlijk naar de begrafenis.'

Ik zei: 'Vraag of mededeling?'

Zet er een domper op, hè, als je liefje een lang gezicht moet trekken? Weg moet sjokken en eer betuigen.

Hij zei: 'Vraag.'

Ik zei: 'Dat is aan haar.' Wat betekent dat het aan hem is. 'Het is een mooie auto, meneer H. En hij is u op het lijf geschreven. Ik weet niet eens of ik zelf wel ga.'

Hij kijkt me helemaal verward aan. Hij denkt: Jack is dood dus ik ben een makkie.

Ik zei: 'Bedoelt u dat Kath u dat nooit verteld heeft? Heeft ze dat nooit gezegd?'

Het is het beste dat ooit uitgevonden is. Als hij nog niet uitgevonden was hadden we hem moeten uitvinden. En het is niet zomaar een zitplaats op wielen. Het is een maat. Het is een makker. Hij stelt geen vragen, hij vertelt geen leugens. Het is iets waar je kan zijn en kan zijn wie je bent. Als je niks hebt wat je je eigen plek kan noemen, zit je goed in een auto.

Vic gaat voorin zitten, hij heeft de doos nou niet vast en probeert met het bedieningspaneel in het portier de stand van de stoel uit.

'Zit je daar echt lekker, Vic?' zegt Lenny.

'Prima,' zegt Vic.

'Alle stoelen elektrisch verstelbaar,' zegt Vince. 'Bekleding op bestelling van de klant.'

'Maar Vic is geen klant,' zegt Lenny.

'Dat weet ik zo net nog niet,' zegt Vic. 'Hoeveel vraag je, Vince?' En Vince draait plotseling zijn hoofd, trapt erin, voordat Vic grinnikt en knipoogt. Strak gezicht heeft Vic.

Ik zou zeggen dat Vic er het beste uitziet van ons allemaal, verreweg. Ik zou zeggen als je Lenny, Vic en mij nam, dat iedereen Vic dan vijf jaar voordeel zou geven. Het is een redelijke gok dat hij als laatste van ons zal gaan. Afgezien van Vince dan, en die is ook niet meer piepjong. En de eerste van ons die zal gaan, de volgende van ons die zal gaan, is –

'Alleen even proberen,' zegt Vic.

Keurig, strak, opgepept soort gezicht, en volgens mij gaat hij eens in de veertien dagen naar de kapper. Misschien komt het wel doordat hij met lijken werkt, houdt dat een mens, van de weeromstuit, in blakende gezondheid. Misschien komt het wel door al die conserveringsmiddelen. Of misschien komt het wel doordat hij bij de marine is geweest. De frisse lucht en het zilte nat. Voor mij, Jack en Lenny was er het stof en de vliegen.

Maar het is niet alleen hoe hij eruitziet, het is ook hoe hij is. Alsof niemand Vic Tucker te grazen neemt. Alsof niemand bestrijdt dat hij daar voorin hoort te zitten, doos of geen doos, alsof hij de leider van dit expeditietje is. Recht zo die gaat, Vincey. Aye, aye, schipper. Dat zal ook wel van dat werk komen. Het plaatst alles in perspectief, houdt een mens in evenwicht. En natuurlijk begin je in zijn bedrijfstak niks met een tekort aan waardigheid.

Waardigheid, dat is het woord: waardigheid.
Vic Tucker, om u te dienen.
Hij zakt terug in de stoel en doet half zijn ogen dicht.
Lenny zegt: 'Je hebt nog niks gezegd, Raysy.'
'Waarover?'
'Of je denkt dat Sue zich zou laten zien. Om je uitgeleide te doen.'
Ik zeg: 'Dat is toch niet van belang? Dat is niet van belang.'
'Dan nog.' Lenny praat zacht, alsof hij denkt dat Vic misschien wel wegdut. 'Je moet toch iemand hebben.'
Hij bedoelt: als je Carol niet hebt. Of wie dan ook.
Ik zeg: 'Australië is ver weg.'
'Niet zover als van hier naar de andere wereld.'
Ik kijk Lenny aan.
'Welke andere wereld?' zegt Vince.
'Bij wijze van spreken, ouwe reus,' zegt Lenny.
Vince zegt: 'Het is wel verder dan Sydenham.'
Want daar woont Carol nou, daar is ze ingetrokken. Bij Barry Stokes, Huishoudelijke Apparaten.
Lenny zegt: 'Stel', alsof hij Vincey niet gehoord heeft.
Vince zegt: 'We zouden op de terugweg even aan kunnen wippen, hè Raysy? Via de zuidelijke ringweg.'
Vince komt weer tot leven, alsof hij zich herinnert dat hij de benjamin van het stel is.
Lenny zegt: 'Stel. Stel dat jij een speciaal verzoek had. Stel dat jij een speciaal bezopen verzoek had zoals Jack hier. Wie doet dat dan?'
'Ik zal geen bezopen verzoek hebben.'
'Wie weet?'
Ik denk: Amy is hier ook niet.
'Tja,' zeg ik, en kijk Lenny aan, 'jij bent er.'
Lenny kijkt me aan. Zijn gezicht is helemaal pappig. Moet komen van het werk met groente en fruit. Je kan zien dat dit het antwoord is dat hij wou horen, maar dan schudt hij van nee, met een gemoedelijk lachje. 'Wil je daar nog eens over nadenken? Of was je al gauw wat van plan?'

Vince zegt: 'Maak je geen zorgen, Raysy, ik ben er ook nog. Wat wil je – een Mercedes of een Rolls?'

Meneer Tact.

Lenny zegt: 'Ogen op de weg, anders zijn we er geen van allen meer.'

Vince zegt: 'En waar wil jij worden neergemikt?'

Vic hoest en gaat verzitten, hij is niet onder zeil. Hij zegt: 'Je kan er nou toch naartoe, Raysy? Naar Australië, op bezoek bij Sue. Op bezoek bij die kleinkinderen die je zogenaamd hebt. Wat houdt je tegen? Je bent vrij man.'

Hij keert zich om en kijkt me aan. Alsof hij me alleen maar uit de ene hoek haalt om me de andere in te drijven.

'Een kleinigheidje als het reisgeld, Vic,' zeg ik.

Vic zegt: 'Waag een gokje. Ik meen me te herinneren dat dat bij jou wel eerder heeft gewerkt.'

Ik kijk Vic aan. Het is een strak gezicht. Hoe bedoelt hij: vrij man?

'Inderdaad,' zegt Vince. 'Je zou wat van de wereld kunnen zien. Een beetje leven. Via Bangkok kunnen gaan.'

Vince' hoofd kijkt schuin in de achteruitkijkspiegel.

Hij zegt: 'Maar gewoon uit belangstelling, waar wil jij worden neergemikt?'

Hij lijkt wel een taxichauffeur. Waarnaartoe, chef?

'Ik ben niet kieskeurig. Dat laat ik aan Vic over.'

Maar Vic zwijgt. Hij zegt niet: 'Als je zover bent, Ray', en brengt dan met één vingerbeweging zijn kleine groet van de begrafenisondernemer. En ik zie opeens dat beeld van mij in een auto, in een kartonnen doos, in een grote auto, met alleen Vince achter het stuur, alleen Vince met zijn das en manchetknopen en donkere bril.

Ik heb hem de sloperij verkocht, voor een schijntje. En hij heeft hem verkocht voor een vermogen.

Dan denk ik: Maar ik zie het niet meer. Het maakt niet uit, het is niet van belang, want ik zie het niet meer. Tenzij het zo is, zoals Vincey lijkt te denken, dat ze kijken, de dooien, zodat ik als ik dood ben naar mijn eigen begrafenis kan kijken. En ze allemaal naar ons kijken, ook nou, die ouwe, en Charlie Dixon en Vince' mama en papa, en Duke, en Jack hier, die door het karton gluurt, en al die dooien die Jack en Lenny en ik in de oorlog hebben achtergelaten, en die daar in de woestijn liggen, omdat wij geluk hadden en het onze beurt niet was.

Zodat ik kon zien of Susie komt.

Lenny zegt: 'Ze moeten jou denk ik over Tattenham Corner mikken.'

Ik kijk Lenny aan. Dat is geen strak gezicht.

Vince zegt: 'Daar wordt de baan lekker stevig van.' Vince is een en al levendigheid, alsof hij een nieuw spel heeft ontdekt. 'En de rest van ons? En jij, Lenny?'

'O, ik sluit me bij Ray aan, ik ben niet kieskeurig. Het is niet – van belang.'

De doos ligt tussen ons in, als een armsteun.

Vince zegt: 'Je as moet toch ergens heen.'

Lenny kijkt Vince aan.

'En jij, Vic?'

Vic heft zijn hoofd alsof hij misschien wel weer weg is gedommeld.

'O,' zegt hij, 'dat is allemaal geregeld.'

Vince zegt: 'Wat is er geregeld?'

Vic zegt: 'Ik heb jaren geleden een perceel gekocht, toen ze goedkoop waren. Voor mij en Pam. Op de nieuwe begraafplaats van Camberwell.'

Iedereen doet er het zwijgen toe. We rijden verder. Wie zal zeggen wat ieder van ons denkt maar ik zou zeggen dat Vic daar het meeste van af weet. Volgens mij weet Vic meer dan hij laat blijken. Misschien komt dat ook wel doordat hij met lijken werkt.

Het is goeie handel. Het is er niet om goedkoop te kopen en duur te verkopen, of om de eerste de beste sukkel wat aan te smeren waaraan hij geen behoefte heeft. Niemand wil het, iedereen heeft het nodig. Je hebt in elk vak profiteurs, en het is het slechtste soort profiteurs dat misbruik maakt van andermans ongeluk. Ik ken er die iemand die nog geen week weduwe is een poot uitdraaien met een massief eiken kist, satijnen voering, massief koperen handgrepen, noem maar op, terwijl een eenvoudig fineertje zat is. Ik heb nog nooit een lijk horen klagen. Je hebt er die kisten verpatsen zoals Vincey hier auto's verpatst. Maar de handel zelf is goeie handel, solide handel. Er komt nooit een gebrek aan klandizie.

En het is een voorrecht, in mijn ogen, een leerschool. Je ziet de mens op zijn zwakst en zijn sterkst. Je ziet hem ontdaan van zijn alledaagse zorgen als hij zichzelf noodgedwongen ernstig neemt, als hij behoefte heeft aan wat verpakking in plechtigheid en ceremonieel. Maar een begrafenisondernemer moet niet al te plechtig worden. Daarom is een grapje wel op zijn plaats. Daarom zeg ik: Vic Tucker, om u te dienen.

Het is geen vak dat velen zullen kiezen. Je moet erin opgroeien, van vader op zoon. Het zit in de familie, zoals de dood zelf in het mensdom zit, en dat heeft iets geruststellends. Het verscheiden. Het is niet wat je een geliefd beroep zou noemen. Maar het geeft voldoening en trots. Zonder trots kan je geen begrafenis verzorgen. Als je uitstapt en langzaam voor de lijkwagen gaat lopen, met je jas en hoed en handschoenen, kan je dat niet doen met iets verontschuldigends. Je moet zorgen dat er op dat ogenblik gebeurt wat de getroffenen willen dat er gebeurt. Je moet zorgen dat heel de wereld stilhoudt en aandacht schenkt. Soms heeft een begrafenisondernemer meer in te brengen dan een diender. Maar je kan geen begrafenis verzorgen zonder gezag. Als mensen niet weten wat ze moeten doen moet het hun gezegd worden, en de meeste mensen hebben geen flauw benul, ze weten van toeten noch blazen, dat is echt zo, in het aangezicht van de dood. Dat was hetzelfde bij Jack als bij honderden anderen. Als die gordijnen dichtgaan en de muziek speelt weet niemand wanneer hij zich moet omkeren en weggaan. Er is niemand die zegt: 'Einde voorstelling.' Dus daar zat Raysy, naast Amy, in de voorste bank, naast het gangpad, recht voor zich uit te kijken, en ik ga op hem toe en pak zijn arm en fluister in zijn oor, zoals ik in ik weet niet hoeveel oren heb gefluisterd: 'Ga jij maar, Raysy. Ze komen allemaal achter jou aan. Amy ook.' En op dat ogenblik was Ray Johnson, onder bekenden bekend als Lucky, even als stopverf in mijn handen, als een slaperig kind dat ik naar bed stuurde.

Ik zag Jack de vleesschalen wegruimen, de toefjes namaakgroente oppakken, toen de toonbank afwassen, soepel, zonder onderbreking, alsof hij dat allemaal met zijn ogen dicht kon, maar zorgvuldig en doelgericht, waarbij hij er de tijd voor nam, want het was een warme dag. En ik dacht: Hij is vroeg, en ik heb hem dat lang niet zelf zien doen, meestal is het die knul, die naar zijn zeggen geen bout van een bot kon onderscheiden en geen prijs in zijn hoofd kon houden. Tenzij hij die ook de laan uit gestuurd heeft. En dat roodwitte zonnescherm ziet er ook sjofeler uit, dat haalt nieuwjaar niet meer.

Het is een oude gewoonte aan het einde van de dag, om de andere winkels te zien sluiten. Een winkel is bestemd om naar te kijken, vandaar dat hij om een etalage is gebouwd. Je kan de waren bekijken en de winkelier zien, als een vis in een aquarium, al gaat dat niet op voor een begrafenisondernemer. Een kistenmakerij is de enige winkel waar niemand naar binnen wil gluren. Zo zijn ze ook ingericht. Gordijnen, schermen. Niemand wil een doodgraver aan het werk zien.

Zo stond ik waar ik vaak heb gestaan op een stille avond, achter het kanten gordijn dat over de breedte van de ruit loopt, boven het halve tussenschot met donkere lambrizering. Dat is ook een gewoonte die het beroep met zich meebrengt. Geheimzinnigheid, zien en niet gezien worden.

Trev had een halve dag vrij, Dick haalde er eentje op uit Maidstone, en de rest van het personeel was er al vandoor, de lijkwagens stonden achterom geparkeerd, helemaal geboend en gewreven voor de volgende dag. Dus was ik alleen in het pand. Buiten de heer Connolly dan, die wachtte tot zijn vrouw naar hem zou komen kijken.

Ik zag Jack naar buiten stappen om het zonnescherm op te draaien, een paar slagen aan de slinger, toen weer naar binnen gaan, toen weer naar buiten komen om af te sluiten en de rolluiken omlaag te trekken. En dat moet ook allemaal het nodige kosten, al heb ik zelf die last nooit gehad, want ik heb niet gehoord dat er de laatste tijd nog bij een begrafenisondernemer is ingebroken. Ook in die zin niet geliefd. Al neem ik aan dat er meer in mijn kluis zit dan in die van Jack.

Ik dacht: Nou draait hij zich naar rechts, klopt op zijn zakken, kijkt op zijn horloge, zwaait naar Des daar in de stomerij, en gaat naar de *Coach*, waar ik me over een uurtje wel eens bij hem zou kunnen voegen, als Vera Connolly niet te laat is. Dorstig weertje. Maar in plaats daarvan zag ik hem naar de stoeprand lopen en naar de overkant kijken, alsof hij mij achter het kanten gordijn kon zien, alsof ik had gewenkt. Toen wachtte hij op het verkeer en stak over, dus ik stapte vlug weer naar binnen. Toen hoorde ik hem aan de deur rammelen.

Hij zei: 'Goeienavond, Vic. Ga je mee naar de *Coach*?' En dat was raar, want of hij zou me in de *Coach* zien of niet, de weg erheen kon ik zelf wel vinden. Hij wist dat ik doorgaans pas later op kwam dagen, want ik beëindigde de dag zelden zoals hij, om klokke half zes.

Ik zei: 'Ik dacht er wel over.'

Hij zei: 'Dorstig weertje. Mooie dag.'

Ik zei: 'Mooie dag. Kwam je me dat vertellen?'

Hij zei: 'Eén juni, Vic. Weet je wat voor dag dat is?'

Ik keek hem aan. Hij keek om zich heen.

Hij zei: 'Ben je helemaal in je eentje?'

Ik knikte. Ik zei: 'Wil je niet gaan zitten?' Hij kijkt me vluchtig aan, onzeker, alsof het niet glashelder is dat hij met een bedoeling is gekomen, maar hij gaat zitten, waar mijn klanten zitten, waar de getroffenen zitten en hun wensen bespreken. Dan zegt hij: 'Het is zover, Vic. Eén juni. Ik ga de winkel verkopen.'

Hij zegt het alsof hij een misdaad bekent. Alsof hij zijn eigen begrafenis komt regelen.

Ik zeg: 'Nou dan kom ik straks zeker wat drinken, want dan is er wat te vieren. Jij trakteert?' En hij kijkt me even aan met toegeknepen ogen, alsof hij niet vroeg om te worden uitgelachen, en misschien verschil ik wel niet zoveel van al die anderen. Spotters.

Hij zegt: 'Ik vertel het jou, Vic. Ik vertel het verder niemand. Nog niet.'

Ik zeg: 'Ik ben vereerd. Van mij geen kik.'

Maar ik denk: Maar wat is daar zo geheim aan, en wat is daar zo'n schande aan? Dat hij kapt op zijn achtenzestigste, wat de meeste mensen toch niet vroegtijdig zullen vinden. Dat hij gezegd had dat hij doorging tot hij erbij neerviel, maar hij er niet bij neergevallen is, ook al is hij wel doorgegaan. Dat hij doet wat hij zelfs naar Vinceys zeggen jaren geleden al had moeten doen: zijn verlies nemen voordat hij alles verloor. Misschien draait het daar wel om, dat Vincey hem dat gezegd heeft. En dan heeft Amy hem ook nog haast laten zitten. Al heeft hij dat, of het hoe, niet eens vermoed.

Ik denk: Trots is een vreemde zaak. Een kleine man wordt erdoor opgeblazen maar daar heeft een grote man die bang is om klein te lijken niks aan.

Hij zegt: 'Wat stelt het trouwens voor, een slagerij?'

En ik denk: Vertel jij het maar, Jack, want heel je gezicht

zegt dat het alles is, en het doet pijn om wat anders toe te geven. Je zou niet denken dat het zo'n tragedie was, om je niet meer af te beulen. Ik denk: Kop op, Jack. Naar mijn idee waren slagers jolige bliksems, grote kerels met grote armen en een grote grijns, zoals jij vroeger ook. Meneer Treurnis dat hoor ik te zijn. Je gaat met pensioen, niet failliet. En het komt alleen maar door de aard van het vak dat ik hier nog blijf hangen, net zo oud als jij, hier in dat kantoortje, terwijl ik alles aan de jongens zou kunnen overdragen. Want het is de leeftijd dat de meeste mensen behoefte krijgen aan een begrafenisondernemer, de leeftijd van aanstaande weduwen, en ik weet dat mevrouw Connolly het zal waarderen.

Hij zegt: 'Spek is toch niet het enige in het leven?' alsof hij niet zeker weet wat er verder dan nog is. 'En het is wel zo eerlijk tegen Amy.'

Ik zeg: 'Heb je het haar verteld?'

Hij slaat in verwarring zijn ogen op. Hij zegt: 'Ho even, Vic, ik heb het net vijf minuten geleden besloten, toen ik die plateaus stond te soppen.'

Ik dacht: Kijk dat is weer de Jack Dodds die ik ken. Ik was dus getuige, zonder het te weten, van het grote Besluit. Er moet wat zijn waardoor je kijkt waar je kijkt als je kijkt.

Hij zegt: 'Dus ik dacht ik kan het maar beter gauw iemand vertellen, ik kan het maar beter gauw Vic vertellen, anders kom ik erop terug voor ik het Amy kan vertellen.'

Dat is weer de Jack die ik ken.

Ik zeg: 'Maar dan zit ik klem, hè? Als je het haar niet vertelt.'

Hij zegt: 'Ik vertel het haar wel', verontwaardigd, maar zijn gezicht verstrakt weer, alsof hij er nog niet uit is hoe hij dat aan moet pakken, alsof er op de wereld niks zo moeilijk is als het vertellen van goed nieuws.

Er is een oude klok in mijn kantoortje die gestaag tikt. Dat is een geruststelling.

Hij zegt: 'Alles goed met de jongens, Vic?'

Ik denk: Jongens, ze zijn allebei over de veertig. Maar zo noem ik ze wel: jongens.

Ik zeg: 'Ik hou ze bezig.'

Hij kijkt om zich heen naar het verlaten kantoortje en dan naar mij, alsof hij zeggen wil: 'Het lijkt meer dat zij jou bezighouden, Vic.' Maar ik weet wat die glans in zijn ogen betekent, die heb ik eerder gezien. Die betekent: Voor jou is het makkelijk, Vic, nietwaar, om op te geven, los te laten. Met Dick en Trev. Dus het is er toch nog altijd. Voor mij zou het makkelijk zijn.

Die betekent: Vince.

Tja, daar heb je je kansen verprutst, Jack. Niet eens een helpend handje van die kant.

Hij zegt: 'Weet je wat het vandaag is? Eén juni.'

Ik schud mijn hoofd.

Hij zegt: 'June is jarig. June wordt vijftig. Eén juni 1939. Weet je waar Amy op dit ogenblik is?'

Ik zeg: 'Bij June op bezoek.'

Hij knikt, kijkt dan naar zijn handen. 'Ze zei niks maar ik weet wat ze dacht. Dat ik een uitzondering kon maken. Vijftig jaar is wat bijzonders of het is het niet. Een kans om te doen wat ik nog nooit gedaan heb. Ze zei: "Ik ga bij June op bezoek. Het is mijn gewone dag maar vandaag is wat bijzonders, hè?" Ze zei: "Ik heb een cadeautje voor haar gekocht, een armband." Ze hoefde verder niks te zeggen, alleen te kijken. Ze geeft het niet op. Dus zei ik: "Ik zal zien, ik zal zien." Kostte me al heel wat, Vic, alleen al om dat te zeggen.'

Ik denk: Heel wat waarvan?

'Ik zei ik kan misschien vroeg de winkel sluiten, en je daar dan zien. Ze zei: "Weet je zeker waar het is?" Ik heb niks toegezegd, maar het leek op een belofte. Maar toen het tijdstip aanbrak – een halfuur geleden, wist ik dat ik het niet kon, niet veranderen kon, niet zomaar. Vijftig jaar. June weet toch niet hoe oud ze is? June weet niet waar een armband voor is. Dus toen dacht ik: Maar ik kan in een ander opzicht veranderen. Ze zal me niet naar dat ziekenhuis zien komen maar ik kan haar wel wat te vertellen hebben. Om het goed te maken.'

Ik denk: Je had allebei kunnen doen.

Hij zegt: 'Amy geeft het niet op.'

Ik denk: Jij wel dan?

Hij zegt: 'June verandert toch nooit meer? Blijft toch een kind, een vijftigjarig kind? Maar ik kan het misschien nog wel.'

Ik denk niks.

Hij kijkt naar mij en naar de gedachte die ik niet heb. Hij kijkt weer het kantoortje rond, argwanend, alsof hij half is vergeten waar hij is en dat ik niet meneer pastoor ben maar Vic Tucker, begrafenisondernemer.

Hij kijkt met een schuin hoofd naar de deur achter in het kantoortje. Hij zegt: 'Nog logés?' De gangbare vraag.

Ik zeg: 'Alleen deze ene.'

En ik kan hem er bijna aan terug zien denken, die keer dat ik het was die naar hem aan de overkant rende. Toen ook helemaal alleen, onderbezet, en toevallig had ik er ook nog eens twee in huis en de ene had dringend verzorging nodig. Dat kan werk voor twee man zijn. Toen ook een warme dag. Dus dacht ik aan Jack aan de overkant. Ik dacht: Misschien een slager. Ik zei: 'Jack, kan jij me een dienst bewijzen?' Ik moest hem naar achter in de winkel loodsen, buiten gehoorsafstand van een klant, om het uit te leggen. Hij keek me aan en zei toen: 'Vanzelf, Vic', alsof ik hem gevraagd had of hij me kon helpen een meubel te verplaatsen. Hij zei: 'Heb ik dit nodig?' en veegde zijn handen af aan zijn schort. We gingen terug naar de overkant, en voor we naar binnen gingen zei ik: 'Je weet het zeker?' en hij kijkt me doordringend aan en zegt: 'Ik heb eerder lijken gezien.' Ik dacht: Ik heb ze ook gezien, jouw oorlog was niet de enige. Hoofden die in de olie dobberden. Ik zei: 'Ja, maar geen vrouwen.' Maar hij gaf geen krimp, vertrok geen spier, alsof een vrouw van vierenzeventig die was omgekomen bij het oversteken niet verschilde van een runderlap. Ik zei:

'Dankjewel, Jack. Dat doet niet iedereen.' Hij zei: 'Graag gedaan, Vic. Ik ben niet iedereen.'

En toen de oudste zoon kwam kijken dacht ik: Jij zal nooit weten dat je moe is opgeknapt door de slager van de overkant.

Je zou denk ik ook verwachten dat een slager niet teergevoelig is, je zou ook verwachten dat een man als Jack niet schroomt. Het enige tere punt bij Jack Dodds was ooit het bezoeken van zijn dochter. Zijn eigen vlees en bloed.

Ik zeg: 'Alleen deze ene. Ik krijg iemand die komt kijken.'

Hij zegt: 'Dan kan ik beter wegwezen.' Maar hij verroert zich niet. 'Iemand kan denk ik op het laatste ogenblik veranderen.'

Hij kijkt me aan en ik kijk hem aan, alsof ik hem de maat neem. Ik denk aan Amy op bezoek bij June. Zoals mevrouw Connolly hier.

Ik zeg: 'Weet je zeker dat je het Amy gaat vertellen? Ik ben nou je getuige, Jack.'

Ik denk: En of ik een getuige ben. Zal ik het hem vertellen?

'Ik ga het haar vertellen,' zegt hij, alsof hij nog altijd een list in petto heeft. 'Anders mag jij dit houden.' En hij vist uit zijn zak een handvol verkreukelde biljetten op. Het kan niet veel meer dan vijftig pond zijn geweest.

'Dagopbrengst,' zegt hij. 'Dubbele inzet. Mijn woord en mijn geld. Nou begrijp je waarom ik het me niet kan veroorloven om die winkel aan te houden.'

Hij schuift me het stapeltje biljetten toe. Ik weiger niet om het aan te nemen.

Dan zegt hij: 'Weet jij, Vic, wat ik vroeger wou worden?'

Ik kijk hem aan.

'Dokter.'

Het is goeie handel.

Ik zei: 'Ik wil wel graag de piramides zien.'

Hij zei: 'Ik wil wel graag het dichtstbijzijnde bordeel van binnen zien.'

Jack was degene die mij voor het eerst Lucky noemde. Dat had niks met de knollen te maken, dat was later.

Hij zei: 'Kleine ventjes zijn in het voordeel, kleine ventjes boffen, hopelijk begrijp je dat. Minder een doel voor de vijand, minder gewicht te dragen hier in die teringoven. Let wel, dat doet niks af aan mijn voordeel. Als ik zin heb ram ik zo je kop eraf. Hopelijk begrijp je dat.'

Toen stak hij met een lachje zijn hand uit, klemde die grinnikend even dicht, deed hem toen weer open.

'Jack Dodds.'

Ik zei: 'Ray Johnson.'

Hij zei: 'Dag Ray. Dag Lucky. Hoe kom je trouwens zo klein? Iemand je te heet gewassen?'

Het was uit welwillendheid, dat denk ik. Het was omdat hij me op mijn gemak wou stellen, want ik was net ingelijfd en hij had er al zes maanden op zitten. Maar hij had mij er niet uit hoeven pikken. Ik denk dat hij, om een reden die ik nooit zal weten, besloot om mij uit te kiezen. Dat geklets over geluk was allemaal flauwekul. Maar als je wat zegt en het denkt en het genoeg meent, dan wordt het wel eens zo. Hetzelfde als je een paard uitkiest. Dat is geen geluk, het is vertrouwen. En dat is iets wat Ray Johnson zou ik zeggen, buiten de verfijnde bezigheid van het wedden op een knol, altijd bitter weinig heeft gehad. Maar wat Jack aanging denk ik dat ik net een paard was. Hij koos me uit. Zo werd ik Lucky Johnson.

Hij zei: 'Waar kom jij vandaan, Ray?'

Ik zei: 'Bermondsey.'

Hij zei: 'Dat meen je niet.'

En daarmee was het denk ik beklonken.

Ik zei: 'Weet je Valetta Street? Weet je die schroothandelaar, Frank Johnson?'

Hij zei: 'Weet je slagerij Dodds op Spring Road? Ik wed dat je ma haar vlees daar koopt.'

Ik heb nooit gezegd dat ik geen ma had. Dan had hij mijn geluk nog wel eens overwogen denk ik.

Hij zei: 'De lekkerste worstjes van Bermondsey. Daar kan je hier wel naar fluiten.'

Hij zei dat hij vanwege mijn geluk bij mij moest blijven, maar het was andersom. Jack was degene die voor mij instond. Het ging er niet om dat ik klein was zodat de kogels mij zouden missen, het ging erom dat hij groot was, als een muur, als een kei. En de kogels misten hem trouwens toch, ze misten hem en ze misten zo ook mij, op die ene keer na. Het ging erom dat een kleine man iemand moet hebben die het voor hem opneemt, zoals mijn ouweheer zei dat ik hersens had en die gebruiken moest. Ik had nooit geweten dat ik die had voordat hij erop hamerde, en totdat Jack er een pluspunt van maakte. 'Dit is Ray, die heeft koppie-koppie Ray.' Maar één reden dat ik wist dat ik koppie-koppie had was wel dat ik bij Jack bleef.

Ik dacht: Blijf bij die man en er gebeurt je niks, blijf bij die man en je komt die oorlog wel door.

Hij gaf me een saffie aan.

Hij zei: 'Weet je wat, Ray, die piramides kunnen we wel overslaan.' Toen pakte hij uit zijn portefeuille een verkreukeld kaartje met daarop een adres gekrabbeld. 'Van een maat gekregen. Persoonlijk aanbevolen.'

Ik zei: 'Misschien kan ik –'

Hij zei: 'Piramides zijn toch graftombes, Ray? Piramides zijn voor doden. Terwijl het moois van een hoer.'

Toen haalde hij nog wat anders uit zijn borstzak en schoof dat over de tafel naar me toe. Hij zei: 'Het is lief-zijn-voor-je-snikkel-dag.'

Ik zei: 'Misschien –'

Hij zei: 'Wat is er nou? Pas nog moeder de vrouw gezien?'

Ik zei dat ik geen moeder de vrouw had.

Hij zei: 'Nou dan.' Toen zei hij, en blies een grote rookwolk uit, alsof dat zo'n beetje was wat alles voor hem betekende: 'Ik wel.' En hij haalde nog wat uit zijn portefeuille en gaf me dat aan.

Ik keek en ik dacht: Zo een wil ik er. Zo eentje wil ik er.

Ik keek hem aan en hij keek terug alsof hij de vraag in mijn blik niet had gezien of er geen antwoord op wou geven.

Hij zei: 'Andere plek, andere regels, hè?'

Ik zei: 'Geluksvogel', en gaf de foto terug.

Hij zei: 'Nee, dat ben jij, weet je nog? Drink eens op.'

Toen voerde hij me mee in het lawaai en het helle licht en de stank, en ik zei geen moment – zo'n sukkel was ik ook weer niet – 'Ik ben nog nooit bij een – Nog nooit.' Ik was nog niet verder gekomen dan Lily Foster die me aftrok in de schuilkelder, in de dagen dat je daar hoogstens nog tegen de regen school. Ik stak mijn hand in haar onderbroek alsof ik in een zak gemengde drop rommelde, maar ze zei: 'Daar mag je niet in.' En ik kwam zo vlug en plotseling klaar dat ik haar rok verpestte, moet moeilijk uit te leggen zijn voor een meisje. Verpestte mijn kansen op nog een keer en zo.

Maar terwijl we de sjacheraars en bedelaars ontweken zei hij: 'Weet je wat, Raysy, we gaan erna de piramides bekijken.' Dus misschien wist hij het ook wel.

En zo is er een foto van Jack en mij, die middag genomen, op een kameel gezeten, met achter ons de piramides. Er zijn goddome vast honderden foto's van oude woestijnratten op kamelen met achter zich de piramides, maar dit waren Jack en ik. En verder dan die kameel ben ik nooit als jockey gekomen. Hij zei: 'Weet je dit wel zeker?' Ik zei: 'Geen zorgen, ik reed paard-en-wagen voor mijn ouweheer.' Hij zei: 'Ja, maar dit is geen paard-en-wagen, dit is een kameel.' Je zou niet gedacht hebben dat uitgerekend dat hem nou juist dwars zou zitten: een kameel. Ik zei: 'Vertrouw nou maar op mij', en hij zei: 'Ik vertrouw op jou, ik heb geen keus.'

Zo zitten we daar op een kameel, in de koperen lijst op Jacks dressoir, naast de fruitschaal. Ik schater van het lachen. Jack probeert te lachen. De kameel vertrekt geen spier. En Amy heeft nooit geweten, en weet nog altijd niet, wat we nog maar een paar uur voordat die foto werd genomen hadden gedaan. 'Tweede ritje van de dag, hè Raysy?' Of dat ik die dag voor het eerst een foto van haar had gezien.

Ik zei: 'Toch verbazend, hè, Jack? Het oude Egypte. Een van de bezienswaardigheden.'

Hij zei: 'Jij ziet nog zat bezienswaardigheden.'

En inderdaad, dat gold voor ons allebei. Maar goed dat ik in de verzekeringen zat, en Jack in het slagersvak. Het lijkt nou verbazend, voorhistorisch, dat ik daar eens, met Jack, in die woestijn was. Dat ik met Jack oprukte van Egypte naar Libië en met hem terugtrok naar Egypte en weer oprukte naar Libië. Een kleine man in de grote geschiedenis. En ergens in diezelfde woestijn werd door Lenny Tate opgerukt en teruggetrokken, al kenden we die toen helemaal niet. En Micky Dennis sneuvelde bij Belhamed en Bill Kennedy bij Matroeh, en Jack zei dat het niet eerlijk was dat een farao een hele piramide kreeg terwijl Bill voor ruim de helft niet eens in dat graf lag. Toen verder naar Tripoli, en nog geen schrammetje, nog geen schrammetje. Op die ene keer na. En niet bij mij, maar bij Jack. Een hap uit zijn linkerschouder, bij mij vlak over mijn hoofd. Maar hij zei altijd dat hij er erger aan had moeten geloven als ik er niet geweest was en hem rap van die zandzakken af had getrokken. Dan was het hem net als Bill Kennedy vergaan. Vol in zijn vrouws-beste-vriend.

Ik zag het toen hij daar lag na zijn operatie. Het nieuwe litteken op zijn maag, het oude litteken op zijn schouder.

Ziet u dit, zustertje? Kom eens wat dichterbij. Heb ik uit Noord-Afrika. Zonder mijn maat Lucky daar was ik hier niet geweest.

Hij zei: 'Jij mag eerst kiezen, Ray. Zolang je maar niet die met die grote memmen daar rechts neemt.'

Maar het was niet zo makkelijk, want ik had nog nooit vijf meisjes bij elkaar op een houten balkon zien leunen, naakt op wat kralen en frutseltjes na. Of je naar een rij geglaceerde taartjes keek. En allemaal giechelden ze.

Ik zei: 'Ze lachen, Jack.'

Hij zei: 'Wat wou jij dan, dat ze huilden?'

Dus koos ik de kleinste. Geen idee waarom, maar het bleek een goede keus. Ik denk dat ik iemand nodig had die me kon voordoen wat ik nog nooit had gedaan, zodat ik het de volgende keer zonder hulp zou kunnen, en die niks verder zou vertellen. Al moet Jack het toch wel geraden hebben. Dat denk ik vast.

'Goeie keus, Ray. Jouw maat.'

En toen ze me meenam naar haar onderkomentje – een vlieg of vijftien en een emmer parfum – lag de moeilijkheid niet zozeer in de handelingen als wel in de woorden. Zoals toen ze zei: '*You lick me*?' Dat was nadat ze alles uit had gedaan, zich om had gekeerd, zich wiegend nog eens om had gekeerd, een en al golving. En ik al half mijn tong uit had gestoken, of ik bij de dokter was, voordat ik dacht: Ze bedoelt '*like me*', ze bedoelt '*like me*'. Al zal ik daar wel nooit achterkomen. Of toen, nadat ik mijn kwakje had geloosd, vlug als een fluim, zelfde probleem als met Lily Foster maar ik was er tenminste in, ik raakte tenminste het doel, en ik opgestaan was om weg te gaan en mijn legerbroek ophees, omdat ik dacht dat dit het was, kort maar krachtig, verder maar niet bij stilstaan, zij in haar gebroken Engels zei: 'Je hebt tien minuten. Kijk op de klok. Wat denkt je vriend, als je nou al gaat.'

En toen we het balkon weer op kwamen was het Jack die daar al rokend op het balkon geleund stond te wachten en die de andere meisjes, nog altijd giechelend, van alles vertelde wat ze niet verstonden en kletste met twee sappeurs die op het binnenplaatsje beneden met de madam sjacherden, alsof hij een betere prijs voor ze kon regelen.

Hij zegt: 'En hoe was het, Ray? Madam Jasjmak hier wou jullie net los komen wrikken.'

Maar ik hoefde geen antwoord te geven want die van mij was vlak achter me en zij geeft antwoord voor mij. Ze zegt: 'Heel goed, heel goed. Kleine man, *big cuck*.'

Jack zegt: 'Cuck? *Cuck!*' Dan schiet iedereen in de lach en word ik zo rood als ketchup.

'*Cuck?*' Jack lacht en de meisjes giechelen en de sappeurs op het binnenplaatsje kijken op en lachen ook, en we zijn in Caïro, in Egypte, in Afrika, midden in een oorlog.

'Nou, Raysy, dat klinkt zo ongeveer als alles ineen.'

Met inbegrip van *luck*.

Dus sloeg ik haar. Ik sloeg Sally Tate.

Want ik zei: 'Weet jij waar kindjes vandaan komen?' en zij zei: 'Nee.' Ik zei: 'Ik wel.' Daarna zweeg ik, dus zei zij: 'Nou zeg het dan, zeg dan waar kindjes vandaan komen.' Dus zei ik: 'Hop. Ze komen uit de hop', en ze keek me aan of ze in de lach zou schieten.

Ze zei: 'Wat is hop?'

Ik zei dat ik dat niet zo zeker wist maar het was dat wel. Je moest er wat mee doen dat hopplukken heette.

Ze keek me aan met die lach op haar gezicht, of ze heel de tijd al wist hoe kindjes gemaakt werden. Zij moet het geweest zijn die met die grap begon. Je moet nooit je geheimen delen. Een grapje boven op de grote grap, maar het bleef wel hangen. Zodat Lenny jaren later nog zei: 'Neem nog een biertje, Vince, neem nog wat kindjessap.'

Maar daarom vroeg of zei ik het haar niet. Het ging niet om de hop of hoe je die plukte, maar om *wie*. Het ging erom wie die plukte.

Dus toen zei ik wat ik van plan was te zeggen. Mijn hop was niet door Jack en Amy geplukt, die hadden andermans hop geplukt. Zij heette June. Dus was het waar wat de andere kinderen zeiden, degenen die ik sloeg. *Vincey heeft een zusje*. Maar het was ook weer niet waar, want mijn hop was door iemand anders geplukt, die was geplukt door –

En zij zei dat ze dat wist, dat wist ze al.

Dus sloeg ik haar. Ze lachte niet maar ik sloeg haar zoals ik die andere kinderen sloeg.

En ik bleef die andere kinderen slaan, ik sloeg ze telkens weer, vaker en harder. Want ik wist nou dat het waar was wat ze zeiden, en ook weer niet. Want ze was mijn zusje niet. *June is mijn zusje niet, ik heb geen zusje*. En al was het waar dat ze niet mijn zusje was, ik sloeg des te harder vanwege haar, ik sloeg namens haar, omdat zij zelf niet kon slaan. Want eerst, toen ik nog helemaal niet van June af wist, had ik niemand namens wie ik kon slaan, ik sloeg gewoon.

Ik dacht: Dat kan ik tenminste voor haar doen. Want ze was dan wel niet mijn zusje, maar ik meende dat ik toch wel op haar leek. Niet op haar leek zoals ze zeiden, niet helemaal goed snik, maar op haar leek omdat mij ook een kunstje was geflikt. Dus sloeg ik.

De jongens sloeg ik. Alec Clarke sloeg ik, Freddy Newman sloeg ik. De meisjes sloeg ik niet, behalve Sally. Meisjes hoor je niet te slaan, die zijn anders. Maar ze weten wel wat slaan is, zo anders zijn ze ook weer niet. Dus als ze met een paar of een heel stel tegen me begonnen, zelfde flauwekul als de jongens alleen soms nog erger, dan sloeg ik ze niet, dan zei ik: 'Laat je onderbroek eens zien.'

Toen ging Sally meedoen, dat viel me op, toen het een soort spelletje werd, toen ze voor me gingen huppelen en springen en hoppen: 'Kijk, Vince, kijk ons eens, hop-hop', en ze me zover probeerden te krijgen dat ik ze niet meer zou kunnen slaan.

Want tot dan toe had zij afstand gehouden, praatten we niet tegen elkaar. Want ik had haar geslagen.

Maar zij liet me niet zoals de anderen gewoon vlug even kijken om daarna gillend en krijsend weg te rennen en stiekem terug te komen om meer. Ze zei: 'Kom eens mee, Vince.' We zochten ons een weg door de bomkrater, door het onkruid en puin en afval en ik had er nog nooit bij stilgestaan wat een bomkrater was, dat was gewoon een woord. Toen bleef ze staan en keek me aan en tilde met beide handen haar rok op zodat de zoom tot haar neus kwam, als een sluier. En het ging niet zozeer om haar onderbroek. Die was donkerblauw, die was niet zo interessant. Het ging erom dat ze daar voor me stond met haar rok opgehouden of ze een tafelkleed opvouwde, geheel klaar voor inspectie. Dus zei ik: 'Laat me je pisgat eens zien.'

Want met Sally was het heel anders.

Ze zei: 'Nee.' Dus zei ik: 'Anders sla ik je.' Dus zei ze: 'Als jij het jouwe laat zien.'

Ik zei: 'Ik heb geen pisgat, ik heb een piemel.'

Ze zei: 'Daar pis je toch door?' Dus zweeg ik en zei zij: 'Nou?'

Haar gezicht was helemaal groot en ernstig. Ik dacht: Ze lijkt nou geen meisje meer, ze lijkt wel een vrouw, met een leven.

Dus trok ik een pijp van mijn korte broek op, vlug, een halve seconde misschien, maar ze zei: 'Nog een keer', alsof zij het voor het zeggen had. Ze keek, toen legde ze er haar hand op. Ze legde er haar hand op en voelde, alsof ze ergens aan voelde dat ze misschien wou kopen, een tomaat of zo, alsof het iets was wat haar vader verkocht. Niet In Me Knijpen Voor Ik Van Jou Ben.

Dus sloeg ik haar.

Ze was het enige meisje dat ik sloeg. Ze moet geweten hebben dat ze bijzonder was. Maar de jongens sloeg ik klakkeloos. Ik sloeg Terry Spencer. Ik sloeg Dave Croft. Dus de bovenmeester sleurt me naar binnen voor een hartig woordje. Hij heette meneer Snow en als hij boos was haalde hij zwaar en langzaam adem door zijn neus, dus noemde we hem de Snuiver. Ik neem aan dat het niet zo eenvoudig voor hem was, als hij wist dat ik wist wat ik wist. En dat was denk ik wel zo. Hij zei: Kon ik hem de betekenis van het woord 'bullebak' vertellen? Als je zo oud bent is er heel wat waar je geen woorden voor kan vinden, maar wat ik tegen hem zei, al met al, nadat hij wat had gesnoven, was of hij me de betekenis van het woord 'wees' kon vertellen?

En dat was een goed antwoord, mag ik wel zeggen, dat was een van de beste antwoorden die ik ooit zou geven, mag ik wel zeggen.

Dus hij leunt naar achter in zijn stoel en snuift en gaat met zijn pen zitten spelen. Toen ik bij die chirurg binnenkwam dacht ik aan meneer Snow. Het leven is steeds weer verschijnen voor knakkers die je willen zien kruipen.

Hij zegt: 'Wat wil jij worden, Vince? Wat word jij?'

Ik denk: Dat is een stomme vraag want ik ben al iemand. Hij kijkt me aan en speelt met zijn pen. Maar de kwestie is dat ik al niet eens zeker weet wat ik bén. Dus zwijg ik maar ik wind me wel op en dat kan hij zien. Er komt lawaai van de speelplaats buiten. Ik zou Gary Cooper willen zijn maar dat kan niet. Ik zou allerlei mensen willen zijn, ik zou zelfs meneer Snow willen zijn en een andere arme drommel op het matje roepen, maar dat kan niet want ik ben ik. Ik denk: Zo moet het voor June zijn. Zij heeft al die mensen om zich heen die niet zo zijn als June, want ze is anders, en als June ook maar iets denkt dan moet ze denken: Ik wil niet zo zijn als ik, ik wil zo zijn als zij maar dat kan niet dat kan niet dat kan niet.

Maar misschien denkt June helemaal niet, heeft ze geen enkele gedachte in haar hoofd, en stel nou dat wat je wil worden nergens naar lijkt. Stel nou dat wat je wil worden een cardan-as is.

Ze zeiden dat ze allemaal waren omgekomen door een vliegende bom dus ik had geluk gehad.

Hij zegt: 'Wat ik bedoel is: wat wil je gaan dóén?' Hij glimlacht of hij eigenlijk geen kwaad in de zin heeft. 'Wat wil je voor werk gaan doen?'

En ik zie ze allemaal voor me hangen, als kleren aan een rek, al de baantjes, bedelman, dokter, pastoor, en je moet er eentje uitkiezen en dan moet je de rest van je leven doen of je dat dan bént. Dus verschillen ze eigenlijk niet van ongewenste kinderen. Ik kende het woord ongelukje niet maar dat leerde ik later. Dat is een mooie term.

Ik denk: Hij wil dat ik 'slager' zeg maar dat zeg ik niet. Ik ben niet van plan om 'slager' te zeggen.

Ik zei tegen Amy: 'Ik wil met je mee op bezoek, bij June op bezoek.' Ik deed iets wat híj nooit gedaan heeft, ook al was het maar één keer. *Vincey heeft een zus, dat is een dooie mus*. En van Amy hoorde ik dat hij het me nooit had willen zeggen, helemaal nooit. Al is het me een raadsel hoe hij me blijvend in de maling dacht te nemen. Van Amy hoorde ik dat June een ongewenst kind was, een ongelukje. Ze bedoelde niet zoals June bleek te zijn, ze bedoelde dat ze nooit van plan waren geweest om haar te krijgen.

Dus June was hun ongelukje en ik was hun keus, dokter, pastoor.

Hij zegt: 'Nou, hoe zie je jezelf?'

Hij kijkt me aan en weet dat ik maar één antwoord heb. Buiten gaat de fluit die een eind maakt aan het speelkwartier en in de kamer wordt het stil als watten, op zijn ademhaling na. Op zulke ogenblikken dacht ik wel eens: Als ze me kunnen zien, dan kijken ze nou vast naar me.

No one ever kissed her, no one ever missed her.

Ik zwijg, en misschien weet hij dat ik hem eigenlijk zou willen slaan.

Dan zeg ik: 'Wat ik zou willen doen, meneer, wat ik zou willen worden, is hopplukker.'

Het was de stem van Amy maar wat ik hoorde, heel even, was die van Carol.

Ze zei: 'Ze kunnen niks meer doen, Ray.' Ik hoorde de dapperheid in haar stem, net als die van Carol.

Ze zei dat hij nog niet echt bij was van de operatie en dat Strickland het hem dan pas uit zou leggen. Maar hij had het haar al wel uitgelegd, en Vince ook, overduidelijk. Hopeloze zaak. Opengemaakt en meteen weer dichtgenaaid. Naderhand, toen ze daar aan zijn bed zat, was hij toch een ogenblik bijgekomen en zij had gezwegen en hij had niks gevraagd maar hij had haar aangekeken en al wat hij gezegd had was: 'Ik wil Lucky spreken.'

Ik zei: 'Dus je denkt dat hij het weet?' En wat ik bedoelde was: denk je dat hij weet dat het echt afgelopen is? Maar ik dacht, en dat dacht Amy misschien ook wel, dat je het ook anders op kon vatten, en dat hij mij daarom misschien wel wou spreken, want waarom wordt een mens aan iemands bed geroepen? Ik ging de meeste dagen toch al bij hem langs, maar nu vroeg hij: Ik wil Lucky spreken. Wat niet weet wat niet deert, maar het is wat anders als iemand doodgaat, want dan kan je niet zomaar zeggen spreken is zilver zwijgen is goud, want voor je het weet is je kans verkeken en heb je geen keus meer tussen spreken of zwijgen.

Misschien bedacht zij dat ook wel want ze werd helemaal stil en kribbig.

Dus zei ik: 'Je denkt niet dat hij denkt dat omdat ik Lucky word genoemd –'

Maak een stomme opmerking.

Toen begon ze te huilen. Ik kon het lawaai van mensen in gangen horen.

Ik zei: 'Wil je – iemand bij je?'

Ze zei: 'Het is wel goed. Ik ben met Vince en Mandy. Die blijven vannacht slapen.'

Ik zei: 'Ik ben er morgenochtend vroeg. Zodra er bezoek binnen mag.'

Toen zei ze: 'Dag Ray', alsof ze aan een lange reis begon, alsof ik haar misschien nooit meer zou zien, niet dezelfde Amy. Maar het was Jack die wegging, niet Amy, en op dat moment klonk haar stem als die van Carol.

'*Ik meen het, Ray, ik kom niet meer terug. Hoor je me? Ik kom niet meer terug.*'

Ze kon het me niet in mijn gezicht zeggen.

Ik drukte de hoorn tegen mijn oor alsof ik haar niet goed kon verstaan en ik dacht terug aan Sue toen die voor het eerst uit Sydney belde en ik haast in de telefoon kroop alsof dat zo hoorde wanneer iemand van de andere kant van de wereld sprak, maar Sue had geklonken of ze pal om de hoek was. Ik zei: 'Je klinkt of je pal om de hoek bent, lieverd.' En nu klonk Carol of ze aan de andere kant van de wereld was, maar ik wist waar ze vandaan belde.

Niet Sydney, Sydenham.

'*Ik kon het je niet in je gezicht zeggen maar ik zeg het je nou.*'

Maar ik kon haar gezicht zien, ik kon het zien door de telefoon, in de poging haar laatste woorden tegen me te zeggen. Ik kan het nog zien.

'*Ik ben bij hem, Ray. Ik ben nou bij hem en ik kom niet meer terug. Dag Ray.*'

Ik zei niet: 'Dag Carol.' Dag mevrouw Johnson. Ik gaf haar niet die voldoening, of mij die schaamte. Dat was alles, mijn enige goedkope weerwoord, ik heb nooit gedag gezegd. Ik legde de hoorn neer. Ik zat er zwijgend bij, terwijl buiten de avond viel. Ik dacht: Ik ga niet naar de *Coach*, ik kan niet naar de *Coach*. Ik kon me haar niet voorstellen met een andere man, ook al wist ik dat ze er een had. Barry Stokes. Net zo mal als mezelf voor te stellen met – Maar als ze dan toch een andere man moest had ze tenminste misschien een rijke pooier kunnen zoeken, of een knappe pooier, of een pooier die handig-was-tussen-de-lakens, als het daarom ging. In plaats van de onderdirecteur van de huishoudelijke-apparatenzaak waar ze parttime werkte.

Als ik een andere man was geweest was ik daar niet zomaar blijven zitten terwijl het donker werd, maar zonder de moeite te nemen om het licht aan te doen, alsof ik, als ik heel stil zat, misschien volkomen zou vervagen. Een andere man had een paar dressoirs ingetrapt of met één armzwaai alle prullen van de schoorsteenmantel geveegd. Een andere man had zijn jas aangetrokken en was regelrecht naar haar toe gegaan en had desnoods de deur ingetrapt, en daarna hem in elkaar getrapt.

Maar ik ben geen andere man, ik ben een klein ventje.

Ik dacht: Eerst dondert mijn dochter op naar Sydney en houdt op met schrijven, nou gaat mijn vrouw aan de haal. En dan noemen ze mij Lucky.

Ik dacht: Je schiet er niet veel mee op, dat je bij de slag om El Alamein was.

Een andere man had anders gehandeld. Maar wat ik deed was dat ik daar zat in het donker, niet bewoog, niet verroerde, totdat ik daar niet meer zat, ik had me opgerold met al mijn kleren nog aan en het was zes uur 's ochtends. Toen stond ik op en waste en schoor en verkleedde me en legde twee sneetjes toost onder de grill en zette thee alsof ik nergens aan dacht. Ik waste af wat er in de gootsteen stond. Ik keek wat er in mijn portefeuille zat en pakte wat spullen in een tas. Toen ging ik naar de sloperij, waar Charlie Dixon van de oude stal een opslagruimte had gemaakt. Onderweg kocht ik een *Sporting Life* en een pakje Players en dacht: Ik leef nog op deze woensdagochtend. Het was eind april. Ik reed achteruit de camper naar buiten en veegde met draaiende motor het stof van de voorruit. Ik bekeek de banden en dacht erover om de motorkap open te doen, maar wat zou ik me druk maken als er amper met dat ding was gereden? Ik keek of alles achterin in orde was: de gaspitten met de cilinder, het waterreservoir, de noodkist met de ketel en koppen en theedoek en zo. *Guide to Places of Interest in*

England and Wales. Ik reed het hek uit, stopte, stapte uit en deed het hek dicht, CHAS. DIXON, SLOOPWERKEN, en deed de klinken en het hangslot erop. Het was een klaarheldere ochtend. Toen sprong ik weer achter het stuur en reed naar Newmarket.

En passiewagens.

Als je aan je gerief wil komen, neem dan een auto.

Ik zei: 'Stap in, Mand.'

Ik nam met haar altijd de oude A20, of de weg naar Sevenoaks of waar we op dit ogenblik rijden. Dan sloeg ik af ergens voor Rochester. Badger's Mount, Shoreham Valley, Brand's Hatch, heel dat deel van Kent. Maar ik ging met haar nooit verder – terug in het verleden. Ik had kunnen stoppen, zoals Jack deed, en zeggen: Hier is het. Maar er hoefden geen verrassingstochten aan te pas te komen, want ik vertelde het haar gewoon ronduit, de eerste keer dat we het deden achter in de camper van Ray, het hele verhaal, de hele toestand met Jack en Amy. June en zo.

Ze zei: 'Dus Jack en Amy hebben je in huis genomen, net als mij. Ze waren goed voor je net als ze goed voor mij waren.' Net of ze het voor hen opnam.

Ik zei: 'Ik heb hun nooit om gunsten gevraagd.'

Maar we waren uit hetzelfde hout gesneden, Mandy en ik.

Je was in die tijd gauwer buiten als je de stad uit reed, en het verkeer was nog niet zo druk, dus het diende een tweeledig doel. Ik kon mijn handwerk aan de laatste auto beproeven, ik kon zien of die niet een stuk beter liep doordat hij door mij was nagekeken. Daarna konden we ons handwerk op elkaar beproeven. In die begintijd hebben we een aardige reeks achterbanken gezien.

Het had natuurlijk ook gekund dat we uitstapten en wandelden en ergens op een knus grasveldje een kleedje uitspreidden en het deden als de konijntjes. Dat deden we ook wel eens. Maar de grond is niet altijd droog en de lucht is niet altijd zoel en ze heeft hoe dan ook denk ik gauw genoeg doorgehad dat ik het graag in auto's deed, nou en of. Het liefst op een oude zwarte gebarsten leren bank. Ik deed het graag benauwd en verdrukt en gehaast, alsof je het zo eigenlijk moest doen, omdat je het nou eenmaal nergens behoorlijk kon doen, en zij deed het denk ik ook graag zo, want er was niet veel overreding voor nodig, een blik, een knikje, en daar was ze alweer met haar benen om mijn nek. Ik zei: 'Weet je zeker dat je het nog nooit in een auto hebt gedaan?' en zij zei dat ze in Blackburn nooit vriendjes met een *auto* had gehad. Ik zei: 'Vriendjes? Wat zijn dat? Maar je moet het toch ergens gedaan hebben.' Ze zei: 'Hoe ben je daarachter gekomen?'

Ze ging op mijn pik zitten, dan hief ze haar handen naar het dak van de camper, dat zo'n beetje op de goede hoogte zat, en duwde.

Ik weet dat het niet was waar ze op gerekend had, wat ze zich voor had gesteld, maar mensen schikken zich vlug, ze passen zich vlug aan. Ze zetten luilekkerland opzij. Ik weet dat ze zich had zien swingen in Swinging Londen, waar dat ook was, of aanklooien, *making love not war* met wat langharig tuig. En in plaats daarvan wordt ze op haar eerste avond in de stad van de straat opgepikt door Jack en Amy, zonder dat er vragen worden gesteld, alsof ze alleen maar bij de ene pa en ma is weggelopen om andere te vinden. En ze is niet eens zo ondankbaar, al met al, ze is niet eens zo teleurgesteld. Ik zei: Ze hebben dat al eens eerder gedaan, weet je, lang geleden. Ik zei, voor alle duidelijkheid: 'Het gaat erom dat jij *moet doorgaan voor het zusje dat ik niet heb*.' En op dat moment had ze er nog eens vandoor kunnen gaan, slim, als ze gewild had, maar dat deed ze niet.

In plaats van dat waar ze op gerekend had, kreeg ze mij: Vince Dodds, zoon van een V-1, koud terug uit de reet van Arabië. Die de meeste tijd onder een auto lag, als hij niet boven op haar lag.

Ik zei dat ik gevlucht was en zo. Ik was het leger in gevlucht. De meeste mensen vluchten het leger uit maar ik vluchtte erin. Omdat ik geen slagersjongen wou worden, alleen maar voor hem.

Ze zei: 'Waarom ben je dan teruggekomen?'

Ik zei dat het nou toch anders was? Ik had nou mijn eigen handel, dankzij oom Ray, en dankzij de *Royal Electrical and Mechanicals*. Als Jack dacht dat ik op zou houden om met auto's te rommelen en weer een wit schort voordeed, dan moest hij nog maar eens goed nadenken.

Ze zei: 'Als je zo'n hekel aan hem hebt, waarom ben je dan het huis niet uit gegaan?'

Ik zei: 'Dat ben ik, lieverd, heb je dat niet gemerkt? Jij bent erin getrokken.'

Ze zei: 'Ik bedoel voorgoed.'

Ik zei dat ik mijn tijd afwachtte. Stap voor stap, stukje bij beetje. Eerst moest mijn zaak gaan lopen, dan zou ik op mezelf gaan wonen.

Ze zei: 'Je zaak?'

Ik zei: 'Ja zeker.'

Ze likte altijd aan mijn tatoeages, alsof ze die eraf zou kunnen likken.

Ze zei: 'Als jij op jezelf gaat wonen, is daar dan plaats voor mij?'

Ik zei: 'Misschien wel, als je het lief vraagt. Voorlopig is dit niet slecht.'

Kwam handig uit, die camper.

Uit hetzelfde hout gesneden, ook al zagen we er niet zo uit. Zij was achttien, ik was drieëntwintig. Af en toe moet ze van mij denk ik het idee hebben gehad dat ik bij een ander stel hoorde, een ouder stel, alsof ik verdomme haar oom was. Ze zei wel eens dat ik moest veranderen, bij de tijd moest zijn, omschakelen. Roy Orbison had zijn kruit verschoten. Ik zei dat ik langgeleden al was veranderd, ik was toch helemaal omgeschakeld? Toch een ander mens geworden? En 'bij de tijd'? Dacht ze dat ik niks meegemaakt had? Ik was in het spoor van de hippies naar Aden gegaan. Had zij wel eens iemand gezien met een afgehakt hoofd? Nou dan.

Ze keek me knipperend aan.

De wereld veranderde natuurlijk, dat wist ik. Ik ben niet

wereldvreemd. Maar ik zei ik zal je eens vertellen wat de grote verandering is, de verandering achter al die verandering. Dat zijn niet de Beatles en het zijn niet de Rolling Stones en het zijn niet lange haren of korte rokken of schoolmelk en de pil in het ziekenfondspakket. Het is de mobiliteit, het is het mobiel zijn. Hoe ben jij uit Blackburn hier gekomen? Hoe heb jij je pa en ma af kunnen schudden? Er was een tijd dat je alleen op reis kon met het leger, al is het niet overal de reis waard, dat kan ik je wel zeggen. Maar kijk iedereen nou eens op stap gaan, kijk iedereen nou eens overal heen gaan. Hoor je me? Over tien jaar zijn de Beatles en de Stones muziek uit de oude doos maar wil iedereen nog altijd auto's. Auto's. Auto's en nog eens auto's. En dan ben ik er om die te verkopen, dan staat Vince Dodds klaar om die te verkopen. Ik zit in de goeie handel, de reishandel. Dus zeg mij niet dat ik niet bij de tijd ben.

Ze keek me aan alsof ze in haar hoofd een eigen handeltje dreef.

Ze zei: 'Natuurlijk, vent.'

Ze vlocht de uiteinden van haar haar en zoog erop, als een schoolmeisje.

Ik zei: 'Als Hitler er niet was geweest, was Jack nooit die winkel uit gekomen. Maar op een dag komt Jack met hangende pootjes bij mij, dat zal je zien.'

Ze zei: 'Natuurlijk, snoes.'

Dan scheurden we weg en reden door de buitenwijken, net of we een bank hadden beroofd en op de vlucht waren. *Just running scared! Du-du-du-dum!* Voorbij Swanley was een parkeerplaats met een snackkraam waar ze sissend spekrolletjes bakten en thee zetten alsof die met een stok geroerd moest worden. De auto's raasden voorbij en in hun kielzog werd de stoom van onze kommen gerukt en wapperde haar lange haar. Ik zal haar altijd langs een weg zien staan. Daarna vonden we dan ergens ons eigen privé-parkeerplaatsje. Het leek of de auto zich bij ons voegde. Gek waren we erop. Glibberig ervan, naderhand moesten we dweilen. Dan gingen we wandelen in het bos, over de velden, naar de vogeltjes luisteren, een luchtje scheppen, naar het uitzicht loeren. Ik zei – dat zou dacht ik indruk op haar maken, omdat ze uit Blackburn kwam, ze zou dacht ik onder de indruk zijn, omdat het van mij kwam – 'Ze noemen Kent de Tuin van Engeland.'

We komen bij het begin van de M2 maar Vince blijft op de A2, door Strood naar Rochester. We gaan de Medway over via de oude rijbrug, naast de spoorbrug. Het komt als een verrassing, het plotselinge weidse uitzicht op de rivier, alsof het een hele kijk op de wereld is waar je niet bij stil had gestaan, waar je van was vergeten dat die bestond. Boten, strekdammen, steigers, modderbanken.

Vic zegt: 'Het is eb', en kijkt op zijn horloge. 'Bij Margate komt de vloed op.'

Lenny zegt: 'Maar goed ook, denk ik. Al met al.'

Voor ons uit kan je het kasteel en de toren van de kathedraal zien, ze vallen op als speelgoedgebouwen die speciaal zijn neergezet.

Vince zegt: 'En, weet er iemand nog goeie cafés in Rochester?'

Vic zegt: 'Nee, maar ik heb er wel een paar in Chatham gekend.' Marineman.

Vince zegt: 'Terug in het verleden, hè Vic?'

Het weer slaat om, er komen wolken opzetten.

We rijden te ver op de hoofdweg en keren dan om, verdwalen in de zijstraten en het eenrichtingsverkeer. Dan glippen we een parkeerplaats op aan de voet van de kasteelheuvel. Lenny zegt: 'Nooit geweten dat dit een toeristisch uitstapje was.' Vince zegt: 'Uitstappen allemaal.' Hij zet zijn zonnebril af en tikt tegen zijn haar. Ik til de doos op zodat hij bij zijn jasje kan en hij keert zich om en maakt zich op om het te pakken. Hij kijkt Lenny aan alsof Lenny het hem misschien aan zou kunnen geven maar dat doet Lenny niet, dan zet ik de doos weer op de bank. Dan stappen we allemaal uit en doen rekkend onze spullen aan. Het is frisjes nadat we in die auto zaten. In de zonneschijn ziet het kasteel er dor en knokig uit. Vince doet de kofferbak open en haalt er een jas uit. Kameelhaar.

Dan zouden we allemaal moeten gaan maar we blijven staan treuzelen en kijken elkaar schaapachtig aan.

Ik zeg: 'Het lijkt me niet deugen om hem daar zomaar op de achterbank te laten, hè?'

Lenny zegt: 'Waar vind je dan dat hij moet, in de kofferbak?'

Ik zeg: 'Ik bedoel, het lijkt me niet deugen dat wij weggaan en hem zomaar alleen achterlaten.'

Lenny haalt zijn schouders op.

Vic zwijgt, alsof het zijn zaak niet meer is, hij het niet voor het zeggen heeft, nu hij de waar heeft geleverd. Hij werpt mij vlug een doordringende blik toe, zet zijn pet recht, dan kijkt hij met toegeknepen ogen naar de wolken aan de lucht.

Vince zegt: 'Je hebt gelijk, Ray. Hij moet eigenlijk met ons mee, hè?'

Hij bukt naar binnen en pakt de doos. Voor het eerst heeft hij hem vast. Hij steekt hem onder zijn arm als hij de auto afsluit, dan houdt hij hem tegen zijn borst geklemd als hij zich opricht. Nou heeft hij hem vast, nou staat hij daar in die jas met die doos, het lijkt of hij de leiding heeft, het lijkt of hij zijn waardigheidsteken heeft. Vic had de leiding, de leiding maar toch min of meer neutraal, maar nou is dat Vince.

Hij zegt: 'Goed, mannen, volg mij', alsof hij een patrouille mariniers leidt, en hij beent weg over de parkeerplaats. Ik zie dat Lenny zijn hoofd draait alsof hij gaat spugen.

We komen uit op de hoofdstraat. Die is niet groot en druk als een normale hoofdstraat. Hij is smal en rustig en kronkelig en historisch en vol scheve oude bebouwing. Er slenteren mensen op en neer, doelloos, zoals toeristen lopen. Hij lijkt op een hoofdstraat uit een prentenboek, alsof je daar eigenlijk niet hoort te lopen, of alsof hij daar eigenlijk zelf niet hoort te zijn, met dat verkeer dat zich er op die nabije A2 omheen slingert. Alleen was hij er het eerst.

Er is een luxekruidenier aan de overkant, de *Rochester Food Fayre*, zo een die rare soorten thee en chique blikken koekjes verkoopt, en Vince duikt daar opeens in en laat ons staan. Dan komt hij weer naar buiten met een plastic draagtas. Hij laat daar de doos in glijden maar er zit al wat anders in, zo te zien. Hij zegt: 'Volgens Mandy hadden we geen koffie meer.' Dan kijken we om ons heen en stuift Vince weer weg alsof hij niet tegen weifelaars kan. Voor ons uit is een bord met daarop 'Hotel Bull' en daar gaat hij recht op af, alsof hij dat heel de tijd al van plan was. Hij zegt: 'Daar, heren, daar moeten we het mee kunnen doen.' Het is een groot oud onoverzichtelijk etablissement, met een Braadzaal en een Grill en een gewone bar met hapjes. Ik kan zien dat Vince de Braadzaal overweegt, alsof hij erover denkt om eens speciaal uit te pakken en ons een gevoel van verplichting te geven. Dan maakt hij op het trottoir rechtsomkeert en besluit tot de bar met de hapjes. Van de hotelingang kan je de brug over de rivier zien. De hoofdstraat duikt daarnaartoe en naar de hoofdweg, en als je je ogen dicht- en weer opendoet kan je je voorstellen dat daar eens misschien een postkoets overheen is gerateld, en de helling op en met een zwaai het erf van de Bull op, terwijl het kasteel als een kerstkaart neerkeek.

Het is een oude koetsherberg, opgedirkt en verkloot. Maar ik maak geen grapjes.

Binnen is het warm en blinkend en roezemoezig. Vince zegt: 'Ik haal wel', nog amper voor we de deur door zijn. 'Hou even vast, Ray.' Hij geeft me de draagtas aan. 'Pak dat tafeltje daar. Allemaal een *pint* en jij een kleintje, Vic?'

Hij trekt zijn portefeuille en stapt af op de bar, alsof iedereen hier Vince Dodds kent.

Er is een barmeisje met een witte blouse en kersenrode lippenstift.

We gaan naar het tafeltje. We horen Vince zeggen: 'Heb je ook wat te eten, schat?' Hij was er de man niet naar om ooit zacht te praten maar misschien wil hij wel dat wij dat horen. Hij kijkt met een schuin hoofd in onze richting. 'Drie ouwe snuiters waar ik voor moet zorgen, en nog eentje extra die niet eet.' Het barmeisje kijkt verwonderd onze kant uit, dan weer naar Vince, alsof ze niet zeker weet of ze nou moet lachen of zo. Ik kan het gezicht van Vince niet zien maar ik weet dat hij haar aankijkt met die speciale blik van hem, alsof hij weet dat hij misschien best een beetje belachelijk lijkt maar hij haar uitdaagt om ten onrechte te denken dat hij dat ook echt is.

Zoals toen hij zei: 'Wil je zaken doen over de sloperij?'

Ze buigt zich over om wat menu's te pakken, haar gezicht is een ietsje roze. Ik kan Vince horen denken: 'Leuke tieten.'

We beginnen aan onze drank, dan bestellen we wat te bikken. Dan haalt Vic nog een rondje. Dan komt het eten: een reuzenworst, bonen en patat voor mij en Lenny, biefstuk met patat voor Vince, quiche van de dag voor Vic. Hij zou vandaag denk ik vlees moeten eten. Het barmeisje brengt de borden en buigt zich over en Vince zegt: 'Ziet er lekker uit, lieverd', met zijn gezicht in haar oksel, en geen van ons zegt een woord. Er valt een lok blond haar over haar wang alsof dat niet de bedoeling is en tegelijk ook weer wel de bedoeling is. Dan maken we ons bord en ons glas leeg en steken Lenny en ik een saffie op en haalt Lenny nog een rondje en lijkt het wel of we de Bull in Rochester altijd al gekend hebben en hij ons ook altijd al heeft gekend, en we denken allemaal hetzelfde, dat het jammer is dat we niet gewoon hier kunnen blijven zitten en langzaam de hoogte en vrede met de wereld krijgen, het is jammer dat we nou eenmaal met Jack naar Margate moeten. Want Jack had het best gevonden, dit had hij zelfs voor ons gewild, dat we vanwege hem lekker lam werden. *Gaan jullie je gang maar, mannen, maak je over mij geen zorgen.* Als hij nou hier was zou hij het aanbevelen, deed hij hetzelfde als wij. *Laat die as toch, jongens.* Alleen was er als hij nou hier was geen probleem, dan was er geen verplichting. Dan was er geen as. Dan waren we hier al helemaal niet, halverwege de weg naar Dover.

Lenny zegt: 'Het is doodjammer dat hij er niet bij is', alsof Jack het wel van plan geweest was maar er wat tussen was gekomen.

'Dat had hij gewaardeerd,' zegt Vince.

'Hij had er niet zo haastig tussenuit moeten gaan,' zeg ik, in dezelfde geest.

'Stom van hem,' zegt Lenny.

Vic is stil geworden.

'Doodjammer,' zegt Lenny.

Het lijkt wel of Jack, als we zo door blijven praten, echt elk ogenblik de deur in kan komen terwijl hij zijn jas al losknoopt. 'Nou, ik had jullie allemaal te pakken, hè?'

Dan zegt Vic, alsof het een feit is dat wij nog niet aankunnen, dat voorzichtig moet worden meegedeeld: 'Als hij hier was, waren wij er toch niet? Wij zijn hier juist omdat hij er niet meer is.'

'Maar evengoed,' zegt Lenny.

'Hij had het gewaardeerd,' zegt Vince.

Lenny kijkt Vince aan.

'Als hij er niet was waren wij hier niet,' zegt Vince. 'Wij waren hier niet zonder hem', en hij lijkt min of meer verstrikt in zijn eigen woorden. We lijken allemaal wel verstrikt, alsof alles het één betekent en tegelijkertijd wat anders.

Ik zeg: 'Ik moet sassen.'

Maar het is niet alleen om te sassen. Ik vind de Heren en ik doe mijn rits open, dan voel ik mijn ogen warm en klef worden, dus ik loop aan beide kanten leeg. Het is koud en klam in de Heren en er hangt een scherpe lucht. Er zijn twee condoomapparaten, op het ene staat 'Glowdom' en op het andere staat 'Fruit Cocktail'. *Het is lief-zijn-voor-je-snikkel-dag.* Er is een matglazen raam met een halfopen ventilatieruitje zodat ik een glimp opvang van een stuk muur, een stuk dak, een stuk boom en een stuk lucht, die niet meer blauw is, en onwillekeurig denk ik aan al de pisbakken waar ik ooit in gepist heb, porselein, roestvrij staal, geteerd cement, in cafés en op parkeerplaatsen en marktpleinen door heel het land, overal waar een renbaan bij de hand is. Er is altijd een matglazen ventilatieruitje, open op een kier, met uitzicht op de achterkant van iets, herbergerven, stegen, met een kijkgaatje op het leven. Stadjes met een renbaan. Als je gaat staan pissen weet je hoe bezopen je bent. Een glas of twee helpt om je geld ergens op te zetten. Een glas of drie verkloot je oordeel. Als ik niet in slaap kan komen raffel ik in mijn hoofd al de renbanen af waar ik geweest ben, in alfabetische volgorde, en dan zie ik de kaart van Engeland met kriskras de wegen eroverheen. AscotBrightonCheltenhamDoncasterEpsom.

Ik schud me af en doe mijn rits weer dicht. Ik snuif en ik ga met mijn mouw over mijn gezicht. Er komt nog een klant binnen, een jonge vent, maar volgens mij ziet die niks, of denkt nog eens na als dat wel zo is. Ouwe mannen krijgen pisogen. Hij haalt zijn leuter te voorschijn zoals een jonge vent dat doet, alsof het een volledig operationeel stuk apparatuur is.

Goed, dat was dan weer dat. Huilen is net als sassen. Je wil niet opeens nodig moeten, vooral niet tijdens een autorit.

Maar als ik de bar weer in ga en ik zie ze aan het tafeltje, waar het barmeisje glazen ophaalt, leuke kont en zo, en al die caféspullen, koperen stangen, prenten aan de muur, van een café waar ik nooit ben geweest en nooit meer zal komen, lijkt het wel of ik naar ze kijk alsof ik er niet bij ben. Alsof het niet Jack is maar ik en ik naderhand toekijk, en ze het allemaal over mij hebben. HaydockKempton. Alsof ik er niet bij ben maar het er allemaal nog wel is, doorgaat zonder mij, en het allemaal niet meer is dan de achtergrond, de plaats waar je voorbijkomt, als de ene koetslading na de andere die voorbij een koetsherberg komt. NewburyPontefract.

Ik zeg: 'Nog hetzelfde, jongens?'

Vic kijkt me aan. Hij kijkt of hij nadenkt.

Vince zegt: 'Ik niet, Raysy', en houdt een vlakke handpalm op, heel streng. 'Of je moet een andere chauffeur willen zoeken. Neem voor mij maar koffie. En een halve corona.'

Lenny kijkt Vince aan of hij hem zogenaamd een groet gaat brengen. Hij zegt: 'En voor mij een sorbet.'

Dat is bij Lenny altijd het derde dat hij drinkt.

Ik bestel en loop heen en weer met de *pints* en de whisky voor Vic.

Vic zegt: 'Maar goed ook dat Amy niet meegegaan is, die was vast niet van plan geweest om lam te worden.'

Lenny zegt: 'Drink je daar nou whisky of thee, Viccy?' Hij slurpt wat bier. 'Jack zou het ons niet misgunnen.' Dan zegt hij: 'Maar evengoed.'

Vince zegt: 'Maar evengoed wat?'

Lenny zegt: 'Hij had het gewaardeerd als zijn vrouw had gedaan wat verlangd werd.'

Ik zeg: 'Dat is geregeld. Dat doen wij voor haar.'

Ze kijken me allemaal aan alsof ze een toespraak verwachten.

Ik sla wat bier naar binnen.

Het barmeisje komt Vince zijn koffie brengen. Hij kijkt op en zegt met een lachje: 'Die oudjes zijn zo kwaad nog niet, hè schoonheid?'

'Het gaat niet om "voor",' zegt Lenny. '"Voor" geldt hier niet. Soms is er iets rechtstreeks. Geen van ons is toch naaste familie? Geen van ons is een nauwe verwant. Zelfs Vincey is geen nauwe verwant.' En hij kijkt Vince aan zoals hij niet zou kijken als hij geen drie *pints* zwaar bier ophad. Vince steekt zijn sigaar op. 'Zelfs die ouwe reus hier is toch geen naaste familie? Vincey hier heeft toch niet meer recht om hier te zijn dan wij allemaal, hè, ouwe reus? Vooral omdat ze, als je het mij vraagt, in elk geval geen dikke vrienden waren, niet totdat Jack op zijn laatste benen liep. Jullie waren toch nooit dikke vrienden?' Lenny's gezicht is helemaal verwrongen.

Vince paft aan zijn sigaar. Hij kijkt Lenny niet aan. Hij schenkt de melk uit het plastic gevalletje in zijn koffie, dan scheurt hij het suikerzakje open en giet langzaam en zorgvuldig, geconcentreerd de suiker eruit, en roert heel de tijd met zijn vrije hand. Hij lijkt niet van plan nog met iemand van ons te praten.

Lenny doet zijn mond open alsof er nog meer gaat komen, maar in zijn keel klikt er min of meer wat dicht. 'Ik moet even sassen en zo,' zegt hij. Opeens staat hij op, kijkt om zich heen of hij duizelig is. Ik priem mijn duim de kant uit die hij op moet.

Vic zegt: 'Ik vroeg me af –'

Je kan ervan op aan dat Vic zijn rol van vredestichter speelt.

Lenny sjokt naar de Heren. Ik vraag me af of hij ook wat gaat snotteren.

Vince schudt het zakje ook al is dat leeg, frommelt het dan in elkaar. Hij kijkt op. 'Wat vroeg jij je af, Vic?' Met een kalm en beleefd lachje drinkt hij zijn koffie.

'Ik vroeg me af, nou we toch dichtbij zijn, of we niet even naar Chatham kunnen en het monument bekijken. Ik ben nog nooit –'

Vince kijkt Vic aan. Hij trekt zijn wenkbrauwen wat op, hij paft aan zijn sigaar. Vics gezicht is ernstig en bedaard. Je weet het nooit met Vic.

'Ik zou niet weten waarom niet,' zegt Vince. 'Jij wel, Raysy?' Hij kon wel een commissie voorzitten. Hij kijkt vluchtig mij aan en dan Vic weer. Het lijkt wel of hij Lenny helemaal vergeten is. 'Als een mens in jouw vak niet genoeg krijgt van monumenten.' Hij lacht, laat dan het lachje vlug weer verdwijnen, alsof het niks om te lachen was. 'Daarom zijn we hier toch? Om de doden te gedenken.'

'Het is wel om,' zegt Vic.

Vince blaast rook uit, in gedachten. 'Dan rijden we toch om.'

Lenny komt terug van de Heren. Het lijkt wel of zijn gezicht strijd met zichzelf heeft geleverd, of het niet weet wat voor uitdrukking het aan moet nemen.

Hij zegt: 'Mijn beurt, hè? Hetzelfde, Vic? Ray? Vince? Nog koffie? Met wat erbij?'

Ik denk niet dat Lenny daar ver mee komt.

Vince kijkt vlug naar Lenny op maar hij zwijgt. Hij paft aan zijn sigaar, met toegeknepen ogen, dan neemt hij het stompje uit zijn mond, er zijn nog een paar pafjes over, en drukt het in de asbak. Hij zegt: 'Ik weet niet hoe het met jou zit, Lenny, maar ik ben hier om wat naar Margate te brengen, daar zijn we hier allemaal voor. En Vic hier wil graag dat we onderweg nog een extra bezoekje afleggen, waar ik niet tegen ben, al met al. We zijn hier om de doden te gedenken.' Hij kijkt op zijn horloge. 'Kwart over twee geweest. Dus als je hier heel de middag wil blijven drinken' – hij blikt de tafel rond alsof wij opeens allemaal betrokken zijn bij een complot tegen hem, het gaat niet alleen om Lenny – 'is dat jullie zaak. Maar ik ga nou naar de auto en ik rij naar Margate. En als je niet mee wil, kan je maar beter uit gaan zoeken waar het station is.'

Hij neemt een laatste slok koffie. Dan staat hij ongehaast op, doet zijn jas aan, rolt met zijn schouders zodat de stof sluit, trekt aan de revers. Dan loopt hij naar buiten, zonder om te kijken, en de deur zwaait achter hem dicht. Toen Vince nog een jochie was, was zijn held Gary Cooper.

We kijken elkaar aan en verroeren ons niet, ook al is het duidelijk dat we geen keus hebben.

Vic staat het eerst op, dan sta ik op.

Lenny zegt: 'Eikel', binnensmonds, en verroert zich niet.

Vic zegt: 'Je mag niet oordelen.'

Dan zien we de plastic tas, *Rochester Food Fayre*, op de stoel liggen en lijkt het wel of er een nieuwe vonk in Lenny's gezicht komt, er is een nieuwe blik in zijn ogen. Hij pakt de tas en grijpt zijn jas. Hij is als eerste van ons bij de deur, al blijft hij er even voor staan wachten, alsof hij even gedacht heeft dat Vince elk ogenblik weer binnen kon stappen. Dan duwt hij hem open en gaan wij achter hem aan.

Vince loopt terug zoals we zijn gekomen. De hoofdstraat lijkt wel een maquette. Hij kijkt niet om maar hij lijkt niet per se veel haast te willen maken. We lopen achter hem aan, Lenny stormt vooruit met de tas.

'Hé, ouwe reus!'

Vince kijkt niet om maar zijn pas wordt sneller en hij recht zijn rug.

'Hé, ouwe reus!' Lenny zet er flink de sokken in, dat zou je niet denken. 'Je bent wat vergeten, hè? Je bent wat vergeten!'

Dan lijken de schouders van Vince weer even snel te zakken als ze zich opgericht hadden en hij loopt wel door maar het lijkt of hij niet meer vooruit kan komen, of zijn been aan het eind van een touw is gebonden. Hij kijkt niet om, alsof zijn nek vastzit. Dan haalt Lenny hem in en keert Vince langzaam zijn hoofd om alsof iemand anders het voor hem rond moet wringen.

'Dit ben je toch vergeten? Je koffie. Jij denkt misschien wel dat je zonder ons kan maar je zou wel heel erg voor gek staan als je zonder dit naar Margate ging.'

Hij zegt: 'Als mijn gabber Lucky daar er niet geweest was.'

Het is die zuster met dat donkere haar, die lekkere, zuster Kelly. Ze is zijn infuus komen verwisselen. Ze houdt het pak glucose vast of het wat is waar je in een spel mee gooit. Hier, vangen. Ze heeft zo'n glans in haar ogen alsof ze gewend is opmerkingen af te weren.

Hij trekt het bedhemd weer over de schouder waar hij haar zijn oude litteken heeft laten zien. Hij zegt: 'Ik heb je nooit behoorlijk voorgesteld aan mijn gabber Lucky, hè?'

Ze werpt me een lachje toe.

'We noemen hem Lucky maar eigenlijk heet hij Ray. Ray Johnson.'

Ze zegt: 'Dag Ray, dag Lucky. Ik heb je hier al eerder gezien.'

'Hoor je dat, Ray? En Ray, dit is Joy, Joy Kelly.'

Het is of we bij hem thuis zijn en we zijn gasten zijn.

'Joy betekent niet voor niks genot.'

Ze lacht, of ze daar al niet honderd keer wat over heeft gehoord.

'Raysy en ik kennen elkaar al een eeuwigheid, van lang voor jouw tijd. Van de oorlog tegen Rommel. Lucky hier heeft meer dan eens mijn leven gered.'

'Niet waar,' zeg ik. 'Andersom.'

'Ik dank mijn leven aan Lucky,' zegt hij.

Haar hand gaat omhoog om het infuus te verwisselen.

'We noemen hem Lucky omdat hij geluk brengt, en voor het geval je ergens op wil wedden, moet je bij hem wezen.'

Ze hangt het nieuwe infuus op.

'Zoals ik met Ray heb gewed dat je daar kousen aan hebt, geen panty.'

Ze zwijgt, morrelt aan het infuus. Dan zegt ze: 'Daar zou je een stuk wijzer van worden, hè?'

'Ik dacht niet aan wat ik er wijzer van werd.'

'Hoe is het met je kussens? Wil je ze opgeschud?'

Ze buigt zich weer over hem heen en hij zegt: 'Je zal nogal wat dubbelzinnigheden horen, als je hier werkt', alsof hij zich er zelf ook niet net aan bezondigd heeft.

Ze zegt: 'Een meisje weet wanneer ze veilig is.'

'En een man weet wanneer hij geen gevaar is.' Hij heft de arm waar de slangen in gaan, alsof hij zich overgeeft. 'Maar dat geldt niet voor Ray hier, hoor. Bij Ray zou je goed zitten, Ray heeft geluk. En hij is niet gebonden, zoals ik.' Hij heft de arm nog eens. 'Leuke namen bij elkaar, leuk. Ray en Joy.'

Ze richt zich op.

'Het is een klein ventje maar –'

'Dat is weer gebeurd,' zegt ze. 'Ik zal dit meenemen.'

Het is zijn fles met pis. Die is helemaal donker en bloederig.

'Zie je, Ray. Ze neemt alleen die pis maar mee.'

'Tot straks,' zegt ze, en gaat weg. Met een hoofdschuddend lachje kijkt ze mij nog eens aan.

Hij zegt: 'Volgens mij heb je beet, Raysy, volgens mij heb je beet. Zeg maar niet dat ik jou niet weet te koppelen.'

Lenny zegt hijgend: 'Hij zei verdomme niet dat het op een heuvel was.'

Dat had hij ook niet gezegd, en ook niet dat hij niet wist waar het was. Als we stoppen en het vragen, zeggen ze: Daarboven op die heuvel is het, kijk maar, u kan het niet missen, het marinemonument, witte toren. Het steekt omhoog als een vuurtoren die iedereen kan zien, met bovenin een groene bol in plaats van een baken, het is een herkenningsteken. Alleen zegt niemand hoe je er komt en er zijn geen borden. Het is een raar monument als niemand meer weet hoe je er komt.

En zo karren we door de halve stad Chatham en de halve haven Chatham met daartussenin die heuvel, en Vince is razend, ook al was hij al razend vanwege Lenny. Hij probeert om niet nog extra razend op Vic te worden, hij probeert voor Vic het geduld zelve te lijken, als tegenwicht voor Lenny. Lenny zegt tegen Vic: 'Hebben ze jou bij de marine dan niet leren navigeren?' En Vic zit weer daar voorin want dit was zijn idee, helemaal zijn idee, en het lijkt wel of het hem spijt dat hij ooit zijn mond heeft opengedaan. Maar ook dat zou Vic denk ik wel eens goed uit kunnen komen: een afleidingstactiek, hij eens een keer de schuld, om wat druk van Vince en Lenny af te nemen. Alleen is Vince zo razend. Vic offert zich denk ik op, hij is een goede martelaar, en er zijn trouwens vast wel een paar van zijn oude verloren makkers met hun naam op dat monument gekalkt omdat ze eens, zoals ze dat noemen, hun eigen offer hebben gebracht, dus het gaat niet aan om die te veronachtzamen. Als we er ooit komen.

Eindelijk vinden we die parkeerplaats, halverwege de heuvel, pal aan de andere kant van het stadhuis. Maar ook al is het pal aan de andere kant van het stadhuis, het lijkt wel of Chatham ophoudt en de woestenij begint. Het lijkt wel of heel Chatham nooit meer dan een kampement is geweest.

Er is alleen laag bos met veel struikgewas waar een modderpad door omhoog voert naar de plek waar het monument zou horen te zijn, alleen kun je dat vanwege de bomen niet zien, geen borden, niks. En het enige voordeel van die bomen en van het feit dat hier zo te zien niemand ooit heen gaat tenzij hij kwaad in de zin heeft, is dat vanwege het bier dat we gedronken hebben en het geheen-en-weer door Chatham in een staat van opwinding, Lenny en ik weer nodig moeten pissen. Dus zodra we uit het zicht van de parkeerplaats zijn, schieten we het pad af om de gelegenheid te baat te nemen.

Hij zegt: 'Hij zei verdomme niet dat het op een heuvel was', en hijgt en pist tegelijk. 'En ik weet wel dat we wat voor Jack doen, maar ik wist niet dat het ook nog Gedenkdag was.'

Ik zeg: 'Vic zit goed. Het zou voor ons wel wat lastiger zijn, hè, om onze jongens eer te bewijzen?'

Hij zegt: 'Dat weet ik nog niet zo zeker, als ik dit bekijk.'

Hij ademt zwaar, ook al zijn we nog niet veel opgeschoten. Zijn gezicht lijkt wel aardbeienjam. Vic loopt vooruit, helemaal alleen, vastberaden, alsof hij een goede voorstelling probeert te geven. Het helpt denk ik niet als hij omkijkt en Lenny en mij in het kreupelhout ziet zeiken. Met whisky ben je in het voordeel. Hij keert zich om en loopt door, al kan je hem ook zien puffen, en Vince loopt weer een eind voor Vic uit, nijdig en wel, zonder om te kijken, alsof hij de ploeg leidt en niet gaat wachten op een stel lopende gewonden, hij wil alleen maar vlug op de top zijn en het achter de rug hebben.

Hij draagt de tas, *Rochester Food Fayre*, maar hij heeft de koffie eruit gehaald.

De bomen staan in knop. Zonlicht sijpelt door de takken.

Lenny zegt: 'Waterratten. Kloteboten.'

We gaan verder en het pad wordt steiler. Je kan zien waar het uit het bos komt en er alleen nog hoog gras is, flets en winters, met wat schriele struiken die beven in de wind. We kunnen geen monument zien. We zien dat Vince blijft staan en omkijkt, met een hand op zijn heup, alsof hij het uitzicht in zich opneemt. Zijn jas wappert in de wind. Vic komt dichter bij Vince. We zien dat Vince wat tegen Vic zegt, al kunnen we het niet verstaan. Dan kijkt Vince op ons neer alsof hij ons graag ziet lijden.

Lenny blijft staan, hoest en spuugt. Hij kijkt op naar Vince. 'Hij geeft nou niet meer op, hè?' We strompelen verder, dan blijft Lenny weer staan, zijn borst lijkt wel een blaasbalg. Hij bukt met zijn handen op zijn knieën. Het lijkt of hij wel eens zou kunnen zeggen: 'Raysy, ga jij maar verder zonder mij.' Er zit een vlokje schuim in zijn mondhoek. Ik denk: We kunnen het niet hebben dat Lenny de pijp uit gaat voordat we Jack voor het laatst gedag gezegd hebben. Dat kunnen we van niemand van ons hebben. Ik voel me zelf ook niet zo kip.

Maar hij hijst zich langzaam omhoog. Hij legt even een hand op mijn schouder en steunt. Vince kijkt. Dan geeft hij me met zijn knokkels een zacht duwtje in mijn rug. 'Pompen of verzuipen, hè Raysy?' alsof hij mijn gedachten heeft gelezen.

We gaan verder, zonder wat te zeggen, ademen te zwaar om wat te zeggen. Dan komen we uit de bomen en kunnen we opeens het monument zien, alsof dat heel de tijd al op ons wachtte, ons verwachtte, hoog en wit rijst het op tegen de hemel, al gaat de voet ervan schuil achter de heuvelrand. Er is een woord voor. We kunnen het uitzicht zien dat zich beneden uitstrekt, met de heuvel die omlaag glooit. Chatham dat overgaat in Rochester, de bocht van de rivier met oprijzende kranen, de kathedraal als een grote oude vogel gezeten op een nest. Je kan zien hoe een stad haar plaats krijgt, in de plooien van een dal aan een rivier, aan een brug, en je kan aan de vorm van de heuvels zien waar de rivier verder kronkelt. Je kan de lichtschittering in ramen en op auto's zien. De zon schijnt onder een wolkenbank vandaan over het fletse gras en het lijkt wel of we, ook al klimmen we nog steeds, een eenvoudiger, vriendelijker, schoner stuk hebben betreden. Het lijkt wel of de toren van het monument ons omhoogtrekt naar zich toe. Het is een obelisk, dat is het woord, obelisk. Hij wordt beschenen door de zon. Hij is wit en hoog. Het lijkt wel of hij zweeft, want je kan niet zien waar hij aan vastzit, alsof hij weer ergens anders heen zou kunnen schuiven als je er dichtbij komt. Er zijn nog altijd geen borden waar je wijzer van wordt, alleen het ruige gras, verwaaid door de wind, en een ruw pad, en er zijn geen mensen op ons na. Het lijkt wel of het is neergezet en toen vergeten. Vince loopt vooruit, komt dichterbij, Vic gaat achter hem aan. Het lijkt wel of het hier maar half bedoeld was en dat ook voor ons gold, maar hier zijn we dan, tezamen, boven op die heuvel. Het lijkt wel een poging tot waardigheid, dat is het, het lijkt wel één grote poging tot waardigheid.

... we daarom hun lichaam toevertrouwen aan de zee.

Hij verhief zich brullend en sissend, met ijs als marsepein op het voordek, een boeg die ranselend neerdook, zodat het leek of je niet nog een vijand hoefde die granaten en torpedo's op je afvuurde, de zee was genoeg. Of hij strekte zich weids en groot en kalm uit als de maanverlichte nacht boven je, met het konvooi verspreid als eenden op een meer. Drijvende doodkisten. Wat was erger, een rustige of een woelige zee? Of je zag hem niet, voelde hem alleen, door de slingering en trilling van staal. Je ging bij de marine om de zee te zien maar wat je zag was de tollende buik van een schip, en wat je rook was niet de zilte zeelucht maar de geur van een misselijke scheepsmaag, olie en etensstank en het jongste aftreksel van de kok en natte duffel en bivakmutsen en ether en rum en kruit en braaksel, alsof je al was waar je ieder ogenblik voorgoed zou kunnen zijn, in de grote kokhalzende ingewanden van het ruime sop.

Hij boog zich over me heen en ik wist dat hij hoopte dat ik zou slapen maar mijn ogen waren open en ik zei: 'Opa is dood, hè?' Want ik wist het. Zijn wang was koud van de vochtige avondlucht en zijn haar was klam maar zijn kleren roken nog naar het ziekenhuis, nog naar opa. Dat verschilde niet zoveel van de gewone lucht, de lucht aan zijn huid van de dode huid van andere mensen, en je zou denken als het zijn dagelijks werk was en dat ook van opa was geweest dat het daardoor dan niet zoveel uit zou maken toen het opa was.

Hij zei: 'Ja, opa is dood.' Ik wist dat hij ermee had willen wachten tot de volgende ochtend. Ik had de schijn op kunnen houden, voor hem. Nou zou hij weten dat hij me dadelijk alleen zou moeten laten en ik heel de nacht nog door moest, in deze vreemde kamer, met de regen op het raam, met de wetenschap dat opa dood was. Maar ik wou dat hij wist dat ik dat kon, dat ik dat aankon. Net als toen hij me vertelde wat hij deed. Hij stopte mensen in kisten, want mensen gingen dood. Maar dit waren geen mensen, dit was opa.

Ik zei: 'Stop jij opa zelf in?'

Hij zei: 'Tuurlijk.'

Hij boog zich over me heen. Hij zei: 'Welterusten. Slaap lekker.'

De regen maakte op het raam een lawaai als naalden, de wind ruiste. Het had vast ook geregend toen opa doodging, het had heel de dag geregend. Maar ik denk niet dat hij er weet van had, of dat het wat uitmaakte, waar hij was, het weer buiten. Of het zonnig was of nat, koud of warm. Of dat je de zee kon zien, wat kon als je naar het grote raam ging aan het einde van de zaal, glanzend en zacht, rimpelig en grauw. Ook al kon opa dat niet.

Daarom waren ze hier gekomen, oma en opa, om bij de zee te zijn. Bexhill-aan-Zee. Daar gaan mensen heen als.

Op een avond zoals deze kon je denken aan al de mensen op zee en dat jij er warm en veilig en knus bij zat, en dat de mensen op zee ook vast wel wilden dat ze er warm en veilig bij zaten, maar opa kon zo niet denken, niet meer.

Ik kon ze beneden horen praten, niet de woorden, alleen de stemmen. Toen ik later in de nacht wakker werd kon ik horen dat zij ook wakker waren. Er waren geen stemmen, alleen de wind en de regen, maar ik kon horen dat ze wakker waren. Ik kon horen dat we allemaal wakker lagen in dat donkere huis waar de wind aan rammelde, zodat ieder van ons leek op opa die wakker lag op die vreemde zaal met al die andere mannen om hem heen, maar wel alleen, en al die andere mannen ook alleen, alsof we hier in huis allemaal samen waren maar eigenlijk toch alleen, elk van ons in zijn eigen bed, ingestopt zoals we op een dag voor eeuwig en altijd zouden zijn.

Tuck betekent instoppen. Wij Tuckers zijn Instoppers, we brengen dode mensen op orde. Dat doen we voor de kost. Die stoppen we in.

Burgerberoep: assistent-begrafenisondernemer.

Het zou rondgaan, als een lopend vuurtje, zoals dat op een schip gaat. 'Hé, Buffer, we hebben een doodgraver aan boord.' Net als op het schoolplein: 'Wij weten wat jouw pa doet', alleen had ik toen nog nooit een lijk aangeraakt, en was ik niet op zee, of in een oorlog. Loop geen wacht met Tucker, niet als je het kan vermijden, beman geen geschut met Tucker. Alsof je zo je kansen kon veranderen.

Ik wou zeggen: Ik weet hiervan, in het klein, ik weet waar jullie bang voor zijn. Ik weet niet veel van schepen en seinen en positie en navigatie, niet meer dan een matroos in twee maanden Chatham leert. Maar ik weet wel van de doden, ik weet van dode mensen, en ik weet in elk geval dat de zee overal om ons heen is. Zelfs aan land zijn we allemaal op zee, zelfs op deze heuvel hoog boven Chatham waar ik die namen kan lezen. Allemaal op onze brits op weg naar onze dood.

Drijvende doodkisten.

Dus toen de *Lothian* werd getroffen, op het voorschip, en ik daar geschutdienst had maar naar achter werd gestuurd om meer slangen en daarna de tweede granaat insloeg, en Dempsey en Richards en Stone en MacLeod sneuvelden, kende ik, feller dan de meesten, de pijn van de overleving. Let wel, het was niet Tucker. Het waren Dempsey en Richards, niet Tucker. Alsof je je kansen kon veranderen.

Hij zei dat hij me er niet aan zou houden, ik moest mijn eigen leven kiezen. Alleen maar vanwege hem en opa, alleen maar vanwege de naam Tucker. Maar in elk geval mocht ik niet beslissen zonder wat te weten, en te zien, in elk geval mocht ik niet tot nee beslissen uit ongegronde angst. Dus zei ik ja, bij wijze van beproeving. En hij liet me alles zien, gaf uitleg, en ik zag dat er echt niks te vrezen was, niks om bang voor te zijn. Je ging je er zelfs wat kalmer van voelen, zekerder. Ik was veertien jaar, we waren met ons tweeën in het uitvaartcentrum. Met ons drieën. Dus zei ik later: 'Ja, goed.' Je leven voor je uitgestippeld, je kansen veranderd. En toen was het te laat om nog andere malle denkbeelden te hebben, zoals naar zee vluchten.

Ze zeiden: Hier is werk voor je, waar je voor toegerust bent, waar niemand anders zich vrijwillig voor zal melden. Mannen op zee krijgen malle denkbeelden, zoals meerminnen en monsters en dat dit konvooi hun laatste zal zijn. Dus toen we de motoren stilzetten, op vier dagen van IJsland, om overlevenden op te pikken, dachten ze allemaal: Daar is werk voor Tucker, Tucker krijgt het druk. Maar waarom pikken we die op, terwijl ze half bevroren hun laatste adem uitblazen, als ze alleen maar het dek overvol maken en even later weer teruggegooid worden? Ze komen uit zee en gaan weer terug, haast zonder een spat in de grauwe deining. Tucker verzorgt ze wel, die is daar goed voor. Na een tijdje verwierf ik zelfs ontzag, medeleven. Je mag je medemens niet veroordelen, je mag hem niets nadragen. Het omgekeerde gebeurde zelfs: Tucker wil je aan je kant hebben, met Tucker wil je goeie maatjes blijven. Ja, ik zal scheepsboeman zijn, iemand moet het doen. Stil maar, hier is Tucker, die je in komt stoppen. Voornaam Victor, mooie naam in een oorlog. Dat doet Tucker wel, dat regelt Tucker wel. Het is traditie in de dienst om gebruik te maken van 's landsrots ambacht, zoals een timmerman, touwslager, chirurgijn. En de dienst heeft zijn eigen tradities om zich van de doden te ontdoen. Uit zee. Een lap zeildoek, een zinklood van kogels, en de laatste steek, voor de zekerheid en ouder gewoonte, door de neus van die arme ongelukkige klote-Jan Rap.

Vic gaat ons denk ik niet vertellen wat de namen zijn die ertoe doen, hij gaat gewoon zwijgend staan kijken.

De obelisk staat in het midden, die is voor '14-'18, en in een grote halve cirkel is er een hoge witte stenen muur met in het midden een ijzeren hek waar we door binnen zijn gekomen, en ze staan opgesomd op een reeks panelen in de binnenbocht van die muur, '39 en verder, als deelnemers aan een wedloop. Je hebt Kapiteins en Luitenants en Adelborsten en Onderofficieren en Matrozen Eerste en Tweede Klas, zelfs een paar Scheepsjongens. Maar er zijn ook Stokers en Seiners en Koks en Telegrafisten en Onderofficier-Machinisten en Ziekenboegbroeders, alsof er op een schip een hele wereld is.

En je wordt niks wijzer als je naar die lijsten kijkt want er staan geen noteringen bij, er wordt geen côte vermeld. Je kan je ogen langs een lijst laten gaan, als je daaraan gewend bent, en er in je hoofd achter komen dat de bookmakers geen schade zullen lijden, dat de klant de klos is. Zoals verzekeringsmaatschappijen hun sommen kunnen doen en weten dat ze op den duur niet slechter af zullen zijn, wat voor pech de Verzekerde Jan Modaal ook mag treffen. Er is altijd de gok waardoor je denkt dat je een kansje hebt en er zijn altijd de grotere getallen waardoor je denkt dat je je geld had moeten uitsparen en je premie in je zak had moeten houden. Het hangt af van je grondhouding.

Maar het is moeilijk om een houding te hebben als er geen notering wordt gegeven en je geen grotere getallen kan zien. Al wat je kan zeggen als je die lijsten af kijkt, en het maakt niet uit dat ze in brons zijn gezet op een witte muur boven op een heuvel met een obelisk ervoor gepoot en zo, is dat een man maar een naam is. Die wat betekent voor degeen aan wie hij is verbonden, en voor iedereen die net zo meespeelt in de loop van een mensenleven, maar die daarbuiten geen bal betekent. Die geen bal betekent voor al wat langer leeft, zoals legers en vlotens en verzekeringsmaatschappijen en de paardentoto, het gaat allemaal door als jij er niet meer bent en geen piepje meer geeft. Je kan maar één zinnige houding aannemen, als je naar die lijsten kijkt, er is maar één wijs woord, net als toen Micky Dennis en Bill Kennedy het aflegden: 'Ik ben het niet, ik was het niet, nooit zal ik het zijn.' En er is maar één les te trekken, die even opwekkend als niet opwekkend is, en wel dat het geen leven is wat je doet, ze noemen dat wel leven maar het is overleven.

Toch zou ik het denk ik kunnen, er nog altijd weer leven van kunnen maken. Ik zou die grotere getallen kunnen vergeten en de gok nemen. Beetje leven, weer leven. Die kleinkinderen van me zien, als die er zijn, zij die mij zullen overleven. In de jaren die ik nog te leven heb.

Ik zou de wereld kunnen zien. Ik zou naar Bangkok kunnen.

Ik zou tegen Amy kunnen zeggen: 'Even over dat tekort.'

Hij staat daar, kijkt, zegt niks. Zijn gezicht is helemaal keurig en strak, lijkt zelf wel een lijst. Hij heeft zijn pet afgedaan en die in zijn zak gestopt. De wind tilt het haar op zijn kruin omhoog. Je kan je Vic moeilijk indenken in een matrozenpak, als hij de horlepijp danst, het want beklimt, schip ahoy. Lenny staat gebukt, net binnen het hek, alsof hij zo wel even zal kijken hoe hier alles in elkaar zit, als hij eerst maar weer op adem kan komen van de klim die heuvel op. Hij werpt me een blik toe alsof hij wil zeggen dit is een plek voor jongens van zee maar misschien mogen wij veteranen ons niet laten kennen. Het hangt er denk ik maar om, de zee, de woestijn. Vince is op de obelisk af geslenterd. De zon schittert op de witte steen. Aan weerszijden van het hek staat een stenen matroos, in duffel en zeelaarzen, paraat de ruimte in te turen, zodat het wel lijkt of Lenny zich drukt, hij lijkt wel een echte slappeling. Het hek is blauw geverfd. Erboven staat: 'Zij Allen Werden Geëerd Door Hun Generatie En Waren De Glorie Van Hun Tijd.'

VINCE

Ouwe zakken.

Evengoed zou ik graag denken dat mijn Joan voor mij zou komen opdagen, al zou ik haar nooit tot zulke malligheid aanzetten. Ik zou hetzelfde voor haar doen, als het omgekeerd was. Wat niet zo zal zijn.

Die klereheuvel werd zowat mijn dood.

Het is een kwestie van plicht, dat is het.

Vic staat daar te kijken, en Ray is een praatje met Vincey gaan maken, aan de voet van dat torengeval. Ze staren ernaar omhoog als een stel toeristen dat naar de Zuil van Nelson tuurt. 'Helgoland' staat erop, waar dat ook is, 'Helgoland. Jutland. Doggersbank.' Maar ze lijken het niet over die toren te hebben, ze lijken het ergens anders over te hebben, strikt tussen hen tweeën.

Tja ik ben denk ik het buitenbeentje hier, ik ben het buitenbeentje bij dit hele akkevietje, alleen maar mee voor de lol en het bier, en dat geklim die heuvel op. Daar heb je Vic met zijn dodenlijsten, alsof hij daar dagelijks al niet genoeg van krijgt, en die twee gezworen kameraden aan de voet van de toren. Ik heb nooit begrepen dat Raysy het zo goed met die eikel kon vinden. Zijn dochter zal wel nooit door hem in de knoei gekomen zijn, al had dat best gekund als Susie niet eerst mee naar Australië was gesleept.

Je hebt Ray en Jack die elkaar al kennen uit de woestijn, zelfde woestijn als ik, schutter Tate, alleen kende ik hen toen geen van beiden. Je hebt Vic en Jack die zowat vijftig jaar tegenover elkaar hebben gezeten: Dodds en Tucker, in dieren- en mensenlijken. En je hebt Jack en Vince, de een gecremeerd en de ander gepikeerd.

De enige reden dat ik hier ben, als je niet meetelt dat ik zo'n kleine veertig jaar zijn vaste drinkmaat was, is vanwege Sally. Omdat Jack haar mee naar zee nam toen we daar zelf niet met haar heen konden. Dat was aardig, een van de weinige keren dat er ooit zo tegen die meid gedaan is. En nou ga ik er met Jack heen.

Het is een kwestie van plicht. Je hebt soldatenplicht, matrozenplicht. Helgoland. Jutland. Maar als je het mij vraagt is dat niet zozeer plicht als wel bevel. Je plicht doen in de gewone loop van het leven is wat anders, dat is moeilijker. Zoals Ray altijd zei dat Jack een puike soldaat was, Jack had een medaille horen te krijgen, maar toen hij weer in de burgermaatschappij terugkwam, wist hij niks beters te doen, net als de meesten van ons, dan zich vast te klampen aan dat wat hij kende, alsof er door het Opperbevel een order was gestuurd dat hij nooit wat anders dan slager mocht worden. Hij werd ingekwartierd in die winkel, zo is het verdomme.

En dan heeft hij zin om naar zee te gaan.

Het lijken wel twee spionnen die elkaar treffen, zoals ze daar bij die toren staan. Een van hen heeft een tas, kijk, een tas die er verdacht uitziet.

Het is of Sally ernaast heeft gezeten, al verwijt ik haar niks, dat ze na die ouwe reus van de weeromstuit met die halvegare is getrouwd. Tommy Tyson, per adres de gevangenis van Pentonville. Ze had hem trouw moeten blijven, het wordt nog erger als hij vrijkomt, ze had bij hem op bezoek moeten blijven gaan. Zoals Amy bij June.

Het is een kwestie van plichtsvervulling.

Zoals Ray het met Susie bij zou moeten leggen, zoals Carol nooit bij Ray had moeten weggaan. Niemand hoort ooit weg te gaan, anderen te verlaten. Zoals Vincey had moeten inbinden en doen wat er van hem werd verlangd, omdat hij zowat alles aan Jack en Amy te danken had, en Jack haast in alle opzichten die jongen z'n vader was.

En Jack had nooit zomaar zijn eigen vlees en bloed in de steek mogen laten.

En ik ook niet.

Joan zou misschien komen opdagen, maar Sally niet.

Ze lopen achter om de toren heen.

Dus je zou kunnen zeggen dat Amy degene was die altijd haar plicht heeft gedaan, meer dan haar plicht, jaar in, jaar uit. Nooit het minste ervoor teruggekregen, zover ik heb gehoord. Je zou kunnen zeggen dat ze nou ook haar plicht doet, als ze bij June op bezoek gaat. Alleen zou ze ook morgen naar June kunnen of had ze gisteren naar haar toe gekund. Je zou denken dat ze die ene dag wel voor Jack zou kunnen missen.

Vince kijkt op naar de obelisk, heel strak, alsof die plotseling wel eens wat zou kunnen doen en hij zijn ogen er niet van af wil keren, alsof hij blij is dat hij mij niet hoeft aan te kijken. Het is de eerste keer dat we bij Vic en Lenny zijn weggeglipt. De zon en het uitzicht zijn achter ons. Hij heeft zijn handen in zijn zakken, zijn linkerpols steekt door de hengsels van de draagtas. Die moet zwaar worden, het plastic zal wel snijden, maar dat lijkt hij niet erg te vinden. Het lijkt wel of hij er geen afstand van wil doen.

... die als graf alleen de zee hebben.

Hij kijkt op naar de obelisk en ik kijk op naar hem. Het is moeilijk als je wel de jaren hebt maar niet de lengte. Maar die obelisk moet het effect hebben dat Vince zich kleiner voelt, want ook al keert hij niet zijn blik naar mij, ik kan zijn gezicht helemaal jongensachtig en onderdanig zien worden.

Het is net als toen hij me op de huid zat over de sloperij en hij niet zeker wist waar hij met me aan toe was. 'Oom Ray', zei hij toen opeens tegen me.

Hij kijkt met toegeknepen ogen naar de witte steen, vergeten zijn zonnebril mee te nemen. Hij had een andere das om moeten doen.

Hij zegt: 'Ik vroeg me af, Raysy.'

Ik zeg: 'Wat vroeg jij je af?'

Hij zegt: 'Jack is tegen jou toch nooit over geld begonnen, hè? Ik bedoel, toen hij – Hij heeft het toch nooit over een geldbedrag gehad?'

Op elke hoek van de obelisk zit een stenen leeuw gehurkt.

Ik zeg: 'Wat voor geldbedrag?'

Hij zegt: 'Maakt niet uit', en schuifelt op zijn voeten. Hij heeft zijn hoofd omhoog, kijkt, maar hij lijkt haast wel te bedelen. Hij zegt: 'Zeg zo'n duizend pond.'

RedcarRiponSandownThirsk.

'Nee,' zeg ik. 'Hij heeft het nooit over een geldbedrag gehad.'

Nou kijkt hij me aan, met een vlugge schichtige blik, die hij dan weer afwendt. De zon kruipt weg en de witte steen wordt grauw, de wind in onze nek is koud.

'Alleen,' zegt hij, alsof hij hoofd van de familie is geworden, 'we moeten wel voor Amy zorgen, hè? We moeten wel voor Amy zorgen.'

Ik kan niet veel groter dan dat dressoir geweest zijn. Je zou niet denken dat Amy een paar jaar later naar me op zou kijken.

Ze zei dat ze genomen waren toen hij soldaat was, in de oorlog. Ze zaten met zijn tweeën lachend op een kameel, Ray voor, Jack achter. En Jack stond er ook nog in zijn eentje op, met zijn overhemd open, blote borst, en een saffie in zijn hand. Maar ik geloofde haar niet, want ik zag niet in hoe je lachend op een kameel kon zitten als je soldaat was. Op die andere foto lachte hij ook.

Ik dacht: Dat is mijn pa niet, dat is mijn pa niet, lachend.

Ik zei: 'Hij lijkt niet op een soldaat.' Zij zei: 'Daarom vind ik die foto leuk.' Ze ging daar niet verder op in.

Ze zei dat het in de woestijn was, ze waren in de woestijn, net als oom Lenny. Dat was voor ik geboren werd.

De bananen op de fruitschaal kwamen van oom Lenny.

Je moest groot zijn om soldaat te worden, dat zeiden ze. Het was net als al het andere waarvoor je groot moest zijn, net of je groot moest zijn voor je dood kon gaan. Wat een leugen was. Die twee dingen gingen samen omdat je om dood te gaan dapper moest zijn, en soldaten waren dapper.

Maar nou weet ik dat je niet dapper hoeft te zijn om soldaat te zijn en dat je geen soldaat hoeft te zijn om dapper te zijn.

'*Amy, mag ik die foto? Heel even maar.*'

'*Natuurlijk, Vince. Je mag hem houden.*'

De zon staat in zijn gezicht en hij tuurt je grinnikend aan, nog in leven, alsof hij weet dat jij niet weet wie hij nou echt is. Hij tuurt je aan uit die koperen lijst alsof hij weet dat hij in een andere wereld is en die van jou begluurt. Hij heeft een korte broek aan en zijn overhemd hangt daar losgeknoopt uit en scheef op zijn hoofd staat een blikken helm maar dat lijkt wel iets wat hij voor de lol draagt, en overal om hem heen is zand. Hij lijkt niet op een soldaat, hij lijkt niet eens groot. Hij lijkt wel een jochie op een strand.

En als Amy erbij was denk ik dat ze ons er allemaal onder zou houden, die zou geen wangedrag slikken, we zouden ons allemaal dienen te gedragen. Wat niet zo gek zou zijn. Ik zie het nog niet gladjes verlopen. Vier kerels en een doos.

Nou komen ze weer achter de toren vandaan, zwijgend, alsof ze gepraat hebben en ze nou nadenken. De ouwe reus en de kleine Raysy, zoals Jack en Lucky. Doe half je ogen dicht en je kan het ene tweetal in het andere zien. Misschien is het aantrekking van tegenpolen. Als je Jack en Ray samen zag, had ik altijd het idee dat Ray een soort dwergje was dat Jack onder zijn jas vandaan gehaald had, een mascottetje. Hier is mijn vriend Lucky.

Maar hou Raysy in de gaten. Net als je denkt dat hij niks mee heeft word je onverhoeds door hem verrast, doet hij onverhoeds wat uitgekookts. Het lijkt wel of hij zich erachter verschuilt dat hij klein is.

Vic kijkt nog altijd naar zijn lijsten. Hoeveel tijd gunnen we hem? Ik wed dat Jack nooit heeft vermoed dat hij om in Margate te komen bij de Koninklijke Marine langs moest. Je zou kunnen zeggen dat Vic wel lef heeft, om ons hier naar boven te slepen om al die namen te bekijken terwijl het Jack z'n dag is, net of hij zegt dat Jack niks bijzonders is. Maar ik neem het hem niet kwalijk, ik heb op Vic niks te mopperen. Het is een kwestie van plicht.

De zon komt weer door en de obelisk werpt een lange, smalle schaduw over het gras naar de gebogen muur, alsof we op een zonnewijzer staan. In de juiste tijd van het jaar, als de zon laag staat, moet die schaduw elke dag langzaam over de ene rij namen na de andere schuiven.

We gaan weer nou, op weg naar het blauwe hek. Lenny hangt daar nog rond, alsof hij ons binnen heeft gelaten en wacht tot hij af kan sluiten. Geef hem een pond voor zijn moeite. Vic is klaar, hij heeft zijn pet weer opgezet, maar het lijkt toch wel of Vince een bevel gegeven heeft: het is tijd, terug in de bus. We gaan het hek door, niet in een groepje, pratend, maar een voor een, zwijgend. Het lijkt wel of we de schouwburg uit komen en geen van ons nog een keurig uitgewerkt commentaar klaar heeft. Vincey is de eerste, ik ben de laatste.

We lopen terug over de open heuveltop. We hebben de zon en het uitzicht en de wind in ons gezicht. Verder is er niemand en al wat je kan horen is het geschuifel van onze voeten en het gehijg van Lenny. Waar het pad naar de bomen af gaat lopen blijft Vince opeens staan en schuiven wij achter hem allemaal op elkaar, alsof hij een hand heeft opgestoken. Onze gezichten lichten helemaal op in de zonneschijn. Hij stapt van het pad het gras op. Hij zegt: 'Ik haal jullie wel in, gaan jullie maar verder. Ik haal je daarbeneden wel in.'

We hoeven niet te doen wat hij zegt, we hoeven geen bevelen aan te nemen, maar het is waar dat het niet zo'n toer voor hem zal zijn om ons in te halen. Naar de heenweg te oordelen. Dus gaan we langzaam verder, achter elkaar, met ruimte tussen ons, waarbij ik als laatste over mijn schouder naar Vincey kijk. Hij loopt weg over het gras, blijkbaar zonder zich druk te maken om zijn mooie pak en schoenen, en ik zie dat hij aan de heuvelrand blijft staan en het uitzicht bekijkt zoals Vic die namen bekeek.

Ik blijf wat bij de anderen achter. Misschien is dat wel net wat hij wil dat ik doe. Misschien geeft hij me een tweede kans. Maar hij blijft daar zomaar staan, met die tas aan zijn zij, en tuurt als een van die stenen matrozen.

De zon kruipt weer achter een wolkenrand, zij het maar even. Ik bekijk ook het uitzicht, ik wil het ook behouden, maar ik keer me om en loop door naar beneden, achter de anderen aan, zodat de bomen oprijzen en het uitzicht wegglijdt. Het is kil tussen de bomen.

We komen bij de auto terug maar we kunnen er niet in want Vince heeft de sleutel, dus hangen we zwijgend rond op de parkeerplaats en werpen vlugge blikken op elkaar. Lenny kijkt op zijn horloge. Vic kijkt of het allemaal zijn schuld is, maar je kan hem niks verwijten, toen hij er eenmaal toe besloten had. Het was een soort belediging geweest om te zeggen: Niet als het last geeft, niet als het op een heuvel is, laten we het maar vergeten.

En hij is niet degene die ons nou ophoudt.

We wachten zowat een minuut. Dan zien we hem het pad afkomen, met de tas. Hij lijkt nou net zo graag door te willen als wij, want hij loopt hard en glijdt af en toe uit in de modder. Zijn gezicht is helemaal strak en afstandelijk als hij op ons afkomt, alsof hij wou dat wij er niet bij waren.

Ik zou zeggen dat hij ook wat gesnotterd heeft. We hebben allemaal behoefte aan ons ogenblik.

Hij zet de tas met de doos erin behoedzaam op de motorkap, dan doet hij de auto van slot en loopt naar achter om zijn jas op te bergen. Wij doen ook onze jas uit maar geen van ons stapt in, alsof we moeten wachten tot het ons gezegd wordt. Hij doet de kofferbak dicht, loopt dan weer om naar het bestuurdersportier en wringt zich uit zijn jasje. Hij doet het achterportier open, vouwt zijn jasje op en schuift het weer op de achterbank.

'Goed,' zegt hij ongeduldig, 'wie gaat waar zitten?'

Vic zegt: 'Ik ga achterin', vlug als de bliksem. Lenny en ik kijken elkaar aan.

'En wie gaat er voorin?'

Het lijkt wel of hij papa is en wij de kinderen zijn, en of papa de pee in krijgt.

Lenny kijkt Vince aan.

'Goed Ray,' zegt Vince, 'voorin.'

Daar wil ik niet zitten, nou niet, maar ik stap in en word opgeslokt door de grote stoel.

Lenny gaat achterin naast Vic zitten.

Vince blijft bij het bestuurdersportier even staan, strijkt zijn haar glad, trekt zijn das recht, schraapt modder van zijn schoenen met een stok die hij heeft opgeraapt, pakt dan de tas van de motorkap. Ik denk dat hij gaat zeggen: 'En wie wil –?' maar hij geeft de tas meteen aan mij. Het lijkt wel of hij hem aan mij geeft zodat ik er voor hem op kan passen, vlakbij en handig, dat hoort erbij als je voorin zit. Maar ik weet niet hoe ik hem aan moet nemen, ik weet niet hoe ik hem onder mijn hoede moet nemen.

'Hier Raysy, pak beet.'

Hij start de motor, graait zijn zonnebril van het dashboard en rijdt zo vlug weg dat de wielen slippen en gieren. Hij slingert terug door Chatham alsof alles hem de weg verspert. Als je aan de doden hebt gedacht merk je wat een haast de levenden hebben. We rijden het stadje uit en komen bij de M2, Afslag 3, Dover 77 kilometer, dan geeft hij echt plankgas. Hij rijdt of hij verloren tijd wil goedmaken, of hij te laat is voor een afspraak. Maar er is geen afgesproken tijdstip. Zijn hals is heel strak en stijf geworden. Ik kijk opzij op het dashboard en zie de naald voorbij de honderdvijftig schieten. In een grote chique auto valt de snelheid je niet op. Afslag 4, Afslag 5. Nou niet bepaald een rijstijl die past bij de gelegenheid. We zitten er allemaal bij of we wat zouden moeten zeggen maar we ons mond niet open durven doen en ik kan voelen dat Vic vindt dat het allemaal zijn schuld is, maar je kan Vic niks verwijten.

Maar Jack is niks bijzonders, hij is echt niks bijzonders. Dat zou ik gewoon graag willen zeggen. Daar zou ik gewoon op willen wijzen, als vakman en als vriend. Hij is nou gewoon een van de velen. Er zijn in het leven verschillen, je maakt onderscheid, voor mij is het van nu af aan de achterbank. Maar doden zijn doden, ik heb ze bekeken, die zijn gelijk. Ofwel je denkt aan allemaal ofwel je vergeet ze. Je kan er niet één herdenken zonder de anderen te herdenken. Dempsey, Richards. En je kan niet de anderen herdenken zonder een gedachte te wijden aan degenen die je nooit hebt gekend. Daardoor zijn alle mensen voor eeuwig en altijd gelijk. Er is maar één zee.

Opeens remt hij af, gaat naar de binnenbaan, en we halen allemaal rustiger adem. Hij neemt de uitvoegstrook naar de volgende afslag en zegt geen woord. Afslag 6: Ashford, Faversham. Hij neemt de weg naar Ashford of hij precies weet wat hij doet, ook al gaan we zo niet naar Margate, en na een goeie kilometer slaat hij daar ook vanaf. We kijken hem allemaal zwijgend aan. Hij zegt: 'Ommetje', met zijn ogen op de weg en zonder zijn hoofd te verroeren, 'ommetje.'

De weg wordt smaller en bochtiger, met overwelvende bomen, heggen, velden. Je zou denk ik kunnen zeggen dat we nou op het platteland zijn, we zijn een eind van Bermondsey. De bomen zijn helemaal groen gestippeld. De lucht is blauw en grijs en wit, de zon schijnt in vlagen. Hij slaat weer af, en weer, alsof er een kaart in zijn hoofd zit. We komen langs een heuvelkam met een uitzicht rechts van ons, een ruim, weids uitzicht, telkens als er een gat is in de heg. Het lijkt wel of hij gek op uitzichten is geworden. Dan stijgt de weg een beetje, nog altijd op de heuvelkam, en vlak voor hij boven aan die helling is remt hij af, kijkt in het rond, en stopt ergens waar de berm breed en er in de heg een hek is. Er loopt alleen een kaal pad een weiland in, twee krijtvoren, en bij het hek steekt zo'n groen, wijzend bord omhoog: 'Openbaar Voetpad'.

Hij zet de motor af. We kunnen in de verte schapen horen blaten. Hij kijkt mij aan en zegt: 'Raysy', steekt zijn hand uit, met de palm omhoog, knipt met zijn vingers, en ik weet dat hij doelt op de tas, de doos, hij doelt op Jack. Hij zegt het zo dat je hem niet tegenspreekt of vraagt waarom, dus geef ik hem de tas. Hij haalt de doos eruit en gooit de tas weer op mijn schoot, *Rochester Food Fayre*. Dan doet hij de doos vlug open en haalt de koker eruit en mikt ook de doos weer op mijn schoot. Zijn gezicht staat stug. Hij doet zijn portier open en stapt uit, met de koker stijf tegen zijn borst.

Hij buigt zich niet over om zijn jasje te pakken en gaat niet naar de kofferbak voor zijn jas. Hij smijt het portier dicht en loopt op het hek toe. Door de wind klappert zijn das over zijn schouder en bolt zijn overhemd op. Het hek is van metaal en rammelt. Hij morrelt aan een klink, tilt een van de dwarsspijlen op, doet dan het hek net ver genoeg open om erdoor te glijden. Op de mouw van zijn witte overhemd zit een roestbruine veeg. Hij kijkt uit over het weiland, dan sluit hij met een zwaai het hek, dat achter hem rammelt en siddert, en gaat het pad op.

Lenny zegt: 'Jezus, wat nou?'

Vic zegt geen woord, alsof het allemaal aan hem te wijten is, hij heeft Vince immers op het idee gebracht. Ieder mag zijn eigen heuvel zoeken.

Ik zeg: 'Al sla je me dood.'

Lenny stapt als eerste uit, dan ik, dan Vic. We worden nogal vinnig getroffen door de wind. Het is modderig onder onze voeten. We zouden onze jas uit de kofferbak moeten halen maar Lenny is al naar het hek gegaan, worstelt met de klink, alsof hij gauwer dan wij doorheeft wat er gaande is.

'Schooier,' zegt hij, 'schooier. Hij heeft geen recht dat voorgaat.'

Vince loopt het weiland door tot waar dat steil af gaat lopen, zijn rode das schiet als een tong over zijn schouder. Het is niet zozeer een weiland als wel een open heuvelhelling. We kunnen de volle omvang van het uitzicht zien, alsof we op de rand van een grote, gekromde schaal staan. Het dal beneden is één groen met bruine lappendeken, bossen afgezet met nette randen en hoeken, heggen als stiksel. In het midden is een vlek van rode baksteen waaruit een torenspits opsteekt. Het ziet eruit als Engeland, zo ziet het eruit.

Het weiland loopt omhoog naar links, naar een heuvelkam, waar een kluitje bomen staat en van de andere kant een teerbruin stomp bouwwerk gluurt, een windmolen waarvan de wieken ontbreken. Voor ons uit glooit het weiland zacht omlaag, misschien een meter of zeventig, dan duikt het naar beneden. Er moet een heel stuk van het uitzicht zijn dat je pas zien kan als je bij de rand komt.

Bij het hek is het gras kaal getrapt en bezaaid met schapenstront. Half in de heg gaat een watertrog schuil, van gegalvaniseerd metaal. We kunnen schapen horen en schapen ruiken en we kunnen ze zien, links van ons, verspreid over de helling. Allemaal gapen ze Vince aan als die door het weiland loopt, op de kleintjes, de lammetjes na. Die lijken liever heen en weer te rennen of onder hun moeder weg te kruipen. Af en toe gaat er opeens eentje rondspringen alsof hij op iets elektrisch heeft getrapt.

Lenny worstelt met de klink.

'Hij heeft geen bijzondere rechten,' zegt hij, 'hij is geen familie.' Hij krijgt de klink los. 'Nooit geweest, toch?'

Hij duwt het hek open en nog voordat Vic en ik daar na hem doorheen zijn gegleden stuift hij het pad af achter Vince aan. Het lijkt wel of hij door de klim naar dat gedenkteken in vorm is gekomen, dat was gewoon een opwarmertje.

Vince is bijna bij de rand, hij heeft niet eenmaal omgekeken. Zijn elleboog steekt uit aan de kant waar hij de koker vasthoudt en zijn overhemd bolt op en flappert. Als het niet zou lijken of alles gek geworden is, zou je zeggen dat hij er volkomen bezopen uitzag, daar midden in een weiland met in zijn hand een plastic bus, met zijn witte overhemd en zijn opzichtige das en een kudde schapen die tegen hem blaatten.

Lenny gaat zo hard dat Vic en ik worstelen om hem bij te houden. Hij is nog een meter of twintig bij Vince vandaan als Vince bij de rand is en daar onbeweeglijk even blijft staan wachten, maar al wel alsof hij ergens een besluit over heeft genomen. Even lijkt hij iemand die op een rotsrand balanceert maar als we dichterbij komen, kunnen we de heuvelhelling steil weg zien duiken en het verscholen deel van het dal beneden zien: een bos, een weg, een boerderij. Boomgaarden, eesthuizen.

Dan zien we dat Vince het deksel van de koker gaat schroeven.

Lenny zegt 'Schooier', alsof hij van tevoren al wist wat Vince zou gaan doen.

Het deksel lijkt moeilijk los te krijgen, als het deksel op een nieuwe pot jam. We zijn nou nog maar een paar meter bij Vince vandaan en hij kan ons op hem af zien komen. Het lijkt wel of hij daarop voorbereid is, of hij zelfs wil dat we getuigen zijn. Maar hij is niet voorbereid op wat Lenny nou doet.

Lenny graait naar zijn arm, de arm die met het deksel in de weer is, en Vince wijkt terug en tilt de koker hoog op zodat Lenny er niet bij kan. Het deksel zit er nog op maar het lijkt wel of hij er los bij hangt, alleen nog aan de draad. Vince duikt opzij maar Lenny vliegt hem weer aan. Dit keer grijpt hij hem bij zijn das en pakt hem met zijn andere hand van voren aan zijn overhemd. Ik zie een lap van Vince z'n maag en een knoop die wegvliegt. Dan gaat Vince onderuit, opeens, uit zijn evenwicht gebracht, met zijn arm hoog opgestoken. Hij probeert de koker vast te blijven houden maar als hij neergaat laat hij die schieten en zien Vince en ik hem vallen. We letten scherper op de val daarvan dan we op de val van Vince letten want als hij tegen de grond slaat kan er een van twee dingen gebeuren, of allebei. Het losse deksel kan eraf vliegen en de inhoud eruit stromen, of de koker kan ongelukkig stuiteren en het hele eind de steile heuvelhelling af rollen.

Maar hij komt tot stilstand tegen een kluitje distels en het deksel blijft erop.

Lenny stuift erop af en raapt hem op, en draait het deksel steviger aan. Dan komt Vince wankelend overeind en stormt op hem af. Het overhemd van Vince is uit zijn broek gekomen. Op zijn linkermouw zit een modderige groene veeg die past bij de roestbruine op zijn rechter. Hij probeert de koker uit Lenny's handen te wringen en glijdt weer uit en steekt een hand uit om zijn val te breken en Lenny trekt de koker weer los.

Vince komt overeind, helemaal in vuur en vlam nou, helemaal ineengedoken en briesend en puffend, en Lenny houdt hem met beide handen de koker voor, plagend en zo'n beetje wippend op zijn plaats. Ik heb Lenny nog nooit zo mooi op zijn stelten zien staan. Vince komt naar voren en Lenny gaat naar achteren, duikt weg, alsof hij de koker naar Vic of mij zou kunnen mikken als dat de bedoeling was en wij klaar stonden om hem op te vangen, maar hij doet er een soort rugbyworp mee, laag en vlug opzij, zodat hij bij ons allemaal vandaan in het gras belandt, dan loopt hij om zodat hij tussen de koker en Vince komt, en steekt zijn vuisten op en begint te duiken en te zigzaggen.

'Kom op, ouwe reus. Kom op, eikel.'

Vince houdt even in, denkt na, alsof hij niet zo door het dolle is dat hij een man van Lenny's leeftijd te lijf gaat. Maar in het gras achter Lenny kan hij de koker zien, en Lenny lijkt opeens ook weer niet zo afgeschreven, hij lijkt een man met een doel. Het lijkt wel of het voor hem wel eens gauw afgelopen kan zijn maar nou is hij nog even op een mooi moment uit. Naast me maakt Vic een zuchtend, klakkend geluidje. Ieder van ons zou stiekem om kunnen lopen en de koker pakken maar dat doen we niet. Vic gaat er denk ik niet tussen stappen om voor scheidsrechter te spelen, deze keer niet.

Lenny zegt: 'Jullie waren niet zo dik, hè? Hè?'

Vince komt naar voren, zonder zijn vuisten te heffen, met de ellebogen naar buiten en de handen gespreid, alsof hij Lenny alleen maar uitdaagt, en Lenny komt naar voren en deelt meteen een stomp uit, geen flauwekul, een mooie vlugge stoot naar het midden van de borst. Vince blijft er wankelend door staan, alsof hij er niet echt op had gerekend.

'Die is voor Sally,' zegt Lenny hijgend, dan deelt hij nog een stomp uit.

'En die is voor Jack.'

Dit keer blijft Vince niet staan incasseren. Hij herstelt zich, komt dan naar voren, pakt Lenny's voorstaande arm voordat Lenny weer op adem is. Hij houdt Lenny's pols vast en hij geeft hem tweemaal een duw onder zijn keel met de palm van zijn andere hand, alsof hij als hij wou meer kracht zou kunnen gebruiken maar ook weer niet zo zachtzinnig is. Hij brengt zijn hand omhoog naar Lenny's gezicht, klauwend en knijpend, en rukt Lenny's hoofd naar achter, eenmaal, tweemaal, waarbij Lenny's ogen zo'n beetje tussen zijn vingers door puilen, dan haalt hij die hand weg zodat Lenny adem kan halen en Lenny zegt: 'Vuisten, zak', en Vince op zijn mond mept. Het lijkt of het Lenny meer pijn doet. Dan pakt Vince met beide handen Lenny's arm vast en trekt aan hem en draait hem met een zwaai om, snauwend, zodat ze wervelen als twee schaatsers. Hij laat los en Lenny vliegt door de lucht en tuimelt neer. Dan gaat Vince zo over hem heen staan dat je niet uit kan maken of het is om hem te schoppen of te zien of hij niks heeft. Hij steekt een hand uit, en Lenny pakt die en trekt zich op, dan ramt hij Vince hard in zijn ribben en duwt Vince hem weer omlaag.

Vic en ik verroeren geen vin.

Lenny is zo'n beetje gevloerd, zit half, ligt half, steunt op zijn handen, hijgt en kwijlt. Vince staat gebukt over hem heen, hijgt ook. Al wat je kan horen is hun gehijg en de blatende schapen als toeschouwers. Vince zou nou de koker kunnen pakken maar het lijkt wel of hij niet zeker is van Lenny. Langzaam loopt hij om, zodat hij tussen de koker en Lenny is, terwijl Lenny zich opdrukt.

Lenny's gezicht lijkt wel te gloeien en hij iaat als een ezel en zwaait op zijn voeten. Vince stapt naar achter, hapt ook naar adem, en raapt de koker op. Dan komt hij er langzaam mee naar voren alsof hij Lenny nou plaagt. Je kan de blik in Lenny's ogen zien, ook al probeert hij die nog zo te verbergen. Die zegt: 'Ik ben verslagen, ik heb het gehad. Ik kan alleen nog maar hijgen', en heel je gevoel zou uitgaan naar

Lenny zoals hij daar staat te hijgen, alleen staat Vince ook te zwaaien en te wankelen en naar adem te happen en kijkt hij onzeker naar Lenny. En er is nog wat met Vince. Zijn gezicht is helemaal nat, zijn ogen zijn nat. Hij omklemt de koker als een kind dat een stuk speelgoed vasthoudt.

Hij zegt: 'Ik wou hem niet leeggooien, ik wou hem niet leeggooien.' Hij is weer bezig het deksel los te schroeven.

Lenny kijkt hem aan, zwijgend, wankelend, hijgend.

'Een beetje maar,' zegt Vince, 'een klein beetje.'

Lenny kijkt hem aan en zegt dan, helemaal hees en schor: 'En wat wou je dan? Om de tien minuten stoppen en er nog wat uitgooien? Een handje hier, een handje daar?'

Vince schroeft nog steeds het deksel los. Hij veegt zijn gezicht af. Het is net een verleiding. Het is net of je met een doos chocolaatjes op bezoek gaat bij iemand die ziek is, bij iemand in het ziekenhuis, en je er dan zelf aan te buiten gaat, eerst eentje, dan nog eentje. Het is net of je ergens op past wat van een ander is en je dat dan toe-eigent.

Vince zegt: 'Wat wil "verspreiden" zeggen?' Hij veegt met zijn hand over zijn gezicht. 'Wat wil het woord "verspreiden" zeggen?'

Lenny zegt: 'Je zou je moeten schamen, zak.'

Maar het lijkt wel of Lenny zich zelf ook schaamt, zoals hij daar staat, klaar om onderuit te gaan. Het lijkt wel of hij vindt dat hij de dag heeft verknoeid.

Vince heeft het deksel er nu af. Hij kijkt vlug in de koker. De schapen gapen ons nog altijd aan. Wij zullen voor hen wel even stom lijken als zij voor ons, en wie van beneden naar ons vieren boven op die heuvel kijkt zal vast wel vinden dat wij er vreemder uitzien dan die schapen.

Vince steekt het deksel in zijn zak, dan klemt hij de koker dichter tegen zich aan en steekt zijn vrije hand erin. Zijn ogen zijn helemaal klef. Hij loopt bij Lenny vandaan, keert hem zijn rug toe. Het lijkt wel of Lenny niet het lef of de kracht heeft om hem tegen te houden. Vic en ik houden hem ook niet tegen. Hij gaat naar de rand van de helling, bekijkt het uitzicht, met zijn rug naar ons allemaal toe. Er is in de verte een soort trog van zonneschijn, een scheiding in de hemel, maar dichter bij ons komt een grote, zachte, zwarte wolk aangedreven. De wind wakkert aan. Het is koud maar ik denk niet dat Vince of Lenny dat kan voelen. De grond ruikt naar de lente, de lucht ruikt naar de winter. Dan is er een vlaag regen.

Vince staat het uitzicht te bekijken, met zijn rug recht en zijn voeten neergeplant. Ik zou zeggen dat dat overhemd van hem wel zo ongeveer vernield is en dat die broek grondig gereinigd moet worden. Mandy zal uitleg moeten krijgen. Hij stamelt alsof hij wat probeert te verkondigen maar hij het niet uit kan brengen of niet weet wat het is. Hij graait in de koker en hij werpt vlug, stamelend, eenmaal, tweemaal. Het lijkt wel wit stof, net peper, maar in de wind verwaait het tot niks. Dan schroeft hij het deksel er weer op en keert zich om, komt op ons af.

'Hier is het,' zegt hij, en veegt zijn gezicht af. 'Hier is het.'

Hij zei: 'Dus nou weet ik het, Raysy.'

Het was een volle anderhalve dag na de operatie die geen operatie was, dus was hij niet meer suf en loom en verward. Spitser en helderder dan ik hem ooit gezien had zat hij daar op in dat witte kielgevalletje, met die extra slangen die naar binnen gingen, ook een paar van achteren nou. Het leek wel of ze elke dag een nieuwe slang aanbrachten. Maar er lagen er nog meer die een en al slang waren, slangen en draden en flessen en apparatuur, volledige scheikundelabs. Zodat je goed moest kijken om te zien of er daar echt nog wel ergens een mensenleven, nog ergens een menselijk bestanddeel was daar.

Maar hij zat op, recht en stevig. Ik dacht: Het lijkt wel of hij zijn portret laat maken, zijn laatste portret, geen vleierij, geen verfraaiing, en niemand weet hoe lang het zal vergen. Twee weken, drie. Niks te doen dan stil te zitten en te zijn wie je bent.

Ik weet niet wat je tegen iemand zegt als hij zegt dat hij het weet. De verbeelding staat denk ik mijlenver af van de feiten. Dus keek ik neer op het beddengoed en weer op naar hem en hij keek me nog altijd aan, recht en stevig, recht in mijn ogen, alsof wanneer hij zich kon vermannen ik dat toch zeker moest doen, alsof hij om zoiets niet ophield zichzelf te zijn. Integendeel.

Hij zegt: 'Niks van te zeggen, hè?' Dan zegt hij: 'Lammeren naar de slacht, hè Lucky.'

De weg liep door, zwart en bochtig en met kattenogen, als de enige zekerheid in de regen en het donker en de nevel, de enige zekerheid op de wereld. Niet de plek vanwaar of de plek waarheen maar de weg.

Ik zei: 'En, wat heb je achterin?' Om wat te zeggen. Hij keek me aan en zei: 'Lijken', en ik dacht: Dat heb ik weer. Al na zes uur.

Hij zei: 'Eind van huis, hè?'

Ik knikte en mijn hoofd voelde zwaar, mijn nek boog door van vermoeidheid.

Hij zei: 'En waar mag dat wezen?'

Hij leunde naar voren, met zijn armen om het stuur geslagen.

Ik zei: 'Blackburn.'

Ollerton Road 27, Blackburn.

Hij zei: 'Maar dat had je wel gezien, hè?' en haalde een pakje saffies uit de zak van zijn overhemd. 'En nou wou je Londen wel eens zien, hè?' grinnikend om zijn eigen grapje.

Ik knikte.

Hij schudde aan het pakje sigaretten, duwde er met zijn duim eentje omhoog en trok die eruit met zijn mond. Hij gaf mij het pakje aan maar ik schudde van nee.

Hij zei: 'Voor een dagje of voorgoed?' en zocht naar een aansteker. Ik gaf geen antwoord. Hij knipte de aansteker aan en ik zag zijn gezicht, rood en bol en knoestig, in de vlam. Hij zei: 'Hoe oud ben jij, schat?' en blies rook uit.

Ik gaf geen antwoord.

Hij zei: 'Zeventien?' Hij nam nog een trek van de sigaret, waarbij hij naar de weg keek alsof het zijn weg was en de ruitenwissers over de voorruit dansten. '*Just seventeen, you know what I mean*', zo'n beetje gezongen. Hij zei: 'Je kan mee tot Londen, schat. Je kan mee tot de plek waar mijn vlees heen moet.'

Hij keerde zich naar me toe en ik keek hem recht aan. Hij zei: 'Wat kijk je?'

Ik zei: 'Je doet me denken aan mijn pa.'

Dat is een goeie kreet, een handige kreet, zijn ze gelijk koest. Ik had hem al eerder gebruikt.

Trouwens, het was ook zo, een klein beetje. Dat hij wat van hem weg had.

En hem zou ik de schuld geven, mijn pa, mijn pa Bill. Hem zou ik als excuus aanvoeren, als ik me ooit verantwoorden moest, als ik ooit zou blijken terug te sluipen, of met een politiewagen te worden teruggebracht, naar Ollerton Road. Ik was toch niet de eerste die wegging? Hij had mij het voorbeeld gegeven.

Misschien dacht hij wel net aan me, met zijn sletje op het eiland Man, als hij daar tenminste was. En wakker werd in de kleine uren, en een saffie opstak. Regen op het raam. Ik ben benieuwd wat Mandy uitvoert, ik ben benieuwd wat die meid doet op dit ogenblik.

Hij zei altijd: 'Jij bent een stoute meid, Mandy, jij bent een stoute meid.' Maar altijd met een schuins lachje of een knipoog of een klakkende tong, of ik nou wat misdaan had of niet, alsof het toch altijd maar tien procent uitbrander en negentig procent vertoon van bijval was. 'Jij bent een stoute meid, ik weet niet wat er van jou moet worden', en dan keek hij me aan of hij me op een dag uit de narigheid zou moeten komen halen. En ik zei altijd graag, omdat het ook wat stouts had en omdat het anders was dan wat de andere meisjes over hun vader zeiden: 'Mijn vader vaart.' Mijn vader de zeeman. Zeeman Bill.

Niet dat je nou een echte zeeman was als je op een autoveer werkte. Tussen Fleetwood en Douglas, op en neer in een dag. En 's winters tussen Heysham en Douglas, een uur langer. Maar als ik 's ochtends vroeg hoorde dat hij wegging, die aftandse Hillman tot leven probeerde te wekken, dan dacht ik: Straks is hij op zee, mijn pa Bill, de overtocht heen, de overtocht terug.

Alleen kwam hij op een dag niet meer terug.

Ik zei altijd dat hij 'voer', dat klonk wel zo goed, dat klonk lekker vaag, want het gold natuurlijk ook voor echte zeelui. En eens was hij ook echt zeeman geweest, dat zei hij tenminste. Hij had de wereld gezien. Sjanghai, Jokohama. Maar toen was hij ma tegengekomen en waren zijn dagen als wereldreiziger geteld, dat zei hij tenminste. Eén wilde nacht in Liverpool. Bruine armen, tatoeages en een grote snuf zout. *Zeeman, staak je omzwervingen.* Al is het moeilijk voor te stellen dat dat ooit gebeurd is, het is moeilijk voor te stellen dat mama die vrouw geweest is, als je zag wat ze bij wijze van vervanging had weten te krijgen, die griezel Neville van het stadhuis. 'Mandy, dit is meneer Lonsdale.' Neville Lonsdale, Stadsontwikkeling. En van toen af aan gingen we een ander soort leven leiden.

Hij hield altijd dat papgezicht voor dat van mij, met zijn pastoorskuiltjes, en zei dan: 'En wat wil jij worden, Mandy, wat wil jij gaan doen als je groot bent?' Alsof hij daar in haar ogen punten mee verdiende. Eindelijk iemand met wat aandacht, met wat eerbied. *Neville the Devil.* Wat ik wou zeggen was dat ik stout wou zijn, ik wou stout zijn zoals ik volgens papa toch al was. Ik wou Mandy Black zijn, en ik wou stout zijn.

En dat was ik. Ik hing rond in cafés en dancings, ik swingde erop los, ik liet handen onder mijn rok graaien, en erger. Ik liet me omhoogdrukken tegen muren. Ik was een ramp voor ma en Neville, al was dat omgekeerd niet anders. Maar bovendien zei ik tegen mijn beste vriendin en medezondares, Judy Battersby: 'Wat dacht je ervan? Londen. Lekker uitgaan. Wij saampjes.'

Maar die is nooit komen opdagen, die was te schijterig, die trut.

En wat ik denk ik altijd hoopte, tot op het allerlaatst, was dat hij toch nog terug zou komen, met voor vijf jaar excuses. Dat hij zijn plunjezak neer zou smijten en daarna Neville de voordeur uit zou smijten. Dan hoefde ik zelf niet weg te lopen.

Maar ze vonden de Hillman in Liverpool, niet in Fleetwood. Dus kon hij overal naartoe zijn. Geen sletje op het eiland Man maar sletjes overal, in Sjanghai en Jokohama. Ik had dat ene beeld van hem, dat ik nog altijd heb, het is een mal beeld maar ik heb het nog altijd. Dat hij naar de Zuidzee was gevaren. Rieten rokjes en kokospalmen. Daar is hij nog altijd, dertig jaar jonger, met een bloem achter zijn oor gestoken. Niet het eiland Man. Eerder het eiland Vrouw.

Hij zei: 'Hoe heet je, schat?'

Ik zei: 'Judy.'

Hij zei: 'Mick. Gewoon Londen of nog ergens speciaal?'

Ik zei: 'Gewoon Londen.'

Hij zei: 'Je kan mee naar Smithfield. Wel eens van Smithfield gehoord? Zijn we over twee uur. Het is goed, schat, ga je gang, doe maar een dutje.'

En zo kwam Mandy Black, of Judy Battersby zoals ze reisde, in Londen aan met een vleeswagen en werd weer weggereden met een slagerswagen, zonder ook maar een kijkje op Leicester Square. Het is een befaamd verhaal, het heeft de ronde gedaan, misschien heeft het zelfs Ollerton Road wel bereikt. Van Blackburn naar Bermondsey, wat een stap vooruit in de wereld. Maar als ik er nou bij stilsta, als ik ze nou ineengedoken bij winkelingangen en in galerijen zie, in stinkende dekens, dan denk ik: ik heb geluk gehad. En als ik denk aan dat meisje dat met een rugzak de A5 af kwam, dan denk ik: Dat was mijn avontuur, mijn grote avontuur, al duurde het amper twaalf uur.

Van thuis weglopen en in minder dan een dag een nieuw thuis vinden, ook al was dat nieuwe thuis dan niet echt een thuis, net zomin als dat wat ik achter had gelaten. Dat nieuwe thuis was volstrekt het tegendeel van wat het leek: een zoon wiens thuis het niet en toch weer wel was, een dochter wier thuis het wel maar toch weer niet was omdat zij in een Tehuis moest worden gehouden, een pa en ma die niet echt pa en ma waren, behalve voor mij.

Waarom zou ik daarin gepast hebben? Waarom zou ik er niet als de bliksem weer vandoor gegaan zijn? Toen de wereld immers zei alles gaat nou veranderen, alles kan. Het kan hem niet alleen hebben gezeten in hem, Vince. Dat we ergens, in de grond, als *broer* en *zuster*, erger nog, vader en dochter waren. Net terug uit het Midden-Oosten, 'goddome uit de hof van Aden, lieverd', met zijn plunjezak in een hoek van die slaapkamer geslingerd waar hij amper weer in getrokken was of hij trok er voor mij weer uit. 'V.I. Dodds.' De lucht van hem daarbinnen, zweet en motorolie en Senior Service-sigaretten. Tatoeages over heel zijn arm. 'Je kan eraan likken maar ze gaan er niet af.' Dus leek het wel *incest plegen*, alsof je alles opengooide, alsof je in gevaar was waar je juist heel veilig hoorde te zijn. Veilig als een huis. En ook nog in een kampeerwagen, de camper van oom Ray, als een stel zigeuners.

Van Blackburn naar Bermondsey, hoog gemikt. Maar daar ben ik gebleven en dat ben ik geworden. Vince z'n sletje, Vince z'n vrouw, Vince z'n zuster, dochter, moeder, zijn hele familie. En de kleine grote meid van Jack en Amy. Dus lijkt het wel of ik niet meer weet wie dat wijfie op de A5 was. Alsof ik in die twaalf uur onderweg haast zomaar iemand had kunnen worden. Wat wil je worden, Mandy? November '67. Het jaar van Sergeant Pepper. *Four thousand holes in Blackburn, Lancashire.* Het was niet *Wednesday morning at five o'clock*, het was *Thursday evening at eight o'clock*. Maar onwillekeurig liep ik met dat nummer in mijn hoofd, als mijn thema: *She's leaving home, bye, bye.*

Hij zei: 'Een vliegende bom.'

Ik zei: 'Wat?'

Hij zei: 'Een vliegende bom. Een V-1. Verpletterde het huis, iedereen dood, behalve ik. Ik ben niet wie jij denkt dat ik ben, ik ben niet Vince Dodds.'

Ik dacht: Dat had ik wel kunnen raden. Niet alleen door

hoe je eruitziet, maar ook door hoe in je eigen aparte ruimte blijft, door hoe je zo makkelijk verhuisde en in die camper trok. Maar dat was een handige zet, hè, Vince, een uitgekookte zet?

Ze mag wel in mijn kamer slapen.

En jij dan, Vincey?

Ik verzin wel wat.

Ik dacht erover om tegen hem te zeggen: 'Ik ben ook niet wie jij denkt dat ik ben.' Want ik weet niet wie Mandy Black is, nog niet, ik ben bezig daarachter te komen.

Maar ik had wel al tegen Jack gezegd, terwijl ik daar in die vleeswagen zat en we een soort vroege-ochtendronde door Londen deden: 'Ik ben niet wie ik zei dat ik was, ik heet geen Judy. Ik heet Mandy, Mandy Black, uit Blackburn.' En hij zei: 'Wie is Judy dan?' En ik zei: 'Niemand.'

Old Bailey, St. Paul's, London Bridge, het licht dat doorbrak boven de grauwe rivier.

Vince zei: 'Ik heet eigenlijk geen Dodds, maar Pritchett.'

Ik voelde hem slinken, wegglippen in me. Ik liet me zakken zodat mijn gezicht op zijn borst lag.

Hij zei: 'Het is geen geheim. Het is bekend. Alleen probeert hij net te doen of het nooit zo is geweest.'

'Wie?'

Hij zei: 'Die ouwe. Jack, bedoel ik. Waarom denk je eigenlijk dat ik ervandoor gegaan ben? Waarom denk je dat ik dienst genomen heb? Omdat ik geen Vince Dodds wou worden. Ik wou geen slagersjongen worden.'

Ik zei: 'Maar je bent wel teruggekomen.'

Hij zei: 'Ik ben teruggekomen om hem wat te laten zien.'

Ik zei: 'Voor mannen is het makkelijker. Die kunnen soldaat worden, die kunnen naar zee vluchten.'

Hij zei: 'Ben je wel eens in Aden gelegerd geweest?'

Ik ging aan zijn tatoeages likken. Een ervan luidde 'V.I.P.', met een vuist en een bliksemschicht. Ik zei: 'Op je plunjezak staat "Dodds". Dus wat ga jij worden, Vince? Wat wil jij worden?' En hij zei: 'Auto's.'

Ik zei: 'Auto's?'

Hij zei: 'Je hebt die oude Jaguar toch wel op de sloperij zien staan? '59, type 9. Dat is toch een begin? Dat is niet zomaar een kreukel, dat is een Jaguar. Die maak ik weer als nieuw.'

Toen vertelde hij me over auto's, hij vertelde me alles over auto's.

Ik dacht: Het is nooit hoe je het je voorstelt, volstrekt nooit hoe je het je voorstelt. Judy Battersby en ik die rondstruinen in West End en opgepikt worden door een stel gozers uit een rockband.

Een slagerswagen, een oud-soldaat met olie onder zijn nagels. Tegen een vent uit de autohandel aanlopen.

Hij zei dat Jack op een dag op zijn knieën naar hem toe zou komen, dat zou ik zien.

Ik likte aan de haren op zijn borst.

Ik zei: 'En hoe weet jij of ik wel ben wie je denkt dat ik ben? Hoe weet je of ik wel echt Mandy Black heet? Ik kan toch ook wel iedereen zijn?'

Ik legde mijn hand op zijn kleverige pik.

Hij zei: 'Ik plaag je niet, ik neem je niet in de maling. Ik zeg het je want dan weet je hoe het zit. Ik zeg het je want dan krijg je geen verkeerde ideeën. Dat is toch wel zo eerlijk?'

Ik zei: 'Ja.'

'Dat is niet meer dan redelijk.'

Ik zei: 'Ja, Vince.'

Hij zei: 'Ik was pas drie maanden, ik wist toch van niks?'

Ik voelde onder mijn hand zijn pik stijf worden.

'Ik zeg het je want dan ben je voorbereid.'

'Voorbereid?'

'Hij zal met jou hetzelfde proberen. Ze zullen met jou hetzelfde proberen.'

Ik zei: 'Wat?'

'Ik wed dat het hun zelfs wel uitkomt dat wij dit doen.'

'Waar heb je het over?'

'Dan wil ik er niet weer vandoor, en jij ook niet. Dus moeten we hun wat laten zien, wij samen. We moeten blijven waar we zijn en tegelijkertijd wegwezen.'

Ik zei: 'Hoe doe je dat?'

Hij zei: 'Auto's.'

Het voelde veilig in die camper, als in een schuilplaats.

Ik zei: 'Waar heb je het over?'

Hij rolde me om en schoof in me en ik hief mijn knieën en greep hem beet.

Hij zei: 'Ze hebben jou niks gezegd, hè? Tuurlijk niet. Jij weet nog niet de helft, hè?'

Het is nooit hoe je het je voorstelt. Mevrouw Dodds, vrouw van Vincent Dodds Auto's. Man in de autohandel, dochter die de hoer speelt.

Londen bij nacht. Overal helle lichten, niet alleen in de uitgaanscentra. Er waren rijen lange, hoge gebouwen, elk verlicht als een kermis, elk vol met vlees en mannen en kabaal, alsof de mannen schreeuwden tegen het vlees en het vlees terugschreeuwde. En buiten was het nog donker, extra donker door het helle licht binnen, en de lucht was vol van een nat duister. Er waren vrachtwagens die achteruit ronkten, met de motregen als vonken in hun lichten, en portieren die openzwaaiden en plassen die roodwit glommen, en nog meer vlees, op karren, op schouders, dat het helle licht in werd gesjouwd, waarbij de mannen die het versjouwden helemaal met bloed bestreept en besmeurd waren en hun gezichten even rood glommen als de last die ze droegen. Ik dacht: Jezus Christus, Mandy Black, waar ben je nou terechtgekomen? En dat lawaai als een soort malle taal, net of het vlees zich nog gillend en schoppend verzette, alleen hoorde ik toen ik naar buiten kwam die stem, die onwezenlijk klonk omdat ik hem eerder op de tv, op de radio had gehoord, als een stem die niemand ooit echt gebruikte, maar hier gebruikten ze die allemaal, zo natuurlijk als ademhaling, alsof hij precies hier vandaan kwam, precies hier.

Cockney. Cockneys. *Cock. Knees.* Pik. Knieën. Waarom krijgen mannen uit Londen stijve benen?

Hij zei: 'De markt van Smithfield, schat. Vlees, vlees en nog eens vlees. Ik heb werk te doen maar kijk even daarginder', en hij wees, waarbij hij zich door de cabine overboog, over me heen boog, en een arm achter me legde. 'Café Kenny. Lekkere kop thee, lekker brood met spek. Niet weglopen, ik zie je daar', en hij knipoogde.

Het lawaai veranderde toen ik omlaag klauterde. Het trok zich terug en kwam toen weer als golven op me af. Klets, klats, klots, kijk eens wat Mick bij zich heeft. Net of je bij Morecambe het water in gaat en tot het laatst probeert je gat droog te houden. Ik liep naar het café, baande me een weg door vlees en mannen en lawaai, en als ik eerlijk ben dacht ik toen, midden in mijn grote avontuur: Ik zal op hem wachten, mijn chauffeur Mick. Ik troggel hem een ontbijt af, ik doe mee met alle duwtjes, knikjes en spelletjes waar hij me in wil passen. Dan zeg ik, zachtjes, met wat wimpergeknipper: 'Kan je me weer mee terug nemen? Kan je me weer zover als je gaat mee naar het noorden nemen?'

Ik had nooit gedacht dat ik een uur later in een slagerswagen zou worden meegevoerd naar mijn toekomst, naar de rest van mijn leven. Door een grote man met ronde armen, ronde hoeken en een luide stem, die leek op een oom van wiens bestaan ik nooit had geweten, die leek op een man die ter plaatse speciaal had gewacht tot ik daar aankwam. 'Je bent naar de goeie plek gekomen, lieverd. Hartje Londen, Smithfield, leven en dood, Smithfield. Zie je dat daarginder? Dat is de Old Bailey. Ik neem de toeristische route met je, want daar heb je allemaal nog nooit wat van gezien. Stap maar in.'

St. Paul's, London Bridge, de Tower, als dingen die nooit echt waren geweest. Het grauwe, natte licht waar het allemaal voor gemaakt leek. Hij remde af toen hij de brug over reed. Hij zei: 'Je leeft er heel je leven tussen, en op een dag valt het je op.' Toen zei hij: 'Wil je in een slagerij werken?

Pond per dag, plus kost en inwoning.'

Ik zei: 'Ik heet geen Judy.'

Hij keek me lang en doordringend aan. 'En ik ben niet gek.'

En mijn ontbijtafspraak kwam toch niet opdagen, en zo ja dan heb ik hem niet gezien, die heeft niet geprobeerd tussen mij en Jack Dodds te komen.

De lucht, die je gevangen hield, van gebakken spek. Damp en rook en gesnater en gekakel. Hoofden die zich gnuivend omkeerden. Een en al worst en kletspraat. Ik dacht: Dit is nog erger dan buiten. Allemaal met die blik op hun gezicht of je een lust voor het oog was maar je tegelijk hun dierbare terrein was binnengedrongen. Allemaal smakkend en schrokkend en groot en bloedbesmeurd en slagerachtig. Behalve één. Behalve dat rare kereltje in een grijze regenjas waaronder een boord en das te zien waren, dat almaar in zijn thee zat te roeren en naar mij op gluurde alsof zijn gedachten ver weg waren maar ik daar misschien net uit was gestapt. Ik dacht: Vraag of ik ontbijt wil, mannetje, vraag of ik ontbijt wil. Jij lijkt me iemand die ik aankan. Je lijkt me treurig en veilig genoeg om ontbijt van te krijgen, alsof je zelf geen voedsel nuttigt.

Dus ging ik tegenover hem zitten, aan het tafeltje dat hij voor iemand anders vrij leek te houden, en hij wou net wat zeggen, en bleef in zijn thee roeren alsof die zou stollen als hij dat niet deed, toen die drie anderen die hij leek te kennen binnenkwamen. En een van hen was groter dan de anderen, nog groter, en zette zich voorop als een sergeant, en ik dacht, ik weet niet waarom maar die dingen weet je als je ze ziet: Door die man zou ik onder handen genomen kunnen worden. Hij keek mij aan, toen het mannetje, toen keek hij mij weer aan, zoals ik nog weet dat ik eens door mannen van een bepaalde leeftijd aan werd gekeken, maar nou niet meer, Mandy Dodds, alsof ze wel zouden willen dat ze tien jaar jonger waren maar ze inzien dat ze oud genoeg zijn om je vader te zijn. Toen keek hij weer met een uitgekookt lachje naar het mannetje, dat zijn keel schraapte en blozend zei: 'Dit is –' Dus zei ik: 'Ik ben Judy. Uit Blackburn.'

Ik zag de lichte aarzeling op het gezicht van de grote. Toen zei hij, met die te harde, te brutale stem, die niet wist, die nooit had geleerd en nooit zou leren en zich er dan nog niks van aan zou trekken dat hij te hard en te brutaal was, die nooit bang zou zijn om gehoord te worden: 'Dit is Ted. Dit is Joe. Ik ben Jack Dodds. En die je al kent is Ray. Bij Ray zit je goed. Ray doet in verzekeringen, Ray heeft geluk, hij is klein maar heeft geluk. Hij moet eens goed eten en zo.'

Hoessein sla ik ook verrot, net als Lenny, als hij niet afkomt. Ik grijp hem bij zijn bruine kloten. Eentje voor de Mercedes en eentje omdat hij geen trek meer heeft in Kath.

De prijs van de wagen en daar duizend bovenop, dan zijn we helemaal van elkaar af.

Ik moet dit pak betalen, dit pokkenpak.

Anders wordt het matten geblazen, dat begrijpt hij hoop ik wel. En dan pak ik hem niet zachtzinnig aan, dan doe ik maar niet wat alsof, zoals hier met die ouwe Lenny en zijn linkse hoek, die ouwe moeskop Tate. Dan hebben we het niet over groenten en fruit.

Ik hoef het niet eens zelf te doen. Je hebt mensen.

En hij weet denk ik toch al dat ik zijn bloed wel kan drinken. Dat is voor hem de halve lol ervan. Het gaat niet alleen om wagens en een wijf. Het gaat erom dat hij weet dat ik wel moet lachen en overdrijven en doen of ik zijn nederige dienaar ben terwijl ik eigenlijk denk: Vuile schooier met je theedoek, toen wij in Aden waren schoten we jouw soort overhoop. En jouw soort hakte mijn maten hun kop af.

De sergeant zei: 'Wij doen motoren, wij doen geen carrosserie.'

Het gaat erom dat hij weet dat hij me heeft waar hij me hebben wil. Het gaat erom dat hij maar hoefde te kijken om te weten – want ik heb het hem nooit verteld, maar Kath denk ik wel, zij heeft dat denk ik wel gedaan – dat ik daar eens ben geweest, voor koningin en vaderland, in dat stinkende hete vliegennest waar hij zich wel in thuis zou voelen, en nou is hij hier aan het uiteinde van Bermondsey Street, komt even overwippen uit zijn broeikas in het centrum, en wil dat ik chique auto's voor hem zoek, wil dat ik zeg: 'Wat u zegt, meneer Hoessein, ja zeker, meneer Hoessein', zodra hij met zijn portefeuille zwaait.

Stroop voor olie, zo noem ik het, stroop in ruil voor die klote-olie. En het is gewoon niks anders dan zijn soort lol.

Daar gaat Vince Dodds, die heeft zijn dochter aan een Arabier verkocht.

Hij komt binnen, die eerste keer, met zijn jas om zijn schouders gehangen en zijn zonnebril in zijn borstzakje gestoken en ik kan zien dat hij niet op geld hoeft te kijken. Ze voelen de teruggang in het centrum, dus mij gaat het beter terwijl het hun slechter gaat, maar daar heeft deze jongen geen boodschap aan. Die hoeft geen zaken te doen met Dodds Auto's, die zou een wagen op Berkeley Square kunnen kopen. Alleen heeft hij wat ze allemaal hebben, als je het mij vraagt. Pingelkoorts, de roep van de oude soek.

Het enige waarmee ik zijn belangstelling kan wekken is een Granada Scorpio uit '85 en daar snuffelt hij wat omheen, meer dan nodig is als hij er toch niet aan wil, maar ik zie hem naar Kath kijken, ik zie hem net zo hard naar haar loeren als hij naar die wagen loert. Ze zit daar in het kantoor, achter de afscheiding, met de deur wijdopen, en het is mijn schuld niet dat ze een rok als een armband en een strak wit T-shirt aanheeft, en waar hij vandaan komt worden ze als nonnen uitgedost. Het is mijn schuld niet dat mijn kleine meid Kath is opgegroeid, dat ze achttien en van school is en geen baan kan krijgen. Ik zei: Je mag in de showroom werken als je wil, als je anders op je reet zit.

Dus laat ik hem nog eens dertig seconden rondhangen tot ik echt goed doorheb waar hij op valt. Vrouwen, auto's en pingelen. Dat mag, dat zijn hobby's die mogen. Dan stap ik op hem af, langzaam, niet opdringerig, en zeg: 'Kan ik u helpen, meneer?' En hij kijkt me aan, en het ene oog zegt dat hij met lui als ik niks te maken wil hebben, hij stelt geen belang in een Ford van drie jaar oud, en het andere probeert om mijn schouder heen nog naar Kath te gluren.

Hij zegt: 'Ik keek naar die Granada.'

Ik zeg: 'Lekkere wagen, lekkere motor, helemaal afgesteld en vertroeteld. Meer waar voor uw geld krijgt u niet. Wilt u een blokje ermee om?'

Ik kan zien dat hij terugkrabbelt, dus zeg ik, met een blik

op zijn ogen: 'Ik heb de sleutels op kantoor. Zal ik ze pakken?' Dan zeg ik, en kijk op mijn horloge: 'Ik zou zelf met u meegaan, maar ik krijg nog een klant, daar heb ik om drie uur mee afgesproken. Maar ik kijk of Kathy hier de honneurs kan waarnemen. Hebt u haast?'

En hij zegt, en kijkt op zijn eigen horloge, dat is goddome een Rolex: 'Misschien niet.'

Dus steek ik mijn hoofd om de deur van het kantoor en ik zeg: 'Kath, ga jij even mee met die meneer als hij een rondje met die Granada rijdt? Zelf ben ik bezet. Meneer –?' Ik keer me om en hij staat pal naast mijn schouder. Hij zegt: 'Hoessein.' Ik zeg: 'Meneer Hoessein.' Dan pak ik de sleutels van het rek en gooi ze haar toe en ze belanden op haar schoot.

Ik had haar nog nooit gevraagd om dat te doen en ze kijkt me onzeker aan. Maar één ding kan je van Kath zeggen en wel dat je haar niks wijsmaakt over auto's. Ik heb die meid geleerd om met een wagen om te gaan zodra ze haar rijbewijs kon halen. Leerde het als een natuurtalent, als een dochter van haar vader.

Dus rijdt ze hem zelfs achteruit voor hem naar buiten, keurig en behendig.

Het is mijn schuld niet dat ze zo gebouwd is, het is mijn schuld niet dat ze een dochter van haar moeder is en zo.

Ik zei: 'Dit is Kath, mijn dochter Kath. Bij Kath bent u in goede handen.'

Krijg nog een klant, me reet.

Dus zeg ik als ze terugkomen: 'Nou? Loopt gesmeerd, hè? Vince Dodds doet niet in troep.' En hij kijkt me aan of hij wil zeggen: Doe die meid erbij en ik koop hem, en ik kijk hem aan of ik wil zeggen: Doe er nog vijfhonderd bovenop en je mag haar hebben. Hij zegt: 'Oké.'

Dan zegt hij, opeens een en al vriendelijkheid: 'Mijn kleine zwakheid, meneer Dodds, mijn kleine luxe. Ik koop een auto, dan krijg ik er genoeg van, dan neem ik een andere, net speelgoed.' De jas is van kameelhaar. 'U moet maar uitkijken naar alles wat ik misschien wat vind. Dat kan voor u ook de moeite waard zijn.'

En ik wist dat hij die Granada helemaal niet had willen kopen. Ik wist dat hij maar al te gauw weer terug zou zijn om een andere te kopen en dat ik er wat aan over zou houden als ik ook maar liet doorschemeren dat ik Kath miste op de zaak, dat een meisje van haar leeftijd fatsoenlijk haar brood moest verdienen.

Daar gaat Vince Dodds die de pooier voor zijn eigen dochter speelt.

Niet dat zij zelf niet wist wat ze deed, niet dat zij niet voor zichzelf kan zorgen. Een dochter van haar moeder. En ze snuffelt niet zomaar wat rond. Niet zoals Sally.

Maar als hij haar nou wil lozen, als hij denkt dat hij haar de straat op kan gooien, een andere auto, een andere kut, dan zit hij er lelijk naast. Dan ga ik even naar dat chique optrekje van hem en ram de deur in. En dan ram ik zijn kop in. En het maakt niet uit, het kan me niet schelen, als hij die Mercedes niet koopt en die duizend extra niet neertelt. Want duizend is misschien wel niks, wel helemaal niks, nou Jack ook niks meer is. Maar Kath is wel mijn eigen levende dochter. Ze is een Dodds. En ze komt op Jacks begrafenis in het beste zwarte pakje dat je ooit hebt gezien, dat zo al vijfhonderd gekost moet hebben, vijfhonderd of het niks was. En misschien heb ik haar wel tekortgedaan, misschien wel.

Ze ging tweemaal in de week bij June op bezoek. 's Maandags en donderdags, met de regelmaat van de klok, zoals ze nog altijd doet. En dat was toen ik het zo voor elkaar kreeg dat ik nog maar drie dagen op kantoor werkte, van maandag tot woensdag, twee dagen minder voor maar een kwart minder salaris, gelet op mijn periodieke verhoging. Hennessy zei: 'Jij bent voor promotie aan de beurt, neem dat maar van mij aan', en legde een vinger op zijn lippen. 'Je hoeft alleen maar een brave jongen te zijn tot je jaarbeoordeling.' Hij kreeg denk ik medelijden met me, vanwege Carol, en had een goed woordje voor me gedaan, ze eraan helpen denken dat ik daar nog altijd werkte. Hij zei: 'Wordt tijd ook, Ray, als je het mij vraagt. Hoe oud ben jij nou vandaag de dag?' Ik zei: 'Vijfenveertig.' Maar ik stelde geen belang in promotie, ik stelde geen belang in een carrière in het verzekeringswezen. Ik zei: 'Ze zouden me een betere dienst kunnen bewijzen. Minder tijd voor minder salaris, daar stel ik belang in, ik hoef geen opkontje.'

Dat lag in de rede, met alleen mezelf om rekening mee te houden. En een camper.

Bovendien kreeg ik geluk, ik werd uitgekookt, ik ging mijn bijnaam eer aandoen. De knollen waren me goed gezind, al waren ze dan ook de enigen.

En waarom zou een man die helemaal alleen is, die voor niemand hoeft te zorgen dan zichzelf, zijn leven ook niet inrichten zoals hij dat graag wil? Van maandag tot woensdag op kantoor, van donderdag tot zaterdag bij de paardenrennen of op de open weg.

It's just the gypsy in my

En elk tekort op mijn salaris werd min of meer goedgemaakt door de paarden, soms met nog een extraatje erbovenop. Het is tenslotte dezelfde handel: de kansenhandel. Verzekeringen, gokken.

Hennessy zei: 'En trouwens, wat denk jij van Goodwood?'

Zo ging Amy donderdags bij June op bezoek en joeg ik heel het land door, achter de knollen aan. En ik dacht er lang over na voor ik het zei, ik piekerde er lang over, maar toen op een dag schepte ik moed en zei ik het. Ik zei: 'Amy, ik ga donderdag nergens heen. Die paarden kunnen denk ik ook wel rennen zonder mij. Jij hebt heel dat eind met die bus te gaan. Laat mij je rijden als je naar June gaat. Laat mij je met de camper brengen.' En ze zei: 'Goed, Ray', en ik bracht haar.

En het was de tweede of de derde keer dat ik haar bracht, de tweede of de derde donderdag, dat ik zei: 'Ik heb jou tegelijk met Jack leren kennen, wist je dat?' Ze keek me verwonderd aan en ze zei: 'Wat, in de woestijn?' Ik zei: 'Ja, in de woestijn. In Egypte.' Ze trok een soort frons en lachte tegelijk tegen me. Dus zei ik: 'Ik zag je foto', en toen ik dat zei klonk mijn stem niet zoals mijn bedoeling was, alsof ik maar een spelletje deed, een raadseltje beantwoordde, maar het kwam er anders uit, het kwam er zo'n beetje uit als de waarheid. Ik ben nooit zo'n kei geweest met vrouwen.

Ze keek me aan, lang en doordringend, zacht en fel tegelijk, en op dat moment wist ik dat ze het wist, of dat ze het zich altijd al had afgevraagd. Dat ik gewoon altijd al wat voor haar gevoeld had. Ondanks Carol, ondanks Sue, ondanks dat ze toch van Jack was, ondanks dat ze inmiddels niet zo knap meer was. Maar dat heeft denk ik op zichzelf iets moois, dat is aantrekkelijk, verblekende schoonheid, dat hangt van je instelling af. En ze is nou ook weer niet lelijk geworden. Ondanks dat zij en Jack waren vastgeroest alsof ze langgeleden in een mal gedaan en toen ze daaruit kwamen gestold waren. Maar zo vergaat het ons denk ik allemaal. We hebben allemaal wat nodig dat ons in beroering brengt.

Ik had altijd al wat voor haar gevoeld.

En ik zou zeggen dat het in mijn voordeel werkte dat Sue en toen Carol ertussenuit geknepen waren, de één na de ander, want ze had denk ik meelij met me. Niet het soort meelij van Hennessy. Misschien had ze wel altijd meelij met me gehad, en ook al was het nooit meer dan meelij geweest, ik denk niet dat ik zou gaan klagen.

Het was een heel eind ernaar toe. Ze nam bus 188 naar de *Elephant*, dan 44, en soms moest ze dan in Tooting nog eens overstappen. Het was niet zo ver van Epsom. Dus zelfs via de weg die ik nam, de weg die ik al kende, was er tijd zat om te praten. Maar toch bleven we naderhand nog hangen en zaten gewoon in de camper of op een van de bankjes op het terrein als het weer het toeliet. Ze zei dat Jack nooit bij June op bezoek was geweest, of alleen die ene keer, alleen die eerste keer. Hij was nooit in dat Tehuis bij haar op bezoek gegaan. Ik had dat nooit zeker geweten, al had ik wel mijn vermoedens. Ik dacht dat er misschien eens een tijd was geweest of dat hij het nog altijd op zijn eigen manier deed, op zijn eigen persoonlijke manier, daar praatte hij gewoon niet graag over. Maar hij was nooit geweest. Dat was doodeenvoudig Jacks fout, zei ze, dat hij zijn eigen dochter niet wou kennen. En haar fout, dat zag ze in, dat kon ze mij wel zeggen, was precies het tegendeel, dat ze bleef gaan, tweemaal in de week al die jaren, en dat haalde niks uit, maar ze kon er nou niet meer mee ophouden, een moeder was een moeder. En als hij nou maar af en toe zelf mee was gegaan, een enkel keertje maar, dan zou het tegen elkaar hebben opgewogen, dan had zij misschien wat van haar bezoekjes ingeruild voor wat van hem, en waren ze niet de mensen geworden die ze waren geworden, die aan hetzelfde touw twee kanten op trokken. Maar nou was het te laat.

Ze zei dat ze tussen hem en haar had gekozen. Zo was het domweg. Dat kon ze niet helpen. Dat wist zij en dat wist hij.

Ik zei dat het een moeilijke keus was, dat probeerde ik althans te zeggen, want mijn woordkeus was ook niet zo eenvoudig: degene te kiezen die niet wist wie zij was en dat misschien wel nooit zou weten, niet degene die gezond en wel was en met wie ze toch haast dertig jaar getrouwd was. En ze keek me aan, langzaam en nauwlettend, alsof het niet mijn beurt was om te praten, en ik dacht dat ik het verpest had.

Ze zei: 'Denk je dan dat Jack weet wie hij is?'

Ik zei: 'Nooit iemand ontmoet die daar zekerder van was.'

Toen glimlachte ze, lachte ze binnensmonds. 'Het is niet zo'n grote vent, moet je weten, als het op bepaalde dingen aankomt. Het is helemaal niet zo'n grote vent.'

Ik zei: 'Hij heeft me erdoor gesleept, in de woestijn.' Maar ik zei niet, zoals ik half wou, zoals ik half van plan was: 'En jij ook.'

Als zij op bezoek ging bleef ik buiten op de parkeerplaats wachten, of ik lummelde rond op het terrein. Er waren grasvelden en paden en daar schuifelden wat van de patiënten rond. Ze zagen er niet zo anders uit. Alsof je voor de verkeerde kon worden aangezien.

Als ik haar over de parkeerplaats en door de ingang naar binnen zag lopen dacht ik altijd: Ze lijkt haast wel even alleen als ik, en dat deed me dan zeer. Maar het kwam nooit bij me op, eerst niet, dat het misschien wel de doorslag zou geven als ik mee op bezoek ging bij June, als ik deed wat Jack nooit gedaan had. En misschien wou ze al wel heel de tijd dat ik dat deed. Ik dacht dat ik terughoudend was omdat het nou eenmaal gepast was, omdat ik daar niet op mijn plaats was, ik hoorde haar er alleen maar naartoe te rijden. Of anders was ik gewoonweg bang. Maar de derde of vierde donderdag zei ik tegen haar: 'Mag ik mee?' En zij zei: 'Tuurlijk mag dat, Ray.'

Ik weet niet wat je zegt over sommige dingen die je ziet. Ik weet niet wat je zegt over een vrouw van in de twintig met een lichaam net als elke andere vrouw, zacht en rond, en als het beter gekleed was en je de rest weg kon denken, zou je zelfs kunnen zeggen dat het aantrekkelijk was, maar dan met een gezwollen, kwijlend hoofd waar alleen een moeder ooit van kon houden. Ik weet niet wat je zegt over een vrouw van zeventwintig die June heet maar die dat niet weet want ze heeft nog niet de hersens van een kind van twee. Je moet denk ik zeggen dat het leven nooit zo oneerlijk is of er is nog wel wat oneerlijkers dan bij jou, en dat je nooit zo vast kan roesten of je kan nog wel erger vastroesten, zoals vanaf het eerste begin en voorgoed.

Maar wat ik wel ontdekte toen ik daar die donderdagmiddag zat, zwijgend, zomaar wat zat, net als June zelf, met die verpleegster die ons bekeek, benieuwd waar ik opeens vandaan kwam, was dat Amy daar niet tweeëntwintig jaar twee keer in de week naartoe was gegaan omdat het een verplichting was waar ze nou eenmaal aan vastzat, een gewoonte die ze zich nou eenmaal had aangewend, zoals ze zei. Ze bleef ernaartoe gaan omdat ze bleef hopen dat June haar op een dag misschien zou herkennen, June op een dag misschien zou praten. Daarvoor hoefde je alleen maar te kijken, naar Amy te kijken. En je hoefde alleen maar naar June te kijken om te weten dat het nooit zou gebeuren en dat het helemaal fout zat. Het was even fout dat Amy daar al die jaren naartoe was gegaan als het fout was dat June hoe dan ook zo was geboren, even fout dat er een moeder van zesenveertig was die vagelijk nog knap was terwijl haar dochter dat niet eens ooit was geweest. Maar tweemaal fout wordt samen niet goed.

Dus dacht ik: Ik heb de eerste zet gedaan, nou moet ik nog een zet doen.

We zaten op het bankje, naar de duiven te kijken. We hoefden niet meteen terug. Het kostte de helft van de tijd met de camper die het haar met de bus zou kosten. Ik wist niet wat ik over June moest zeggen, ik wist niet wat je hoorde te zeggen, maar ik had zin om wat flauwekul te zeggen die niks met June te maken had. Ik denk dat Amy gewoon wat breekbaars had omdat ze voor het eerst bij June was geweest met een vreemde. Vriend. Ik denk dat ze ergens behoefte had aan een arm om zich heen. Ik voelde dat ze tegen het plakje lucht leunde dat ik tussen ons in had gelaten, alsof ze eigenlijk rechtstreeks tegen mij had moeten leunen, en ik voelde mijn snikkel groeien zoals niet vaak meer gebeurd was sinds Carol weg was gegaan. Ik vraag me af of vrouwen dat doorhebben.

Maar wat ik zei was: 'Heb je nog wat van Vincey gehoord? Ik hoor dat ze allemaal naar huis verscheept gaan worden.'

Maar de volgende keer dat ik haar ophaalde had ik de woorden helemaal klaar en schreeuwde de gelegenheid om waargenomen te worden. Het was een heldere, winderige dag in april. Het was zoals vandaag, met de as van Jack. Ik dacht: Het leven kan veranderen, heus, ook als je denkt dat het niet meer kan. Evengoed kostte het me heel het eind naar Clapham voordat ik het zei. De zon schitterde door de bomen op Clapham Common. Ik zei: 'We gaan vandaag niet naar het Tehuis, Amy, we gaan niet bij June op bezoek.' Ergens wist ik dat ze niet zou tegenstribbelen. Ik zei: 'Ik heb daar achterin een hele picknick klaar. Boterhammen, thermoskan.' Op Epsom waren de voorjaarsrennen. Ik zei: 'Heb je zin in een dagje renbaan?'

Maar we zagen niet zoveel van de paarden. Het moet de eerste keer geweest zijn dat ik daar kwam zonder een fatsoenlijk gokje te wagen. Ik parkeerde bij de Downs en we slenterden naar de baan, op tijd voor de wedstrijd van twee uur. We wedden met elkaar, als een stel amateurs. Haar paard tegen het mijne, zeg om een pond, en ik zorgde dat zij won. Conquistador, zeven tegen twee. Ik had er vijftig op kunnen zetten en dan was ik met een smak geld thuisgekomen. Maar het weer sloeg om en voor de volgende wedstrijd ging het regenen, alsof het speciaal zo was geregeld zou je kunnen zeggen. Soms heb je gewoon pech. Dus ik zei: 'Tijd voor een picknick', en we haastten ons terug naar de camper. Ik denk dat twee mensen het weten als er wat gebeuren gaat, ook als ze niet zo zeker weten of dat wel moet en ze niet weten hoe ze het zover moeten krijgen en ze er even bang voor zijn als dat ze het willen. Maar ze weten wel dat het als het ooit gebeuren gaat, nou het moment ervoor is. Er waren in die camper gordijntjes die je voor de ramen trekt, blauw-wit geruit, zodat niemand wat merkte. Behalve aan het wiegen van de vering. Maar dat liep denk ik niet zo'n vaart. Ik zei, toen ik de gordijntjes dichttrok: 'Net een huis, hè? Een huis van huis.' De regen roffelde op het dak. Ik dacht: Er is niks aan te doen, ook al hoort het niet. Ik dacht: Amy koos June, ze koos niet Jack, nou heb ik Amy gekozen. Het was allemaal niet zó verbleekt. Toen de regen ophield hoorden we het publiek juichen voor de wedstrijd van tien over drie, de grote wedstrijd, het vreemde lawaai van mensen die opgewonden raken van een stel paarden. En naderhand werd dat onze vaste plek, Epsom Downs, elke donderdag, veertien weken lang, paardenrennen of geen paardenrennen. Totdat Vince opdook, en toen Mandy.

Tja, ik had zo wijs moeten zijn om geen gevecht aan te gaan waarin ik geen schijn van kans maakte. Maar dat is iets wat ik nooit ben geweest: wijs. Ze zeggen dat door het boksen al die jaren terug mijn hersens eruit zijn geramd, maar als je het mij vraagt hadden er al nooit veel hersens gezeten. Ik had zo wijs moeten zijn om toen ik uit het leger kwam niet de ring weer in te stappen. Je zou denken dat vijf jaar schieten en beschoten worden en je dode makkers bij elkaar vegen je een betere broodwinning bij zou brengen dan te proberen een ander van de sokken te slaan, maar het was dat of achter een groente-en-fruitkar lopen en daar is geen eer aan te behalen of vlot geld mee te verdienen.

Toch heb ik die eikel denk ik nog het een en ander laten zien. Mijn borst voelt als een zak spijkers.

Het gaat erom hoe je in elkaar zit. Het is moeilijk vechten tegen je eigen aard als het in je aard ligt om te vechten. We zijn hier niet om Jack eer te bewijzen omdat hij zo hard aan zijn eigen aard werkte dat hij in wat anders veranderde. We zijn hier omdat hij Jack was.

Het is net als toen ik terugkwam nadat ik voor mijn land had gevochten en er meer bomkraters in Bermondsey dan in Benghazi waren en ze voor ons niks beters konden vinden dan een noodwoning en een bonboekje, toen zei ik tegen Joan: Ik kan daar beter in die ring gaan staan en een vent die voor hetzelfde heeft gekozen tegen het canvas rammen, dan dat ik jan en alleman te lijf ga. Hé, jò, kom eens op als je durft. Ik zei het komt door de wereld dat je wil schoppen en slaan. En zij zei: 'Ho, even. Je kan het ook anders aanpakken. Je kan je hoofd omhoog houden en je ergens in vastbijten en van het beschikbare het beste maken, zoals de meeste mensen.' Dat soort vrouw is het. Ik zei: 'Niet van de bedeling en een halve crown per dag, dat kan niet.' Ik zei: 'Stel dat ik het toernooi van Worthington win, dat is vijftig pond. Daar bijt ik me wel in vast.' Ik zei: 'Jij vond het altijd leuk als ik een robbertje won, meid.' En zij zei: 'Je bent zeven jaar ouder en je gaat verliezen.'

En pas toen Sally kwam stopte ik denk ik echt, hing ik mijn handschoenen en mijn hoop aan de wilgen en deed ik een slot op mijn losse lippen en zo. Dus je zou kunnen zeggen dat niet Lenny Tate zijn eigen aard in bedwang kreeg, maar dat er iemand anders kwam die dat kunstje voor hem flikte, zelfde stof, zelfde vlees, maar toch anders. De kleine Sally Tate.

Daardoor zag ik ook in, toen ik hem leerde kennen en het verhaal hoorde – en dat was nooit gebeurd als Sally en Vince elkaar niet aardig gevonden hadden op de speelplaats – hoe moeilijk het voor Jack was dat hij geen hulpje had, alleen June had. Hoe verdraaid veel moeilijker het nog voor Amy was. En dat je Vince niet kwalijk kon nemen dat hij zo'n verknipte donder was. Dus kon je het denk ik mij ook niet kwalijk nemen dat ik een hersenloze sukkel was en wou dat Sally ook deel van hun gezin uitmaakte.

En ik denk dat ik Vincey uiteindelijk had kunnen vergeven, als Sally niks was begonnen met Tommy Tyson, en Tommy bij Vincey was gekomen met een zo-goed-als-nieuwe BMW, van de eerste eigenaar, waarvan hij wist dat Vincey kon zien dat die gestolen was maar hij dacht dat Vincey het spel mee zou spelen, als ouwe gabber van Sally, bij wijze van spreken. Maar Vincey helpt hem niet van die wagen af, sterker nog, hij hangt het aan de grote klok, en Tommy gaat, vanwege zijn strafblad en andere vergrijpen, een tijdje achter gaas, en dat niet voor het laatst. En ik zeg tegen Vincey: 'Lul dat je er bent. Je hoefde die wagen niet te nemen maar je hoefde Tommy er ook niet bij te lappen. Misschien zit Tommy nou wel waar hij hoort, maar misschien dacht jij wel aan Sally.'

Hij zei dat hij toch zijn plicht deed? Zijn burgerplicht. En ik had zelf wel eens aan Sally mogen denken, want het leek wel of ik haar verstootte.

Hij zegt: 'Een gestolen wagen is een gestolen wagen. Tweemaal fout wordt samen niet goed.'

Ik had Vincey misschien vergeven. Sally had mij misschien vergeven. Ik had misschien nooit meer naar een gevecht gesnakt.

Toch heb ik die schooier denk ik wel wat laten zien, nou en of.

Kanonnier Tate. Zo noemden ze me, omdat ik bij de artillerie had gezeten en omdat ik altijd zo opvliegend was. Het klonk goed, alsof mijn vuisten mijn kanonnen waren. En in de halve finale in Worthington zetten ze me tegen zo'n scharminkel dat nog niet eens zijn oproep had gehad, net zo oud als ik voor de oorlog was toen ik ging boksen. Ik zei: 'Geen partij, geen partij. Wat heeft die krielhaan wat ik niet dubbel heb?' En Dougie zegt terwijl hij mijn handschoenen vastrijgt: 'Beheersing, en een harde rechtse.' Ik dacht al aan de finale nog voordat ik de ring in stapte voor de halve. Ik dacht: Dat is in elk geval twintig pond, dat houdt Joan rustig, en als ik dan in de eindstrijd tegen Dan Ferguson sta, dan zóú het kunnen. De bel ging en ik kwam vlug en gretig uit mijn hoek en ik dacht: Dit wordt een makkie, twee ronden, op zijn hoogst. Kanonnier Tate. Later werd dat gewoon een naam die bleef hangen: Kanonnier Tate, middengewicht. Altijd lam, altijd te laat. Ik kwam naar voren en hij bokste achteruit, huppelde om me heen, en ik dacht: Jij hebt nog niks gezien, lekker dier, en jij krijgt ook niks te zien. Jij hebt geen vijfenhalfs door Libië, Sicilië, heel dat verrekte Italië gesleept. Jij verdient niks maar ik wel. Een mens moet een beetje glans, een beetje trots naar zich toe halen voor hij aan het einde van de rit de pijp uit gaat. Je hebt er niks aan als je de annalen in gaat als een eminent dienaar van de groente-en-fruithandel. Ik kwam weer naar voren om het gauw af te maken en ik zag zijn gezicht, koel en scherp en gelijkmatig als een machine. Ik dacht: Zes jaar tussen ons, ventje, dat mes snijdt aan twee kanten. Toen zag ik zijn handschoen waar eerst nog zijn gezicht was. En toen zag ik niks meer, helemaal niks. Of liever gezegd wel. Want je weet wat ze zeggen over sterretjes zien. Nou die zag ik.

We marcheren over het weiland terug, zonder wat te zeggen. Je kan Lenny en Vincey adem horen halen als een duetje. Vince draagt de koker. Hij houdt hem extra stevig en zorgvuldig vast. Het lijkt wel of de reden dat we hier in dat weiland zijn is dat de koker ervandoor gegaan was en wij erachteraan hebben moeten rennen om hem te vangen. Het is allemaal de schuld van die koker. Alleen weten we dat het niet zo is, het is andersom. Het is allemaal onze schuld. Vechten om iemands as. En de koker daar in Vince' handen lijkt wel zijn hoofd naar ons allemaal te schudden, alsof Jack daarin naar buiten zit te gluren en om ons zucht, en er wat van hem achter gebleven is in die wei dat door de schapen wordt vertrapt. Dit had hij niet verwacht, dit had hij helemaal niet verwacht.

De wind ranselt onze rug en als we bij het hek komen krijgen we de bui pas goed over ons heen. We zijn nog net op tijd weer in de auto om niet doornat te worden. We gaan weer op dezelfde plaatsen zitten. Vincey geeft mij de koker aan, huivert als hij achter het stuur schuift, en dan zoekt hij wat om de vlekken van zijn mouw en broek te vegen maar hij kan niks vinden en hij geeft het op en we zitten zo allemaal even, met de motor nog niet aan en de regen die tegen de raampjes slaat alsof we net zo goed op een boot konden zijn. Ik kijk naar Vinceys gezicht en dat kijkt ver weg en op de achterbank kan ik Lenny horen hijgen. Het lijkt wel of het geen auto is, maar een ziekenwagen. Tenslotte toch een vleeswagen. Het lijkt wel of we ons allemaal afvragen of we wel door moeten gaan met deze opgaaf of dat we die niet aankunnen en er daarom nou mee moeten ophouden. Tweemaal een ommetje, eenmaal een gevecht, een zuippartij en bijna een nat pak.

Dan opeens komt Vincey zo'n beetje bij, en schakelt het contact en de ruitenwissers in. We kunnen zien dat de regen op de smalle weg klettert en dat de hemel helemaal grauw en zwaar is, maar boven op de heuvelkam, bij de werkloze windmolen, hangt opzij van het bosje bomen een flauwe glans, alsof de wolken gauw over zullen trekken.

Vincey zegt: 'Goed. We moeten de weg naar Canterbury hebben. Let op borden naar Canterbury. A28 en Canterbury.' Hij start de motor.

Lenny zegt: 'Canterbury?' Hij houdt op met hijgen. 'Daar kunnen we net zo goed ook even heen en zo. We kunnen net zo goed even naar die klotekathedraal.'

Hij zegt het of hij een grapje maakt, maar Vince blijft daar even naar de regen op de voorruit zitten turen en zet de wagen nog niet in beweging. Hij zegt: 'Als jij dat zegt, Lenny', heel fel. 'Als jij dat zegt. Waarom zouden we niet even de Kathedraal van Canterbury met hem rondgaan?'

Ik kan voelen dat op de achterbank Vic en Lenny elkaar aankijken.

Nog een zinloze onderneming, nog een ommetje. Lenny's beurt.

Vince schakelt en we rijden weg. Hij zwijgt maar aan zijn gezicht kan ik zien dat het hem ernst is, hij meent het, hij wou misschien zelfs wel dat hij zelf op het idee gekomen was.

Dit is nog beter dan een koningsblauwe Mercedes.

Vic zwijgt, alsof hij zijn prijs al heeft moeten betalen.

Dus zeg ik, maar alsof het Vic is die spreekt, terwijl ik de natte koker omklemd houd: 'Goed idee, Lenny. Mooi gebaar. Hij zou vereerd zijn.'

Hij kijkt me recht en strak aan, zo recht en strak dat mijn eigen gezicht in vergelijking wel helemaal zal beven. Ik denk: Je moet recht en stil zitten voor je laatste portret, geen geschuif, geen gehuichel, geen gevlucht. Dan zegt hij, alsof hij in mijn hoofd kan kijken, alsof hij de vraag ziet die ik wil stellen: 'Mensen raken in paniek, Raysy. Je mag nooit in paniek raken.'

Het is zoals ze zeiden in de oorlog. Regel één voor soldaten: Geen paniek. Al heb ik nooit begrepen hoe je dat als bevel kon geven, je kan iemand niet bevelen om te vergeten dat hij zich brandt aan vuur. Alleen bracht Jack dat toch altijd in praktijk. Zoals toen we buiten Sollum in moeilijkheden raakten en die luitenant, Crawford, er opeens bij ligt als een bebloede lap, terwijl de man die onder hem komt gilt: 'Wat moet ik doen? Wat moet ik doen?' en Jack zegt: 'Wat u moet doen, sergeant, is het bevel nemen. Als u het niet doet, doe ik het.' En ik denk: ik ben verdomd blij dat ik het bevel niet hoef te nemen, laat mij maar bevelen krijgen.

Dat doet hij nou denk ik ook, het bevel nemen, zich in de hand houden.

Ik zeg: 'Het valt niet mee, Jack, het valt niet mee.' Alsof ik het niet heb over dat wat het echt is, alsof het alleen maar een extra lastige opgaaf is die je achteraf weer doorstaan hebt.

Hij zegt: 'Voor Amy nog minder.' Kijkt me recht en strak aan. 'Als je ooit de keus krijgt, Raysy, als je ooit mag kiezen, ga dan als eerste. Doorgaan, dat is moeilijk. Ophouden, daar is niks aan.'

Ik zeg: 'Tja, ik heb niks te kiezen, hè? Ik bedoel, als iemand dat al heeft. Ik ben immers maar in mijn eentje.'

Hij kijkt me aan. 'Je weet maar nooit. Maar toch heb ik denk ik geluk, dat ik de eerste ben.'

'Nee, geluk, dat heb ik altijd.'

Hij lacht niet, die oude grap werkt niet meer. Niet jij

hebt geluk, ik heb geluk. Ik ben Lucky. Hij kijkt me aan. Zijn ogen lijken niks te missen, naar zijn gezicht lijk je wel te moeten kijken. Ik denk: Ik heb hem het merendeel van mijn leven gezien, maar nou zie ik hém. Ik zie niet Jack Dodds, keurslager, Smithfield en Bermondsey, of Jack Dodds uit de *Coach and Horses*. Ik zie zelfs niet Grote Jack, Woestijnrat, Soldaat Jack van het kamelenkorps te Caïro. Ik zie de man zelf, eigen baas, de mens Jack, die het bevel heeft genomen.

Hij zegt: 'Amy krijgt het nog moeilijk. Er moet voor haar gezorgd worden.'

Ik zeg: 'Ze komt zo. Met Vincey.'

'Ik heb niet zoveel waar ze mee verder kan.'

Ik bekijk wat hij heeft. Een bed, een nachtkastje. Hij heeft nou denk ik niet veel meer dan June haar hele leven heeft gehad.

Ik zeg: 'Als ik wat doen kan, Jack.'

Zijn hand ligt werkeloos, leeg, op de deken en ik zie de vingers heel licht krommen. Dan gaan zijn ogen dicht. De leden rollen zomaar uit eigen beweging als een luik omlaag, als de ogen van die pop die ik jaren geleden eens met Kerstmis voor Sue heb gekocht. Heel even lijkt het of – Geen paniek, geen paniek. Maar zijn borst zwoegt. De zwelling om zijn operatielitteken daalt en rijst.

Ik kijk naar zijn gezicht, naar zijn hand die op de deken ligt. Ik denk: Iedereen heeft zijn eigen ruimte en daar kan niemand anders binnenstappen, en dan is hij op een dag onbezet. Het is een kwestie van grondgebied.

Hij doet zijn ogen open. Het lijkt wel of hij me beetgenomen heeft en hij heel de tijd heeft gekeken, door de spleten, om te zien of ik een ander ben als ik denk dat ik niet bekeken word. Maar de leden gaan langzaam open. Je ziet het wit voor je het hele oog ziet.

Hij zegt: 'Ben je er nog, Lucky? Ja, je kan wat voor me doen. Hoe *lucky* voel je je?'

Hij ligt er nog, met het masker over zijn gezicht en de extra slangen, op het afdelinkje waar ze geplaatst worden nadat ze naar buiten zijn gereden, de verkoeverkamer, en hij weet nog van niks want hij is nog niet behoorlijk wakker, hij weet nog helemaal van niks. Hij weet nog niet dat hij inoperabel is. En van die Strickland hoor ik dat het maar tien minuten heeft geduurd, gauw even open en weer dichtgenaaid, en hij gebruikt er een woord voor, een lang fantasiewoord, huppeldepup-sodomie. Hij lijkt wel voldaan dat het zo'n vlot stukje werk was. Hij zegt het me niet duidelijk en eenvoudig, hij laat me er zelf opkomen. Dat het niet de twee uur werk was die het volgens hem kon worden als ze wat konden doen. Inoperabel, dat is het woord dat hij gebruikt, inoperabel.

En ik kijk over de gang door de glazen scheidingswand, waar Jack ligt, de eerste rechts, en ik denk: Hij is inoperabel, hij is niet te opereren. Hij is er nog wel maar hij doet het niet meer, hij is langs de kant van de weg blijven staan. Maar zo voelt opeens alles. Of we allemaal ergens zijn waar de dingen tot stilstand zijn gekomen en de rest van de wereld voorbij zoeft, als verkeer op een snelweg.

Hij zegt: 'Is mevrouw Dodds hier?' En ik zeg: 'Ja, die is even een kop thee halen. Samen met mijn vrouw.' Dan kijkt hij vlug op zijn horloge en hij zegt: 'Als u haar even haalt, ze kan mij nu spreken, nu ik hier toch ben. We kunnen wel ergens rustig praten. Misschien in het kantoortje van de hoofdzuster.' En ik denk: Flapdrol. Want hij denkt niet aan de uitwerking op mij, of misschien denkt hij wel dat het voor mij niet belangrijk is, ik tel niet me, ik ben goed als boodschappenjongen, en ik heb wel zin om hem te slaan, ik heb wel zin om hem die bril van zijn rotkop te meppen. Maar ik zeg: 'Ik haal haar even.' Al terwijl ik dat zeg richt hij zijn aandacht op een stapel aantekeningen die een jong doktertje onder zijn neus heeft geduwd. Hij zegt: 'Ik ben hier.' Hij schuift met zijn vinger zijn bril omhoog en gunt me een zuinig halfwas lachje.

Dus ga ik Amy en Mandy zoeken. Maar het lijkt wel of niet ik ergens heen ga, maar of de gangen en klapdeuren langs mij heen gaan, zoals bij zo'n oude machine in een lunapark, met een stuur en een afbeelding van een kronkelweg, zodat je het gevoel kreeg dat je je verplaatste ook al was dat niet zo.

Ze zitten daar met hun kop thee, en ze weten nog van niks, alleen dat Jack nog leeft, hij is er niet onder het mes in gebleven, mogelijkheid nummer drie. Maar ik besef dat ze het weet, gelijk, alleen maar door me aan te kijken, dat ze aan mijn gezicht kan zien wat ik haar niet eens hoef te vertellen. Ik zeg: 'Hij is nog niet bij. Strickland is op de zaal. Hij zei dat hij je graag wou spreken.' Dan schud ik heel licht mijn hoofd, alsof ik er moeilijk beweging in krijg, en ze kijkt me aan alsof ze het van niemand horen wil. Alsof het allemaal haar schuld is en ze dat weet en dat haar spijt, en ze niet inziet waarom ze bij de bovenmeester moet komen en er extra straf voor krijgt, als het al een straf is om het alleen al te weten. Maar misschien krijgt ze wel een tweede kans van de bovenmeester. Laat dit nooit meer gebeuren. Dus staat ze op, en als ze opstaat knijpt Mandy in haar arm. Dan staat Mandy ook op, met een knikje naar mij als een vraag. Ze ziet er goed uit, Mandy ziet er goed uit. En ik knik terug.

Dan gaan we terug over de gangen, die langs en onder ons door glijden terwijl we maar doen of we lopen, en Amy zegt geen woord totdat we bij de zaal komen, als ze zegt: 'Oom Ray moet het weten.' Ik zeg: 'Wat?' Zo heeft ze hem jaren niet genoemd: Oom Ray. Net als oom Lenny. Alsof ik weer een peuter ben.

Strickland ziet ons aankomen en hij zegt vlug wat tegen een van de verpleegsters, dan gaat hij ons voor een kantoortje in, het is niet het kantoortje van de hoofdzuster, het lijkt meer op een voorraadkast, en doet de deur achter ons dicht.

Er zijn maar twee stoelen en hij trekt er een bij waar Amy op kan zitten en Mandy neemt de andere, bij de deur. Ik ga vlak naast Amy staan, en Strickland gaat voor het bureau staan met zijn kont er half op gestald, en als hij gaat praten leg ik mijn arm achter Amy's hoofd en grijp haar schouder en ik voel haar hand opzij komen en mijn andere hand pakken.

Hij zegt dat hij niet gelooft in verstoppertje spelen, anders heeft het geen zin. Als hij gaat praten kijkt hij Amy aan maar hij verplaatst zijn ogen heel slim naar mij, alsof hij om tegen Amy te praten tegen mij moet praten, of dat hij wat op Amy's gezicht heeft gezien waar hij niet naar kijken wil. Ik kan Amy's gezicht niet zien. Ik moet recht vooruit kijken, zoals wanneer je op het matje moet komen, voordat ze je de cel in gooien. Ik moet die hufter recht in de ogen kijken.

En als hij klaar is, lijkt Amy wel te doen of ze hem niet gehoord heeft, ze doet of ze niet eens in de kamer is. Dus mag ik de boel gaande houden, de vragen stellen, ook al is er maar één vraag: Hoe lang nog? Strickland kijkt voldaan als ik dat vraag, alsof we over zijn gegaan naar een ander terrein dat niet zijn afdeling is, hij is monteur, hij is geen schroothandelaar, en hij is hier allemaal van af zodra hij deze kamer uit loopt. Hij gaat praten over 'symptoombeheersing', wat voor mij zowat hetzelfde klinkt als 'inoperabel', en terwijl hij daarover praat voel ik Amy's handen mij omklemmen en grijpen en hoor ik dat ze weer op adem komt. Strickland draaft door over symptoombeheersing en kijkt mij strak aan, maar Amy blijft klemmen en grijpen, alsof haar symptomen nodig aan beheersing toe zijn. Het lijkt wel of haar handen tegen mij op klimmen en klauteren, en ik een ladder ben, een vluchtweg, omhoog naar een noodluik deze kamer uit. Maar ik heb het idee dat Amy nooit meer deze kamer uit komt, ze blijft er voorgoed in opgesloten, haar eigen cel. Ze lijkt wel June nou. En ik verstijf en verstrak, als een mast, als een toren, terwijl zij me vastklampt en grijpt. Denk: Ze is mijn moeder niet, ze is mijn moeder niet.

Dan opeens zijn we die kamer uit, alsof we daar weer niks voor hoefden te doen, de wereld zich gewoon verplaatst, verdraaid heeft voor ons, en Strickland is verdwenen, die is verdwenen langs zijn eigen vluchtweg. Mandy heeft Amy nou onder haar hoede genomen, ze houdt haar vast en voert haar naar de uitgang en kijkt mij met iets doordringends aan, alsof dit een vrouwenzaak is. Maar Amy is ook Mandy's moeder niet.

Zoals mijn taak de mannenzaak is. Dus ga ik terug naar de afdeling, voordat ik hen achterna ga naar buiten, en blijf daar zomaar naast zijn bed naar hem staan kijken. Hij heeft nog altijd geen spier vertrokken, hij ligt daar maar onder dat masker, en Strickland zei dat hij met hem zou praten, hij zelf met hem zou praten, maar hij zou het nog zeker vierentwintig uur uitstellen, want vanwege de narcose en alles dringt toch niet goed tot hem door wat je tegen hem zegt. Maar mij lijkt het niet Stricklands taak om het hem te vertellen, dat is echt niet zijn taak.

Ik sta naast het bed, alsof ik nog altijd een toren, een mast ben, maar Jack probeert niet in me te klimmen, hij ligt daar maar plat beneden me, en ik denk: Het was misschien maar beter als hij nou doodging, zonder nog wakker te worden, dan zou hij het nooit weten en niemand het hem ooit hoeven vertellen. Hij het gewoon nooit weten en de wereld maar doorgaan zonder hem. Wat niet weet wat niet deert. Zoals ik me niet meer herinner dat die bom viel, ik kan me nooit meer herinneren dat die bom viel. Ze zeiden zolang je ze kon horen overkwam je niks, dat was pas als het geluid ophield. Maar ik herinner me niet eens meer dat ik hem niet hoorde. Dus als ik ook gedood was door die bom, dan had ik nooit geweten dat ik geboren was, dan had ik nooit geweten dat ik doodgegaan was. Dus dan had ik iedereen kunnen zijn. Ik kijk naar hem alsof ik neerkijk op een panorama. *Golden days before they end.* En ik denk: Iemand moet het hem vertellen, iemand moet dat doen.

Ik staarde over de rand van mijn glas naar de klok van Slattery.

Hij zei: 'Je hebt er nou niet zo heel veel aan, hè?'

Ik zei: 'Hoezo?'

Hij zei: 'Ik bedoel, nou ben je alleen. Het ziet er nou niet naar uit dat ze nog terugkomt.'

Ik zei: 'Het is toch andersom? Ik kan nou gaan en staan waar ik wil, ik ben nou mijn eigen baas. Vrij als een vogel. Als ik er een paar dagen uit wil, dan ga ik, en ik hoef me geen zorgen te maken waar of ik pit.'

Ik nam een teug bier en smakte met mijn lippen als iemand die weet wat hij doet.

Hij zei: 'Dat is geen leven voor een man. Helemaal alleen. Maffen op parkeerplaatsen, aan de kant van de weg.'

Ik zei: 'Dat is misschien wel het enige leven, dat is misschien wel het enige leven voor me op dit ogenblik.' Toen zweeg ik even. Toen zei ik: 'Waarom vraag je dat trouwens, Jack?'

Hij zei: 'Ik dacht gewoon. Als jij hem niet nodig had, als jij er geen behoefte aan had, dan kon ik hem van je overnemen.'

Ik zei: 'Jij? Wat zou jij nou verdorie met een camper willen?'

Hij zei: 'Nou ja, toen Carol de benen nam – neem me niet kwalijk, Raysy – heeft dat me aan het denken gezet. Over Amy en mij. Normaal toch.'

Ik keek hem aan en diepte een saffie op.

'Ik bedoel, niet dat Amy – Alleen dat we zo'n beetje vastgeroest zijn. Alleen dat we er niet zoveel uit komen, hè? En ik dacht met het oog op de zondag en wat hulp in de winkel en wat vrije tijd.'

Hij schoof met zijn glas over de bar.

'Ik bedoel, nou Vincey goed en wel opgelazerd is. Overzee. En Sue – Het lijkt wel of heel de wereld oplazert. Op Amy en mij na.'

Ik keek hem doordringend aan en stak mijn peuk op. Ik zei: 'Je weet toch wel dat ik dat ook dacht? Ik dacht: Carol en ik raken gewoon helemaal opgesloten, we zien toch niet veel van de wereld? Ik zorg dat we een vervoermiddel krijgen. Dat dacht ik. Moet je zien wat er gebeurde.'

'Ze is opgelazerd.' Hij klokte wat bier naar binnen. 'Maar Amy is niet –'

We zwegen even. Er was alleen het geluid van de *Coach* op vrijdagavond. De ratelende koets die nergens heen ging.

Ik zei: 'Weet Amy hiervan?'

Hij zei: 'Nee, ik wil dat het een verrassing is.'

Ik zei: 'Een verrassing? Dat dacht ik ook bij Carol.'

Hij zei: 'Je moet er nogal wat voor neergeteld hebben. Ik geef je duizend. Zo in het handje, geen gezeur. Jij hebt geen camper nodig, Raysy, jij hebt alleen maar een tuf-tufje nodig.'

Ik keek hem aan. Mooie prijs.

Hij zei: 'Tenzij je denkt – dat ze nog terugkomt.'

Ik wendde mijn ogen van hem af. Ik zei: 'Ik zal erover denken.'

En ik dacht er ook over, heel die winter dat ik in mijn eentje was. Ik zei zelfs tegen hem: 'Ben je nog in de markt?' alsof ik wel verkopen wou, en hij zegt: 'Nog altijd een mille. Amy zal in de wolken zijn.' Maar ik dacht ook over wat anders, een ander gebruik voor die camper. En nadat we die eerste keer het bezoekje aan June hadden overgeslagen, en naar Epsom waren gereden, zei ik tegen hem: 'Ik heb een besluit genomen, Jack. Hij is niet te koop.'

De weg slingert tussen de heuvels door, met aan de ene kant boomgaarden die tegen de hellingen op klimmen, helemaal kaal en bruin en gesnoeid en rechtlijnig als de haren van een borstel. Op het bord staat: Canterbury, 5 kilometer. Aan de andere kant is een riviertje, dan een spoorbaan, en de weg en het riviertje en de spoorbaan kronkelen door het dal of ze een wedstrijd doen. Dan komen we uit bij wat huizen en wat sportvelden, en opeens zegt Vince: 'Daar is de kathedraal.' Maar ik zie geen kathedraal. Ik zie de gashouder ervoor, en ik zie de auto's over de A2 suizen, pal voor ons, Dover de ene kant op, Londen de andere. Als we langs een andere weg waren gekomen, uit die heuvels waar de A2 uit komt, zouden we het gezien hebben zoals het hoort, helemaal voor je uitgespreid met in het midden de omhoogstekende kathedraal. We kruisen de A2 en op een bord staat 'Canterbury – Zusterstad van Reims'. Als we verder binnenrijden kan ik nog altijd geen kathedraal zien maar zijn er voor ons uit wel grote oude stenen muren, stadsmuren, en lijkt het gaandeweg een stad waar je aan hoort te komen, aan het eind van je reis. Alleen is het niet het eind van onze reis, wij gaan nog door naar Margate, aan zee. Jack heeft nooit de kathedraal van Canterbury vermeld.

Vince volgt de borden 'Centrum'. We hebben amper een woord gezegd sinds we het laatst weer in de auto zijn gestapt, sinds Lenny met zijn idee aankwam, alsof we allemaal hebben zitten denken dat het toch eigenlijk een stom idee was en we het misschien niet door moeten zetten. Maar nou we hier zijn, met die kathedraal die zich een paar straten verder ergens verstopt, alsof hij ons wel gezien heeft ook al hebben wij hem niet gezien, is het te laat om terug te gaan.

Bovendien zegt Vic opeens, helemaal geestdriftig en opgewekt, alsof hem te binnen schiet dat hij ons naar dat monument heeft laten sjouwen, dat hij nog nooit de kathedraal van Canterbury heeft gezien, hij daar nog nooit een voet in heeft gezet. Vince zegt: 'Ik ook niet, Vic.' Zijn stem klinkt helemaal zacht en warm, zodat je niet zou denken dat hij een halfuur geleden bijna Lenny op zijn gezicht heeft gemept. Lenny zegt dat hij er nog nooit ook maar in de buurt is geweest. Ik zeg: 'Ik ook niet.' Vince zegt: 'Er is toch geen renbaan in Canterbury?' Maar niemand lacht, en het lijkt wel of we allemaal bedenken dat we wel eens nooit van ons leven de kathedraal van Canterbury hadden kunnen zien, dat is iets wat Jack heeft rechtgezet.

Opeens vangen we er een glimp van op, van de toren van de kathedraal, die uitrijst boven de daken van gebouwen, en Vince koerst er zo goed als hij kan op af, alsof hij denkt dat hij zo tot de voordeur kan rijden, met een wagen als deze. Maar de toren duikt uit het gezicht, alsof hij foefjes met ons uithaalt, en de straten voeren je alle kanten uit, dus zegt Vince: 'We kunnen het wel lopen denk ik', en rijdt een parkeerplaats op.

We stappen uit de auto. Ik heb nog altijd de koker vast en ik kijk Vincey aan alsof die hem hoort te nemen, hij is nu eigenlijk van hem, zijn trofee gewonnen in een gevecht, maar hij zegt: 'Hou jij hem maar bij je, Raysy.' Dus buk ik en zoek de plastic tas die nog bij mijn voeten onder het dashboard ligt, en doe de koker daarin, en ik denk: Ik ben degene die Jack de kathedraal van Canterbury in gaat dragen.

We moeten een vreemd stel lijken. Vic en ik zijn er ook niet op vooruitgegaan maar Vince is helemaal gehavend en bemodderd. Hij trekt zijn jas aan, die het meeste ervan verbergt op het einde van zijn broekspijpen na, waar het het ergst is. Lenny lijkt wel door een heg getrokken. Hij loopt licht mank maar hij probeert dat niet te laten zien. Het lijkt wel of we niet dezelfde mensen zijn die vanochtend uit Bermondsey weg zijn gegaan, vier man met een bijzondere bestelling. Het lijkt wel of we ergens onderweg zomaar reizigers zijn geworden.

Vince strijkt zijn das glad en haalt zijn kam te voorschijn.

We volgen de borden 'Naar de kathedraal'. De straten zijn smal en de gebouwen scheef, zoals die straat in Rochester, alsof ze uit hetzelfde prentenboek komen. Er zijn hele stukken waar geen auto's mogen komen en mensen op diezelfde lukrake manier lopen. Toeristen. De trottoirs zijn helemaal nat ook al regent het niet. Maar af en toe is er opeens een windvlaag, en afgaand op de lucht lijkt er nog wel meer regen te komen, meer dan alleen een bui.

We slaan nog een hoek om en daar is een oude poort en die gaan we door en opeens is er niks meer voor ons dan de kathedraal zelf, en een paar stukjes met kettingen afgezet gras en keien en wandelende mensen. Het is een groot bouwwerk, langgerekt en hoog, maar het lijkt wel of het zich nog niet tot zijn volle lengte heeft opgericht, of het nog groeit. De dom van Rochester is er zomaar een kerk bij en je voelt je er zelf wat goedkoop en priegelig bij. Alsof hij op je neerkijkt en zegt: Ik ben de kathedraal van Canterbury, wie ben jij verdomme?

Dat zou me denk ik niet kunnen schelen als ik maar in mijn eentje was, op doorreis met de camper, een kijkje nam, de bezienswaardigheden afging. Maar ik voel me helemaal gespannen, met die anderen, en Jack bij me. Er is een ingang door een grote poort, waar mensen krioelen en een rij vormen om door een kleinere deur naar binnen te gaan. Daar gaan we heen en het lijkt wel of ik, omdat ik Jack draag, het eerst naar binnen moet en ze voor mij opzij gaan, en ik kijk op naar de poort en de muren en het houtsnijwerk en de leuke knoppen en siertorentjes en ik voel me zoals ik me bij het Tehuis voelde toen Amy zei dat ik met haar mee naar binnen mocht.

De kathedraal van Canterbury. Nou vraag ik je. Ik had mijn grote bek moeten houden.

Maar goed, een beetje gewijde sfeer zal ons denk ik wel goeddoen, zoals het allemaal ging.

Dus God zij gedankt. Heft uw harten op voor Lenny.

Nou het geeft je wel een nederig gevoel. Het geeft een man in mijn bedrijfstak een nederig gevoel om te bedenken wat ze hierbinnen hebben. Tomben, beelden, crypten, hele kapellen. Terwijl mijn werk normaal gesproken alleen maar is ze in een kist te stoppen en ze te boeken voor hun twintig minuten in het crematorium.

Hij heeft een gids gekocht, de grootste, poenigste die hij vinden kon. *De wonderen van de Kathedraal van Canterbury*. Gekozen zoals hij die das denk ik gekozen heeft. Hij staat erin te bladeren alsof hij niet de kathedraal maar alleen de gids wil bekijken en leest ons stukjes voor, alsof we geen stap kunnen verzetten voor we de lezing hebben gehad.

Hij zegt: 'Veertien eeuwen. Veertien eeuwen, moet je nagaan.' Hij zegt: 'Ze hebben hier koningen en koninginnen, ze hebben heiligen.'

Zijn jas verbergt de meeste schade, maar er loopt een veeg opdrogende modder over zijn linker broekspijp.

'Ze hebben kardinalen.'

Ik kijk Lenny aan en geef met een klein rukje van mijn hoofd een halve knipoog, alsof ik zeg: 'Kom, laten we gaan. Laat Raysy maar lijden.'

En dat is geen slecht idee, welbeschouwd, om die twee eens even af te zonderen.

Hij zegt: 'Ze hebben negentien aartsbisschoppen. Weet je, als we eraan hadden gedacht, hadden we ook nog met hem naar de abdij van Westminster kunnen gaan.'

Lenny en ik schuifelen stiekem weg, door het gangpad aan de zijkant, over de versleten stenen, alsof we wel op onze tenen konden lopen.

Het geeft je een nederig gevoel. Maar het geeft een man in mijn vak een opgelucht gevoel dat we het niet allemaal voor het kiezen hebben of dat we niet veel vragen als we dat wel hebben. De kathedraal van Canterbury, graag. Ik denk dat we de overledenen niks tekortdoen door hier met

Jack binnen te komen, allemaal dankzij Lenny. De boel gelijk te trekken, zoals de dood behoort te doen.

Maar hij mikte ook niet zo laag, als ik me goed herinner. 'Nog logés?' zei hij altijd. Dus zei ik, alsof ik op klandizie uit was: 'Heb jij al eens bedacht wat je wil, Jack?' Een halve knipoog. En hij kijkt me aan, met rimpels in zijn gezicht, en zegt: 'O, ik weet niet of jij dat wel aan zou kunnen, Vic. Ik denk groot. Ik had toch minstens een piramide gedacht.'

Amy zei: 'Wil jij hem nog zien?' en ik zei: 'Ja, ik wil hem nog zien.' Ze huilde niet en haar stem was helder en vast. Ze was niet dwingend of eisend. Het leek of ze een beleefde, hoffelijke vraag stelde, als een gastheer aan een gast. Ik denk zelfs dat ze haar hoofd wat hoger en haar rug wat rechter hield, alsof dit een belangrijke dag was, een heel belangrijke dag, en ze toe moest zien dat die naar behoren verliep, alsof haar wat bijzonders was gebeurd en ze dat wilde delen.

Ze was net naar buiten gekomen. Ze had hem net zelf gezien.

Ik zei: 'Ja, ik wil hem zien.' Alsof ik geen nee had kunnen zeggen, ook al had ik dat gewild. Je weigert niet om iemands dierbaarste bezit te zien.

Ze zei: 'Je gaat die deur door en vraagt het aan die man', en ik dacht: Ze weet niet dat het al gebeurd is.

Dus ging ik die deur door en vroeg het aan die man. Hij had een verkreukt wit jasje met een bijpassend flets mollig gezicht, en hij keek me aan alsof ik niet mocht verwachten dat hij begreep hoeveel dit voor mij betekende, evenmin als hij mocht verwachten dat ik begreep dat voor hem het tegendeel gold.

Er stond 'Rustkapel'. Hij zei: 'Meneer Dodds?' en ik vroeg me af welke hij bedoelde. Ik zei: 'Dat ben ik', terwijl ik misschien had moeten zeggen: 'Dat is hem.' Hij zei: 'Die kant op.'

Er was een kamertje met over de hele lengte een glazen scheidingswand en aan het ene eind een opening waar je door kon stappen, verder kon je alleen kijken. Aan de andere kant van het glas was Jack, die op zijn rug op een soort verhoging lag, en ik dacht: Dat is Jack niet, dat is hem niet echt. Ik had denk ik gelijk.

Je kon alleen zijn hoofd zien want ze hadden hem gewikkeld in iets als een lichtroze gordijn of een tafellaken, helemaal tot zijn kin. Dat bedekte ook waar hij op lag en zo. Alsof Jack alleen zijn hoofd was, er was geen lichaam, er was geen lijk.

Ik stapte door de opening en ging naast hem staan. Het rook koud. Ik dacht: Hij weet niet dat ik hier ben, hij kan nooit weten dat ik hier ben. Tenzij. Ik dacht: Hij is niet Jack Dodds, evenmin als ik Vince Dodds ben. Want niemand is iemand. Want niemand is meer dan alleen een lichaam, dan alleen zijn eigen lichaam, dat niemand is.

Alleen kan je zijn lichaam niet zien onder dat tafellaken.

Toen bleef ik daar alleen naar hem staan kijken en voelde ik me recht en lang worden, alsof ik daar niet zomaar stond, ik hield me fier en stijf, net als Amy. Ik stond in de houding. Alsof het enig juiste dat je kon doen was dat je stijf en strak en stil en star werd net als Jack zelf, uit medeleven. Maar dan rechtop.

En ik dacht: Ik zou hem naakt moeten zien. Want dat zijn we toch allemaal? Hij is daaronder naakt, onder dat tafellaken. Ik zou zijn lichaam moeten zien. Ik zou zijn handen en zijn voeten en zijn knieën en verdomme zijn ballen moeten zien en zo. Ik zou het lichaam van Jack Dodds moeten zien. Want dit is Jack, Jack Dodds, maar hij lijkt niet op Jack, hij lijkt verdomme wel de paus. Want naakt komen wij en naakt. Maar ze hebben hem zo uitgedost dat hij wel de paus lijkt.

Ik zeg: 'Niks aan de hand, Vince. Loop jij maar door.'

Want ik ben ineens op een van de houten banken in het gangpad aan de zijkant gaan zitten, met het tasje vastgeklemd, als een ouwe vent die boodschappen doet en geen puf meer heeft.

Hij kijkt op me neer, met de gids in zijn handen, en aan het uiteinde van het gangpad kan ik Lenny en Vic zien. Die zijn er denk ik heel slim vandoor gegaan, alsof ze wisten dat Vincey en ik wel eens wat te bepraten konden hebben.

Hij zegt: 'Gaat het wel, Lucky?'

Ik zeg: 'Jawel, geef me een ogenblikje.'

Hij slaat de gids dicht. 'Ik kakelde een beetje door, hè?'

Ik zeg: 'Nee, dat was het niet.'

Hij kijkt me aan.

Je kan je niet verbergen, als het zo is als ze zeggen, en al helemaal niet in een kerk. Want *Hij* schijnt toch alles te zien, de diepste gedachten. Maar als Vince niks kan zien, als die niet mijn diepste binnenste kan zien, en als die duizend om te beginnen van hem waren en hij ze Jack toen die op sterven lag, op zijn sterfbed heeft gegeven, dan vraagt hij ze denk ik niet terug, niet nou. Net of je het geld terugvraagt dat je in de collectebus hebt gedaan. Die zegt tegen niemand wat.

En Jack zegt ook tegen niemand wat.

Hij kijkt me aan. 'Weet je het zeker?'

'Jawel, geef me een ogenblikje. Ga jij maar door.'

Hij kijkt me aan. Dan kijkt hij vlug om zich heen naar de pilaren en de bogen en de ramen, dan weer naar mij alsof hij snapt hoe het zit. Alleen snapt hij niet alles. En ik zeg bij mezelf: Ellendige zondaar. Dat hoor je bij jezelf te zeggen, ellendige zondaar. Je hoort op je knieën te zakken. Maar alles wat ik had gedacht, opeens, was dat het hemelsbreed verschilt, dit alles om me heen, van wat ik in mijn hand heb, al die glorie-halleluja, van Jack en zijn infusen. Wat is een plastic koker tegen dit stel? Wat is de lik spuug van een mensenleven tegen veertien eeuwen? En dat was hetzelfde als ik dacht bij dat crematorium, al heb ik dat nooit iemand gezegd, dat niks daarvan met hem te maken had, niks daarvan. De fluwelen gordijnen, de bloemen, de amens, de muziek. Ik stond daar naar die gordijnen te kijken, in een poging dat alles met hem te verbinden, en Vic raakt mijn arm aan en zegt: 'Je kan nou wel gaan, Ray.' Want niks heeft met Jack te maken, zelfs zijn eigen as niet. Want Jack is niks.

Dus moest ik gaan zitten, neerzakken, alsof ik een klap had gehad. Alsof Vincey naar me uit had gehaald.

Hij zegt: 'Goed, Raysy, vooruit. Rustig aan maar.'

Ik zeg: 'Hier', geef hem de tas aan en kijk hem aan, 'ik haal jullie wel in', en hij pakt de tas en kijkt mij aan. Hij wil er al half de gids in schuiven maar bedenkt zich. Dan loopt hij weg, langzaam, door het gangpad aan de zijkant, langs de rij pilaren, in zijn kameelharen jas, met die modder aan zijn broek. Lenny en Vic zijn aangekomen bij een paar stenen treden die omhooggaan en daar blijven ze even staan alsof ze zich afvragen welke kant ze op moeten. Dan haalt Vince ze in. Hij tikt Lenny op de schouder en Lenny keert zich om en Vince steekt de plastic tas uit en Lenny pakt die aan.

1. Niet het winnen telt, maar de waarde.
2. Niet het wedden telt, maar het weten te laten.
3. Niet de knollen tellen, maar de andere gokkers.
4. Ouwe paarden doen geen nieuwe kunstjes.
5. Altijd naar de oren kijken, en die van jezelf gespitst houden.
6. Nooit minder dan drie tegen één wedden.
7. Nooit meer dan vijf procent van je centen verwedden, op zo'n vijf keer in je leven na.
8. Wie al die regels in de wind mag slaan is Lucky.

Hij geeft mij de tas. Hij kijkt me niet aan, hij kijkt in de gids. Het lijkt wel of hij me de tas alleen maar heeft gegeven omdat hij dan die gids kan doorbladeren. Maar ik kan zien dat dat niet zo is. Hij verdiept zich in die gids alsof die op alles een antwoord heeft.

Hij zegt: 'Ze hebben hier ergens de Zwarte Prins.'

Ik zeg: 'En wie mag dat wel wezen?' Misschien hebben ze Sneeuwwitje wel of zo.

Hij zegt: 'Ik wil die Zwarte Prins wel gaan zoeken.'

Ik zeg: 'Je zegt het maar, ouwe reus.'

Dus schuifelen we verder, wat trappen af en wat trappen op, langs al die stenen knakkers die op hun rug liggen, gestrekt, uitgeteld.

Volgens mij heeft hij spijt, dat is het. Volgens mij probeert hij wat goed te maken. Dat hebben we allemaal wel als je over de jaren terugkijkt. Misschien op Vic na. Schone handen, zoals altijd.

Aangezien drie van ons hier erbij betrokken zijn, Raysy meegeteld. En Sally haar prijs heeft betaald, als je al mag zeggen dat ze dat ooit had verdiend, want zij was de onschuldige partij, of tenminste de minst schuldige. Want het zal heus niet gebeurd zijn toen ze de andere kant op keek. Het kwam allereerst door Vincey, maar ik was degene die zei, toen ze ermee voor de draad kwam en het kind wou krijgen: 'Nee, meid, komt niks van in.' Mijn eerste volledig afgewogen antwoord als vader, woorden die zo mijn bek uit vlogen. Ze zei dat hij weer terugkwam en het goed met haar zou maken. Ik zei: 'Lul toch niet, meid. Wat voor boek heb jij gelezen?' En sindsdien heeft ze me nooit meer vergeven.

Volgens mij is het toen echt gebeurd, toen zijn echt onze wegen gescheiden, al was het pas later, toen ze aanpapte met die schooier van een Tyson en daarna iedereen terecht kon, dat ik mijn handen helemaal in onschuld waste, wel Vic leek. Dochters, hè Raysy?

Ik was degene die een dokter voor het klusje vond. O'Brien. En ik was degene die aan het geld kwam om hem te betalen. Ik heb een winnaar nodig, Raysy, ik heb razendsnel contanten nodig. Dus was Raysy partij.

Laat het nou maar allemaal aan mij over, meid, zorg jij nou maar dat je er klaar voor bent. Tja, daar had je dan aan moeten denken. Zorg jij nou maar mooi dat je er klaar voor bent.

En eerlijk gezegd heb ik toentertijd nog niet een gedachte gewijd aan die arme ongeboren kleine ellendeling. Alleen ging het wel door mijn hoofd, als een soort excuus, als een soort malle waarschuwing, dat het wel eens op June zou kunnen lijken, dat wel eens zou kunnen blijken dat het maar beter niet geboren had kunnen worden. Boeten voor je zonden. Zodat je hoe dan ook aan het kortste eind trekt.

En het is ook zo dat je terug kan denken en dat je, een paar jaar eerder nog maar, laden en vuren, laden en vuren, ze de volle laag gaf en wist dat er dan nog weer een paar overhoop geknald waren, en wel zonder enige aarzeling, blij zelfs, want het was zij of jij, weer minder die jou te grazen konden nemen, en je deed toch alleen maar wat je gevraagd werd, waar je voor opgeleid was, wat maakte dan een ongeboren drommeltje uit dat nooit het daglicht zou zien?

Kanonnier Tate.

En wat ze op het ene ogenblik een zonde en een misdaad en tegen de wet noemen is dat toch op het andere weer niet? Stel dat het vijf jaar later was geweest, dan hadden we dat probleempje kunnen oplossen, zonder omhaal, helemaal boven water en wettig. Andere tijd, andere regels. Zoals we het ene ogenblik vechten om een hele lap woestijn, en ons het volgende halsoverkop uit Aden terugtrekken.

Pas nou bedenk ik wat het had kunnen zijn. Het. Hij. Zij. Een heel leven. Al die stenen knakkers. Het had de volgende aartsbisschop van Canterbury kunnen zijn. Het had Kath kunnen zijn, Kathy Dodds. Andere moeder, zelfde uitkomst: Vinceys kleine kreng. Lijkt nou toch al hetzelfde ouwe spelletje voor Kathy als voor Sally: Alleen met meer geluk. Komt op de begrafenis om door een ringetje te halen.

Ik draag de tas, maar of die niks met mij te maken heeft. *Rochester Food Fayre*. Vic loopt voorop. Ik tik hem op de schouder. Ik zeg: 'Hier, Vic.' Alsof het een estafette is, een estafette om de Kathedraal van Canterbury, en het zijn ronde is.

Hij leest en zegt: '"Eduard Plant– Eduard Plant– Eduard Plantagenet. De Zwarte Prins. Zoon van Eduard de Derde. Engels bevelhebber in de Honderdjarige Oorlog. Vocht bij Cressy en Poitiers..."'

Klinkt als een ware soldaat. Ziet er zo ook uit, met zijn helm en zijn maliënkolder en zijn wapenschild. Allemaal gelijk in de dood.

'"... Huwde Joan, de 'Schone Maagd van Kent'." Kijk eens aan, Lenny, hij trouwde met een Joan en zo.'

Lenny legt zijn hand op mijn arm terwijl Vince leest. Hij houdt de tas op en wil dat ik die aanpak. Vince slaat zijn ogen op, opmerkzaam, alsof hij de leraar is en wij moeten luisteren. Opletten achteraan.

Ik pak de tas aan.

'"Stierf in 1376."'

Nou, Jack, als het een troost is, als het wat voor je betekent, jij bent nou, bij wijze van spreken, dikke maatjes met de Zwarte Prins.

Het ruikt naar steen en ruimte en ouderdom. De pilaren gaan almaar omhoog, dan waaieren ze uit alsof het geen pilaren meer zijn, ze hebben hun eigen gewicht losgelaten en het is geen steen meer, het is geen stof. Het lijken wel vleugels daarboven, die welven en reiken, en ik weet dat je omhoog moet staren en denken het is verbazend en voelen dat je zelf ook opgeheven wordt, en ik staar, ik tuur, ik kijk aandachtig, maar ik kan hem niet zien, ik kan hem niet onderscheiden. De andere wereld.

Maar ik zou denk ik naar Australië kunnen vliegen. Naar het andere eind van deze wereld. Geld heb ik. Sue de moeite besparen om het omgekeerde te doen. Als. Áls.

Al denk ik wel dat ze het zou doen, daar zou ik wel op durven wedden. Al zou je denken dat het geen nut had, zou je denken dat het niet van belang was, en dat er tientallen dingen zijn waaraan je het reisgeld beter zou kunnen besteden. Nieuwe auto, zwembad.

Het is een heel stuk verder, van Sydney naar Londen, dan van Londen naar Margate, een heel eind verder. En als ze dan hier was zou ze zich alleen maar afvragen waarom ze ooit was gekomen, het zou niet de plek zijn waar ze jaren geleden weg was gegaan, wortels, er zou geen plattelandskerkhof met tjilpende vogels zijn, God mag weten waar ik gestopt word. Maar iemand moet het doen, je moet toch iemand hebben, en ik wed dat zij het zou doen.

Maar ik zou haar de moeite kunnen besparen.

Ik vond die dokter voor dat klusje. O'Brien. Ik zou wel eens willen weten waar hij geregistreerd stond of waar hij geschrapt was, ik zou wel eens willen weten hoe hij zijn handen waste.

Dokter. Eerder slager. Keurslager.

Wat ik nou wel leuk vind. Je hoort in de kerk geen grappen te maken. Want toen Jack daar in die tas nog levend en wel rondliep, of niet rondliep maar nog wel leefde, plat op zijn rug als een van die heilige boontjes maar nog niet in steen veranderd, zei hij zomaar tegen me dat hij altijd dokter had willen worden.

Ik gaapte hem aan, een beetje om uitleg verlegen. Hij zei: 'Je weet wel, dokter, kwakzalver, pillendraaier. Zieken genezen, zusters achternazitten, van die dingen. Ik zou zeggen dat levend vlees toch altijd beter is dan dood vlees, jij niet?'

Ik keek om me heen naar de andere bedlegerigen en ik keek weer naar hem, want ik dacht vast dat hij me in de maling nam, en hij zei: 'Wat gniffel je, Kanonnier?'

Ik zei: 'Tja, het komt zo uit de lucht vallen, Jack.'

Die Zwarte Prins lijkt geen vent waar ooit een lachje af kon.

Vince zegt, verdiept in die gids: 'Ik zou zeggen we nemen een kijkje in de kloostergang, en gaan dan weer pleite.'

Ik zeg: 'Goed, ouwe reus, ga jij maar voor.' Vic en ik gnuiven even naar elkaar en we slenteren verder, achter Vince aan, alsof we pas weg mogen als we alles gedaan hebben, dat is verplicht.

Je schijnt geen grappen te horen maken in de kerk, of in het ziekenhuis. Maar het is een grof schandaal of anders is het de grootste grap van allemaal om uiteindelijk te willen dat we wat waren dat we niet zijn. En ik zou liever lachen dan huilen. En als ik dan alles overdenk en alles overzie, dan zou ik zeggen dat die ouwe reus daar het laatst lacht, want hij weet dat hij niet Vince Dodds is, hij weet dat hij dat nooit geweest is, al lijkt het wel of hij daarin graag een andere toon zou aanslaan. Maar verder weet geen van ons wie of we nou echt zijn. Bokser. Dokter. Jockey.

Op Vic na.

We glippen door de deuropening die naar de kloostergang voert. Zo te zien zijn we Raysy kwijt.

Levend vlees is beter dan dood vlees, dat zei hij, al zullen we daar nooit de eerlijke, afgewogen mening van June Dodds over kennen. En Sally zal altijd dat kind hebben gewild, dat dode kind van die eikel, ook al had ze een deel van het levende vlees waar ze sindsdien van geleefd heeft wel kunnen missen. Het is wel eens een dunne lijn tussen het een en het ander. Maar vlees is vlees. Dat valt niet te ontkennen.

Misschien moet ik nadat we onze plicht hebben gedaan tegenover Jack hier allereerst wel op bezoek bij Sally. Ik ben het, meid. Je ouwe pa, weet je nog? Niet zomaar een lul die even langskomt.

Het valt niet te ontkennen. Het moet soms ook niet worden aangemoedigd, maar het mag niet ontkend worden. Zoals ik ook op dit moment, terwijl ik een ommetje door die kloostergang maak, niet mag denken aan Amy, veertig jaar geleden, toen Sally nog een peuter was, zo terug van de zee. Maar opeens doe ik dat, echt waar. Het gaat niet aan om het stoffelijk overschot van haar man naar zijn laatste rustplaats te begeleiden en dan te bedenken hoe toen haar tieten priemden en hoe toen haar jurk om haar heen hing. Maar dat doe ik wel.

Je mag nooit zondige gedachten hebben in de kerk, maar toch heb je die, wil je die hebben, alsof ze een aansporing zijn. Je mag zulke dingen niet denken als je een oude man bent van negenenzestig zonder adem in je longen en met niks meer dan een fluitje van een cent tussen je benen, maar toch doe ik dat, echt waar, alsof dat me vrij staat, nou Jack in die zak zit. Ik bedenk hoe ze Sally zoende en knuffelde en dat ik dan jaloers was op mijn eigen dochter, en dat ik Jack altijd de gelukkigste donder op de wereld vond. En dit was mijn idee, om hiernaartoe te gaan. Portie gewijde sfeer. Dit was niet voor hém. Tegen wie moet hij het vertellen, tegen wie moet hij erover opscheppen bij een langzaam biertje aan het einde van de dag? Mijn gabbers hebben me eer bewezen, die hebben me de Kathedraal van Canterbury rondgedragen.

Dit was voor ons, zodat wij ons weer netjes gedroegen, zodat wij ons fatsoen weer hielden. Nou Amy er niet bij is.

In mijn hart kleed ik haar uit.

Het is maar goed dat je gedachten niet op je gezicht te zien zijn, al is dat met mijn kop niet zo'n excuus. Gezicht als een brandalarm. Maar aan je gezicht kan je niks doen, nog minder dan aan je gedachten. Je kan er niks aan doen dat vlees vlees is.

Het is net wat Jack altijd zei, ik kan hem zien oreren in de *Coach*, dat er vroeger meer dan een vleesmarkt was in Smithfield, in de slechte ouwe goeie ouwe tijd. Die avond was hij extra vrolijk en Raysy niet, slecht geboerd met de knollen denk ik. Het was Vinceys verjaardag, Vinceys zogenaamde verjaardag. En dat nieuwe barmeisje. Je mag niet denken aan de kont van een barmeisje. Raysy die probeerde een grap te maken over de *Coach* die nooit ergens heen ging. Iedereen de vracht. En Jack die zei: 'Cock Lane, Smithfield, vroeger beroemd erom. Je vraagt je af hoe ze op die namen komen. *Cock Lane*, de Lulsteeg. Bij *Giltspur Street*, de Gulden Sporen-straat. Daar zijn we toch allemaal geweest, Raysy? Lullaan, lulsteeg, lulweg, daar hebben allemaal de koets heen gereden.'

Dus zei ik: 'Dan moet ik gewoon zelf gaan.'

Trev keek op.

Ik zei: 'Dat was Tony. Komt niet. Lijkt aangestoken door hetzelfde als Dick. Hele volksstammen zijn de klos.'

Trev zei: 'Roy is er nog. Ik ben er nog.'

Ik zei: 'Het is helemaal voorbij Sutton. Jullie moeten allebei om half vier in het crematorium zijn. Dat is te krap. Ik zal zelf moeten. Red jij het met Harris?'

Trev knikte. 'En als je niet terug bent voor ik naar het crematorium ga?'

'Hang dan het bordje Gesloten maar op. Late middagpauze. We kunnen Maggie hier niet vragen op de winkel te passen.' Ik stond met een lachje bij het raam. 'Tenzij je Jack Dodds wil vragen om een halfuurtje van werk te verruilen. Heeft hij vaak gezegd.'

En toen pas besefte ik het: Fairfax Park, een ziekenhuis en tehuis in Cheam. Dat was waar June zat. Waar Amy naartoe ging, waar Jack niet naartoe ging.

'Het is goed, ik ga wel. Heb ik ook nog wat afwisseling.'

Dus pakte ik even na half twee de formulieren en de sleutels en liep om naar de garage en reed weg in de zwarte bestelwagen met de verduisterde achterraampjes, die we de Zwarte Maria noemden. De lijkwagens waren vriendelijker: Doris en Mavis. Een schip is altijd *zij*.

Het was niet dat ik verwachtte haar te zien. Het was niet dat het anders zou lijken, omdat June er was, dan al de andere tehuizen en ziekenhuizen die een begrafenisondernemer geregeld aandoet. Tehuizen, Ziekenhuizen en Verpleeghuizen, waar mensen zich maar zelden thuisvoelen. En het ergst zijn de Tehuizen, want je weet dat dat helemaal geen huizen zijn, dat is gewoon een zacht klinkende naam voor een veldhospitaal voor gehandicapten of bejaarden, of een vervanger voor dat woord dat je niet meer mag gebruiken: gesticht. En je weet dat het voor velen van hen niet zo'n kort verblijf is geweest, dat de overledenen er misschien wel het merendeel, misschien wel de hele duur van hun leven hadden gewóónd, en dat het leven in dit geval een soort dood betekende, een soort geen huis hebben waar ze naar toe konden.

Zoals Bernie Skinner altijd zegt – zoals elke kastelein – nadat hij voor de derde keer laatste ronde heeft geroepen: 'Hebben jullie geen van allen een huis waar je naartoe kan?' Met die plotselinge felheid, alsof hij zijn eigen klanten beledigt, alsof hij echt een hekel heeft aan alle drinkers en lanterfanters en het de ergste schande is die je iemand aan kan wrijven, geen huis te hebben waar hij naartoe kan.

En het is toch altijd al geen pretje, als je iemand op moet halen uit zo'n lange-termijninrichting. Ze zaten al opgesloten en jij sluit ze weer ergens anders op. Alsof er al nooit een keuze is geweest, en als je nauwkeurig had geluisterd had je al lang voordat ik kwam opdagen het geluid kunnen horen van een doodkist die werd dichtgetimmerd. Ik haalde eens een gevangene op. Wormwood Scrubs. Hartaanval, eenenvijftig jaar. Ik zei tegen de directeur: 'Waar zat hij voor?' en hij zei: 'Moord. Drie jaar geleden zijn vrouw vermoord. Bleek toch nog levenslang te zijn.' Of een barmhartige verlossing.

Maar ook de paria's en de bandieten gaan onvermijdelijk dood, de geschuwden en vergetenen, en ergens is er een verwant die met tegenzin en ongemakkelijk naar voren moet komen. En nooit vraag je, dat ligt niet op je weg, wat dit sterfgeval precies voor hen betekent. Al kun je wel eens zien dat het niet die eenvoudige, keurige toestand is waar ze op gehoopt hadden, een barmhartige verlossing. Jouw taak is om een fatsoenlijke uitvaart te verzorgen, fatsoen en eerbied met betrekking tot de laatste gang, dat verdient iedereen. Jouw taak is niet om ergens je neus in te steken.

Wat je in dit vak leert is je mond dicht te houden.

Er waren bakstenen muren en een poort en een oprijlaan en tuinen en bomen, zodat het weliswaar aan de rand van Londen was maar je wel bij iemands landhuis aan had kunnen komen. Alleen was dat landhuis verward met iets wat wel een ouderwetse kazerne leek, met tralies voor de ramen, en eenmaal door de hoofdingang had je de gebruikelijke zure-melklucht van de Inrichting, de gebruikelijke krakende gangen die alle kanten op leidden, het gebruikelijke gerammel van spullen die werden verreden per karretje.

De receptioniste bekeek mijn legitimatie en de formulieren, en ik dacht: Op een dag doet iemand dit voor June, komt er iemand met die papieren. Vrijgave van het lichaam. Dat gaat het volgende hoofdnummer worden. De receptioniste pakte haar telefoon en toetste een nummer in, keek mij toen aan zoals mensen doen als ze aan de telefoon zitten alsof ze je helemaal niet aankijken maar je tegelijkertijd aangapen. Ze had haar dat stijf als ijzerdraad gepermanent was en een bril die aan een ketting om haar hals hing, en ik dacht: Ze is hier lang genoeg om iedereen als minderwaardig, iedereen als verdacht te zien. Lang genoeg om te weten dat alles heel wat beter zou lopen als je haar de leiding gaf. Snavelgezicht, verwrongen mond. Ze hield de hoorn tegen haar oor geklemd, begon chagrijnig te kijken omdat ze moest wachten en begon chagrijnig naar mij te kijken omdat ik zag dat ze moest wachten, en ik dacht, zoals ik wel eens doe, dat helpt om de rust te bewaren: En jij ook, lieverd, op een dag, jij ook. Vrijgave van het lichaam.

Toen zei ze monter in de telefoon: 'Ja, ja. Ik zal het hem zeggen', toen tegen mij, met een soort genoegen: 'U zult moeten wachten. De directeur is laat met middagpauze, die is pas om drie uur terug.'

Ik zei: 'Ik wacht wel', en dacht: Ik ben verdomd blij dat ik Trev niet gestuurd heb.

Ze bekeek nog eens nauwkeurig de formulieren, alsof die wel eens veranderd konden zijn, gaf ze toen terug en keek naar het volgende op haar bureau, alsof ik wel kon gaan. En net toen ze wist dat ik het zou gaan vragen, zei ze lichtelijk gepikeerd, alsof ik dat moest weten: 'Achter om het hoofdgebouw en dan het dienstterrein over.'

Maar dat had ik toch wel geweten. Er is altijd de schoorsteen van een vuilverbrander. Er is altijd een blinde dubbele deur als de achteruitgang van een bioscoop. Als er niemand is en er is geen andere aanwijzing, bons je met je vuist op die dubbele deur. Er komt iemand naar een raam en kijkt tegen de achterkant van de Maria aan.

Ze zei: 'Drie uur.'

Het is een soort weerzin. Stigma, dat is het woord. Net als je de man niet wil kennen die je vuilnis ophaalt. Ik ben eraan gewend, het is natuurlijk. Mijn ouweheer zei altijd een begrafenisondernemer is half koning, half melaatse. Je mag het niet verwijten.

Ik dacht erover om te vragen: Kan ik hier ergens wat eten? Vond toen weer beter van niet. Toen dacht ik, een krankzinnig ogenblik: Twintig minuten – ik zou bij June langs kunnen. Alleen maar even langs. Gewoon uit nieuwsgierigheid, uit weet ik wat. Zien wat Jack nooit ziet. Ik kan uitzoeken waar ze zit en er gewoon heen, met een zwart jasje kom je haast overal. Maar toen dacht ik: Nee, langsgaan bij June was misschien niet zo moeilijk, was misschien niet zo erg, maar eerst moest je dit brok charme voorbij.

Ik zei: 'Drie uur', en deed de formulieren weer opgevouwen in mijn zak.

Maar ik keek naar de gangen die alle kanten op gingen en dacht: Hier is het dus. En hier komt Amy twee keer in de week, jaar in jaar uit. Ik ben benieuwd of ze deze trut gedag zegt, ik vraag me af of er een lachje voor haar afkan.

En pas toen besefte ik dat het die dag donderdag was. Donderdagmiddagen: het was een van Amy's middagen. En ik had een soort gevoel of ik me schrap zette, rechtte mijn schouders en trok aan mijn revers, zoals je doet als je wel eens onvoorbereid iemand kon tegenkomen, zoals een begrafenisondernemer de meeste tijd moet doen. Je weet nooit wie je misschien tegen het lijf loopt, je weet nooit wie je misschien op zijn tenen gaat staan. Het is niet zomaar werk, het is een plaats in de samenleving. Dat zei mijn ouweheer ook. Er zijn er die zeggen dat ik zowat gelijk sta aan de pastoor, en ik zeg: 'Mij best hoor. Zeg maar Vic.'

Dus hield ik op met mijn rol van nederige ophaler. Ik werd de levensgrote levensgevaarlijke uitvaartdirecteur, en dat moet ze gezien hebben, want daarbij wendde ze haar ogen van me af.

Ik zei: 'Lekker buiten, ik ga een eindje om.'

Het was een frisse, winderige dag en de zon scheen bij vlugge vlagen. Ik liep naar buiten en het voorplein op, keek of de Maria goed geparkeerd stond, nam toen een van de paden die uitwaaierden over het gras en voelde me een spijbelaar, voelde dat ik hiervan genoot, de baas die het werk van de werknemer deed, dit in en uit een rol glijden zoals de zon de wolken ontweek. Voelde dat ik twintig minuten een bijzondere kijk op de wereld had.

Er waren rozenperken en bomen. Patiënten namen buiten lichaamsbeweging, schepten ook een luchtje. Hoe noem je die? Patiënten? Verpleegden? Bewoners? Van wie sommigen raar bewogen of raar stilstonden. Er kwam een magere man op me af, met zijn lippen en zijn vingers om een sigarettenpeuk geklemd alsof hij probeerde een lang touw uit zijn mond te trekken, terwijl dat terugtrok. Anderen leken vrij normaal, die werden alleen verraden door de oude kleren. Maar dan nog. Dus als je niet uitkeek. En hoe moest je het úítleggen? Dus u denkt dat u begrafenisondernemer bent, hè? Komt u maar eens met ons mee.

Ik ging op een van de bankjes zitten terwijl de zon doorkwam en wegging, doorkwam en weer wegging. De man met de sigaret keerde zich om en kwam terug, alsof ik zíjn bankje had ingenomen, en in het voorbijgaan gromde hij tegen me als een hond en liet kwijlend zijn tanden zien. Ik was niet bang. Vrees niet. Ik was benieuwd of Amy bang was, of ze bang geweest was toen ze voor het eerst kwam. Maar vrouwen zijn niet bang, of niet voor dezelfde dingen. Ik dacht: Je ziet al die doden, al die kromme en gebroken of gewoonweg uitgestrekte doden, en je denkt: Deze mensen zijn nou vreemden, volstrekte vreemden. Maar juist de levenden zijn vreemden, het zijn juist de levenden wier vorm je nooit kan raden.

En op dat moment zag ik ze. Er moet wat zijn waardoor je kijkt. Op een bankje gezeten, op een bankje aan een ander pad, links voor me uit. Ik zag Amy's bruine hoofd met haar dat wapperde in de wind, dat kleur kreeg van de zon, en die manier van zitten die ze had, gewoon en recht en eenvoudig, alsof ze haar beurt afwachtte. Maar pas nadat ik Ray zag, die klein leek naast haar, bijna haar kind. Zijn kleine schichtige hoofd als een kokosnoot, en zoals hij in zijn nek krabt, dat gebaar zou ik overal herkennen, met die vingers die recht zijn boord in gaan alsof daar een hele muis in was gedoken. Ik dacht: Ik ben benieuwd of hij het weet, hij wordt onmiskenbaar kaal op zijn kruin, er schijnt wat roze door.

Als ik een ander pad had genomen was ik ze misschien zo voorbijgelopen. Maar nou sloop ik achter ze terug naar de bestelwagen, half met de gedachte dat ik eigenlijk op mijn tenen moest lopen, en toen zag ik hem, hij moest daar al die tijd al geweest zijn maar je ziet niet wat je niet verwacht te zien: Rays camper, aan de overkant van de parkeerplaats, moddergroen met crème, met dat leuke stukje bovenop voor extra hoofdruimte dat opengaat als een harmonica.

Ik stapte weer in de Maria. Vanachter het stuur kon ik ze duidelijk zien, vijftig meter, westnoordwest, Ray aan de kant van het bankje het dichtst bij me. Weliswaar hadden ze de vorm van twee afzonderlijke mensen die op hetzelfde bankje zaten, zodat je had kunnen denken dat het gewoon een toevallige ontmoeting was, maar ze hadden vond ik ook één vorm die uit hen tweeën samen bestond.

Ray boog zich naar voren en stak een sigaret op, met zijn handen in een kom tegen de wind. Toen nam hij een trekje, nam de sigaret uit zijn mond en streek met dezelfde hand, en de elleboog op de knie, met zijn duim over zijn onderlip.

Er stond een papieren zak tussen hen in geklemd met de resten ergens van, want Amy stak haar hand erin en gooide kruimels naar de vogels die pikten bij haar voeten, mussen, duiven. Ze deed dat vlug, met een ruk van haar arm, alsof ze die vogels half weg wou jagen, niet wou voeren, maar ze door die kruimels terug bleven komen. Ray voerde de vogels niet. Hij rookte en wreef over zijn lip en krabde in zijn nek. Toen leunde hij naar achter en precies op dat moment boog Amy zich naar voren alsof ze een machine waren die zo werkte. Ze streek over haar been vlak onder de knie alsof ze daar pijn had.

Ik keek op mijn horloge: tegen drieën. Maar de directeur kon wachten. Ik had ook op hem gewacht. Al is het een ernstige zaak, de vrijgave van het lijk. Je moet de handtekening hebben en de bekrachtiging en de datum en tijd, voor de doden mag je niet te laat komen, juist omdat ze dood zijn. Een van mijn regels. Niet klooien met de dooien. Tony had van me op zijn lazer gekregen.

Vijf over drie en ze zaten daar nog altijd op dat bankje, en niks in de wagen om de tijd door te komen, op een oude beduimelde *A tot Z* na en de formulieren in mijn zak. Maar die kende ik uit mijn hoofd. Jane Esther Patterson. Geboortedatum, sterfdatum. Ze was zevenentachtig. Doodsoorzaak: hersenbloeding. Naaste familie: John Reginald Patterson. Zoon. Ik moet de directeur vragen, als die niet nijdig op me is, hoe lang ze hier al zat.

(Heb ik gedaan. Hij zei achtentwintig jaar.)

Ik zag Amy naar achter leunen, ditmaal zonder dat Ray naar voren leunde, haar hand weer snel in de zak steken en gooien. Je voelde dat ze allebei wel wilden dat ze die zak niet tussen hen in hadden gezet. Toen pakte Amy de zak en verfrommelde die tot een bal en veegde haar rok af alsof ze zo op ging staan, en net voor ze dat deed stak Ray zijn hand uit en greep haar bij haar verste schouder, schoof toen zijn hand naar haar nek en ging met de vingers onder haar haar, net als ze in zijn eigen kraag waren gegaan. Alsof hij heel de tijd al van plan was dat te doen, of iets in die geest, maar hij er pas toe kwam doordat ze aanstalten maakte om op te staan en dan zijn kans verkeken was. Toen aarzelde Amy even en draaide zo'n beetje met haar hoofd tegen Rays hand. Toen stond ze op zoals ze van plan geweest was, en ook Ray sprong op alsof hij aan een veer zat en ze liepen terug naar de parkeerplaats.

Ik dook ineen op mijn stoel maar ik denk niet dat ze me konden zien, met de weerspiegelingen op de voorruit, gesteld al dat ze keken. Het leek net of ze heel even twee jongeren waren geweest en nou weer twee ouderen waren die zich naar hun leeftijd probeerden te gedragen. Daardoor zagen ze er raar uit. Maar als je er dan toch raar uit moest zien, was dit er denk ik wel de plaats voor. Amy gooide de prop van de papieren zak in een afvalbak en Ray mikte zijn sigarettenpeuk een eindje voor zich uit en trapte erop. Ze liepen apart, als mensen die met zorg apart lopen, alsof ze heel toevallig een evenwijdige weg aflegden.

Het kan hier denk ik vaak gebeuren. Bezoekers die elkaars pad kruisen. Tijd te doden, lasten te delen. Een regelrechte club van alleenstaanden.

Ze reden me met misschien een tussenruimte van vier, vijf auto's links voorbij en ditmaal deed ik ook raar en dook helemaal omlaag, met mijn neus op de passagiersstoel. Daarna verloor ik ze uit het oog toen ze achter de bestelwagen om reden. Maar ik keek in de zijspiegel, en uit het zijraampje had ik een duidelijk uitzicht op de hoofdingang. Dat heb je nou eenmaal bij een bestelwagen, dat je over het dak van een auto naast je kan kijken. Ik hoorde een motor starten en even achteruit schakelen, toen zag ik de camper zachtjes naar het hek rijden, langs het paaltje 'Uit/In' met zijn wijzende pijlen. Om terug te gaan moest je linksaf. De andere kant op ging je Londen uit: Ewell, Epsom, Leatherhead. Ik zag Ray remmen, zijn richtingaanwijzer aanzetten en rechtsaf slaan.

Je mag niet oordelen. Wat je in dit vak leert is een geheim te bewaren.

Ik zei dat ik mijn naam nog nooit zo'n eer had aangedaan. Mijn bijnaam, Lucky.

Dus zei hij met een lachje dat Jack wel een echte mannennaam was, maar dat hij zich wel eens meer mans gevoeld had.

Toen keek hij me aan en dacht ik, heel even maar: Hij zegt toch niet dat het op míj neerkomt? Zoals toen ze hem hier net hadden binnengebracht, nog voor de operatie, nog voor hij het wíst, en ik iedereen op een bijzonder soort manier naar mij zag kijken, of ik de man van het moment was. Ray regelt het wel, Ray knapt het wel op. Jack heeft alleen maar even zijn ouwe gabber Raysy nodig. En als we toch bezig zijn, we maken een wedje dat die chirurg eersteklas werk levert.

Ik dacht: Het is een vreselijke last om al dat geluk te hebben.

Maar hij kijkt me aan alsof hij kan zien dat hij me in het nauw brengt, terwijl niet ik me in het nauw zou moeten voelen, maar hij. En hij zegt, alsof hij zijn hoofd schudt om dat wat ik denk: 'Ik heb me erbij neergelegd, Raysy', langzaam en standvastig. Hij zegt het nog eens alsof ik het niet gehoord heb. 'Ik heb me erbij neergelegd. Ik denk aan Amy.'

'Waardoor ik mijn ogen, wijdopen, op de zijne gericht hou alsof ik verloren ben als ik ook maar knipper.

Hij zegt: 'Ik heb me erbij neergelegd, maar ik ben er nog niet uit met Amy.' Ik kijk hem aan. Ik beweeg geen ooglid. 'Ik wil haar niet in de steek laten.'

Ik zeg: 'Het is jouw schuld niet dat –'

Hij zegt: 'Dat is het niet. Ik heb geen open kaart met haar gespeeld.'

Ik kijk hem aan. Hij kijkt mij aan.

Hij zegt: 'Ik heb het over geld. We waren toch helemaal klaar om dat huisje in Margate te kopen? Westgate. En heel de wereld dacht dat Jack Dodds eindelijk het licht gezien had en daarom besloot om een nieuw leven te beginnen. En iedereen vond het een grof schandaal dat hij net dan erachterkomt dat er geen leven meer is.'

Ik zei: 'Ik inbegrepen, Jack.'

Hij zegt: 'Jij inbegrepen. Amy inbegrepen. Wat iedereen alleen niet weet is dat ik moest verkopen of failliet gaan. Daarom heb ik het gedaan. Wat heel de wereld niet weet is dat ik vijf jaar geleden een lening heb gesloten om de winkel te redden, en dat die over een maand moet worden afgelost. Was geen probleem geweest. Ik verkoop de winkel, verkoop het huis, koop een huisje in Margate, een huisje van niks, en ik red me net van het verschil, min of meer. Alleen is het nou allemaal van de baan, hè? Alle weddenschappen van de baan, hè?'

Hij kijkt me aan of ik dat toch het beste moet weten.

Ik zeg: 'Waarom heb je vijf jaar geleden niet verkocht en jezelf betaald wat je bent gaan lenen?'

Hij zegt: 'Dan had ik toch nog ergens van moeten leven?'

Ik kijk hem aan.

Hij zegt: 'Ik ben slager, Raysy. Dat is mijn vak.'

Ik blijf hem aankijken. Hij is het wel en hij is het niet. Het lijkt wel of hij zich verstopt heeft. Hij zegt: 'Dat is iets wat ik nou niet meer hoef, ergens van te leven.'

Ik zeg: 'Dus je hebt nooit – het licht gezien?'

Hij zegt: 'Nee, Raysy.' Ik geloof hem niet. 'En geen nieuw leven, hè? Voor mij niet.'

Hij kijkt me aan.

Ik zeg: 'Hoeveel?

Hij zegt: 'Zeven mille toen ik hem sloot. Nou willen ze eerder tegen de twintig.'

Hij ziet mij geruisloos fluiten.

Hij zegt: 'We hebben het niet over bankdirecteuren. Het was een bijzonder soort lening. Een privé-lening.'

Ik zeg: 'Niet van Vince?'

En hij lacht. Hij kantelt zijn hoofd naar achter en kraait zo dat het hem pijn doet en ik merk dat mijn hand naar een papieren bakje gaat, ik merk dat ik kijk naar zijn knopje om de zuster te roepen. 'Vince?' zegt hij, en stikt half. 'Vince had me toch geen geld geleend als ik doodging?'

Ik zeg: 'Wie dan?'

Hij zegt: 'Vincey zou toch niet voor de winkel gedokt hebben? Die wou dat ik bij de supermarkt ging werken.'

'Wie dan?'

'Een van zijn gabbers, uit de begintijd. Een van zijn – zakenvriendjes. Rauwe klanten, snap je.'

Hij kijkt me aan alsof hij een standje kan verwachten.

Ik zeg: 'Je had beter op een tweejarige outsider kunnen wedden. Je had beter naar ome Lucky kunnen gekomen.'

Al terwijl ik dat zeg zie ik hoe de vlag erbij hangt.

Hij zegt: 'Dat zou mooi geweest zijn, Raysy. Waar had ik dan mijn inzet vandaan gehaald? Maar het is wel leuk dat je daarmee aankomt.'

Hij kijkt me aan en begint te lachen, dus neem ik gauw mijn kans waar. Ik zeg: 'Heb je dit allemaal aan Amy verteld?'

Hij schudt van nee.

Ik zeg: 'Ga je dat nog doen?'

Hij zegt: 'Dat is lastig, hè? Wat ik hoop is dat ik het nooit zal hoeven, dat het niet nodig zal zijn. Het is wel leuk dat je met haar aankomt.'

Hij priemt met zijn vinger naar het lege papieren bakje dat ik al die tijd vastheb. Hij zegt: 'Je lijkt wel een bedelaar, met dat ding in je hand.'

Ik leg het bakje terug waar ik het vandaan heb.

Hij zegt: 'Ik weet niet wat ze gaat doen. Ik bedoel, als ik – Misschien wil ze wel niet weg. Misschien wil ze dat huisje toch doorzetten. Het is nog niet afgeblazen, het kan nog altijd doorgaan. Ik wil in elk geval niet dat er iemand bij haar aan komt kloppen om die schuld te innen. Ik wil niet dat ze merkt dat ze twintig mille minder heeft dan ze dacht.'

Het lijkt wel of hij wil dat ik hem de oplossing vertel.

Hij zegt: 'Dat is toch een appeltje voor de dorst, hè?

Twintig mille. Dat noem je toch een appeltje voor de dorst.'

Ik zeg: 'Dus zij weet ook niet beter of je zag het licht. Je was gewoon uit op een nieuw leven. Glorie halleluja.'

Hij kijkt me aan alsof ik daar ook het antwoord wel op weet.

Hij zegt: 'Je kan sommige dingen maar beter niet weten.'

Ik zeg: 'Vanwaar Margate?'

Hij zegt: 'Ik wil haar niet in de steek laten. Ik wil dat ze aan haar trekken komt.' En opeens gaan zijn ogen dicht, zakken de leden op die zware manier, alsof het hem te veel is om ze open te houden, alsof hij zonder wat te zeggen even weg is gedut en mij in het onzekere heeft gelaten.

Dan doet hij zijn ogen open, alsof hij helemaal niet wist dat hij ze dicht had gedaan.

Ik zeg: 'En wat gaat ze doen denk je?'

Hij zegt: 'Hangt ervan af. Misschien weet jij wel wat ze gaat doen.'

Ik kijk hem aan.

Hij zegt: 'Ik heb een winnaar nodig, Raysy. Ik heb een winnaar nodig zoals ik er nog nooit een nodig heb gehad.' Hij tilt langzaam zijn rechterarm van de deken. Vanwege de slangen die daarin gaan, lijkt het wel of hij hem niet optilt maar of de arm opgetild wordt, als die van een marionet. 'En deze keer heb ik mijn inzet wel.'

Hij brengt zijn hand naar het nachtkastje en doet het laatje open, het laatje met zijn weinige spullen erin. Zijn hand beeft. Hij worstelt met het laatje en ik wil hem al half helpen maar ik weet dat ik hem beter niet kan helpen want er is niet zoveel meer wat hij nog voor zichzelf kan doen.

Hij haalt er zijn portefeuille uit. Ik heb de portefeuille van Jack Dodds nog nooit zo dik gezien.

Hij zegt: 'Hier, kijk er even in. Achtervak.'

Hij steekt hem me toe. Ik pak hem aan en klap hem open terwijl hij me in de gaten houdt. Ik zie geen foto. Wel een dikke homp bankbiljetten.

Hij zegt: 'Dat is duizend pond. Achthonderd in briefjes

van vijftig en een stapeltje twintigjes.'

Ik kijk. Ik strijk met mijn duim over het bovenste biljet. Ik zeg: 'Heb je dúízend, contant, hier?'

Hij zegt: 'Wie moet dat nou stelen, Raysy?' Hij kijkt om zich heen naar de andere bedden. 'Die arme stakkers?'

Ik zeg: 'En waar heb je –?'

Hij zegt: 'Dat zou je wel willen weten, hè? Haal er maar uit. Tel maar.'

Ik schud van nee. 'Ik geloof je wel.'

Hij zegt: 'Was toch nooit mijn sterke punt?'

'Wat?'

Hij zegt: 'Sommen. Rekenen. Ik had het hier nooit zoals jij.' Hij geeft zijn hoofd een duwtje omhoog alsof hij tegen zijn eigen schedel probeert te knikken. Hij zegt: 'Haal er toch maar uit. Ik heb een winnaar nodig.' Hij kijkt naar mijn hand op de portefeuille. Hij zegt: 'Doncaster komt er toch aan? De eerste van de vlakke-baanwedstrijden.'

Ik denk: En als alles normaal was, dan zou ik daar zijn.

Ik zeg: 'Dat is wel grof, Jack, van duizend pond twintig willen maken. Heel grof.'

Hij zegt: 'Dat is grof, ja.'

Ik zeg: 'En als ik het op de verkeerde knol zet?'

Hij zegt: 'Maar dat doe je toch niet? Dat mag niet. Amy heeft het nodig.'

Ik denk: Je geld of je leven.

Hij zegt met een lachje: 'Nou ja, bekijk het maar gewoon als de prijs van een camper. Duizend pond, weet je nog? Maar jij wou hem toch niet verkopen?'

Ik zie ze nergens. Het lijkt wel of ze misschien weg zijn en mij in de Kathedraal van Canterbury hebben achtergelaten. Dus slenter ik door het gangpad terug naar de plek waar ik was toen Vince ervandoor ging, voor het geval ze me komen zoeken, en ga weer op de houten bank zitten, met mijn ellebogen op mijn knieën, en denk: Nou ben ik de buitenstaander.

Denk: Het lijkt wel of hij nou naar me kijkt, en het weet. Kom nou maar tot een besluit, Raysy, en maar vlug ook. Het lijkt wel of het niet alleen ging om de centen, het ging ook om mij en zo, om allebei tegelijk. Hier heb je het geld, Ame, en hier heb je Raysy. Nou zit je wel goed, met Lucky zit je wel goed. Duwtje, knipoog. Jullie komen bij elkaar wel aan je trekken denk ik.

Het is net of ik hem had moeten zijn.

Ik zit daar en hou een oogje in het zeil, maar ik zie ze nergens, dus sta ik op en zoek de uitgang, en dan krijg ik ze in de gaten, ze staan op het geplaveide stuk naar mij uit te kijken. Ik denk: Vrienden. De lucht is donker en dreigend en de wind is koud maar zo te zien hebben ze niet de pee in. Zo te zien zijn ze blij hier met elkaar te zijn, alsof alles vergeven is.

Ik denk: Misschien.

Vince zegt: 'We vroegen ons al af, Raysy, we dachten al dat je misschien verdwaald was.'

Vince heeft een gids vast. Vic heeft de tas. Ik heb niks vast maar het lijkt wel of iedereen kan zien dat Raysy heel wat heeft dat niet van hem is.

Ik kan voelen dat achter me de kathedraal naar me kijkt.

Vince zegt: 'We waren in de kloostergang. Heb jij de kloostergang nog bekeken?' Alsof dat wel zo hoorde.

Ik zeg: 'Ja, ik heb de kloostergang gezien', en denk: Kleine leugens zijn eenvoudig.

Dan gaan we terug zoals we gekomen zijn, het hek uit en

de smalle straten door, alleen nemen we een andere smalle straat dan toen we heen kwamen. Deze heet Butchery Lane, de 'slagerssteeg', en daarom nemen we hem. Dat moeten we zegt Vince. Net als we hem inslaan begint het te plenzen. Maar halverwege is een cafétje, de City Arms, het 'Stadswapen', en dat is open, en Lenny zegt dat een snelle toch geen kwaad kan?

Dan zegt hij, met een uitgestreken gezicht, ernstig, zoals hij daar in mijn kantoor zit, met zijn handen roze geschrobd na een dag slagerij, alsof hij een bijzonder soort klant is die gewassen is gekomen, klaar om te worden afgelegd: 'Trouwens, Vic – tegen een ouwe zeebonk kan ik dit wel zeggen – ik zou best een zeemansgraf willen.'

Goed nou moeten ze er wel zijn, moeten ze het wel gedaan hebben. Hem erin gemikt, hem uitgestrooid hebben. Wie weet zijn ze alweer halverwege de terugweg of maken ze er een dagje van, zetten ze de bloemetjes buiten, nemen ze het ervan, nou de klus geklaard is, daarginder in Margate.

Maar ik vind nog altijd dat ik hier hoor. Mijn eigen reis te maken heb. Hun reis en die van mij. De levenden gaan voor, ook de levenden die voor hem zo goed als dood waren, zodat het in zijn ogen nou allemaal gelijk, allemaal hetzelfde zou zijn. En ik heb hem al voor het laatst vaarwel gezegd, ook al was dat niet voor het eerst. Vaarwel, Jack, Jack mijn oude liefde. Ze kunnen wel zeggen dat June er nooit weet van zal hebben als ik voor één laatste dag met hem deze dag met haar oversloeg, er zijn wel eerder dagen overgeslagen, wel eens een stuk of tien, langgeleden, en dat je nooit een tweede kans krijgt om de as van je man uit te strooien. Maar hoe weten ze dat zij dat niet zou weten? En iemand moet het haar vertellen.

En als zij er geen weet van heeft, hij ook niet.

En ik had het ook denk ik niet gekund. Daar staan op die Pier, terwijl het toch al de Dam had moeten zijn, met golven onder me, zout in mijn ogen, daar staan terwijl ze me allemaal aankeken. Jij eerst, Amy, als je zover bent, neem maar je tijd. Mijn rok die opwaait. Als je ziet wat voor dag het geworden is, zou ik zeggen dat er daar in Margate een halve storm staat.

Ik hoor hier, boven in die bus. Ik heb het idee dat ik me nou al jarenlang meer thuis voel in bus 44 dan waar ook. Niet hier of daar, maar gewoon onderweg ertussenin. Ik weet niet of ik me ooit thuis had kunnen voelen in een huisje in Margate. 'Ik kap ermee, Ame,' zegt hij. Toen ik hem allang afgeschreven had, toen ik allang dacht dat het er nooit meer van kon komen, toen ik al dacht: Op een dag valt hij daar gewoon dood neer, achter de toonbank, met zijn gestreepte schort voor, met het hakmes in zijn hand, en zo zou hij het ook willen, nog een karkas om te verwerken. 'Ik heb lang genoeg met dit bijltje gehakt. Vat je hem?' Ha. 'Er komt een nieuw leven voor jou en mij, meid.' Ik weet niet waar het door kwam, waardoor hij opeens omzwaaide, door wat voor verblindende flits. Maar hij keek me aan alsof ik in de wolken zou zijn, alsof hij niet keek naar de vrouw naar wie hij al vijftig jaar keek, maar naar een nieuw iemand keek. Hij zei: 'Margate. Wat dacht je van Margate?' Alsof we de klok terug konden zetten en weer beginnen waar het allemaal was opgehouden. Tweede huwelijksreis. Alsof Margate een ander woord was voor magie.

Toen wist ik dat de rollen waren omgedraaid. Ik was degene die al die jaren geleden had gedacht, toen ik hem voor het eerst vaarwel zei, dat je altijd een nieuw begin krijgt, de wereld vergaat niet zomaar. Ik had nog altijd het vermogen om te kiezen. Ik koos June en niet hem. Ik zag hem de vaste vorm krijgen van Jack Dodds de slager, Jack Dodds, keurslager, neem wat gehakt, mevrouw, neem een mergpijpje, mevrouw, omdat hij niet ook June kon kiezen, niet kon kiezen wat van hem was, dat was alles wat hij hoefde te doen, en ik dacht ik ben degene die nog kan veranderen. Heb ik ook gedaan, eens. Maar toen hij me op dat moment aankeek, alsof hij iemand anders dan mij aankeek, wist ik dat ik vastzat in een eigen vorm. Van die vrouw die elke maandag- en donderdagmiddag in bus 44 zit. Zelfs een week nadat haar man is overleden.

Alsof het tenslotte toch mijn schuld was, omdat ik hem verlaten had, omdat ik vaarwel gezegd had. Eenmaal, tweemaal.

En zij zal het nooit weten. Nooit.

Margate, Margate. En *June* dan?

Een bus heeft wat. Een rode dubbeldekker die ronkend door de regen ploetert, met zijn nummer voorop en zijn bestemming en zijn route, wat niet van het ene op het andere jaar verandert. Alsof zolang bus 44 van London Bridge naar Mitcham Cricketers gaat de wereld niet uit elkaar zal vallen, London Bridge niet in zal storten. Alsof, als het zo is waar hij altijd maar over doorzeurde, en alleen maar omdat zijn ouweheer altijd hetzelfde uitkraamde, dat Smithfield het hart is van Londen, het *bleedin 'eart of Lunnun*, dat dan de rode lijnen van de busroutes de aderen, de *bleedin* aderen en slagaderen moeten zijn.

Nooit eens met een taxi. Van het inkomen van Jack Dodds? En nooit met de metro, ook al gaat dat vlugger, met de Northern Line helemaal tot Morden. Omdat ik graag wat zie, ik denk graag terwijl ik reis, terwijl ik onderweg ben. Ik kijk graag om me heen. En maar een keer of tien in een camper. Hoeveel keren waren het? Niet veel meer dan een stuk of tien, hè Ray?

Maar waarom ben ik vandaag boven gaan zitten? Het bovendek als een schip gaat ruisend door de regen. Om aan te tonen dat ik nog altijd een gezonde vrouw ben, niet een van die ouwe kraaien beneden? Om aan te tonen dat ik nog kan kiezen? Om een nieuwe kijk te krijgen op de wereld die voorbijglijdt? Lambeth, Vauxhall, Battersea, Wandsworth. Hoe had ik dat gekund, Ray, daar met jou zijn as staan delen? Ik hoor hier, bus 44. Neem wat as, mevrouw. En zolang die rode bussen blijven rijden, zal het rode bloed blijven stromen, zal het hart blijven pompen, pompen. O Ray, jij bent een gelukkig man, jij bent zo'n kléíne man. O mijn arme Jack.

Dus spreidde ik de *Racing Post* voor me uit met heel het programma van Doncaster. Toen stak ik een peuk op en pakte ik mijn uitslagenoverzicht en mijn aantekeningen. Het Register van Ray Johnson, '87, '88, '89. Hou altijd een logboek van je weddenschappen bij. Toen speurde ik de wedstrijden en de deelnemers af en maakte in mijn hoofd de berekeningen die na een tijdje als vanzelf gaan, de eliminaties, de percentages, de velden om een kans te wagen en de velden om te mijden. Mensen denken ik ben Lucky Johnson en het komt allemaal door een zesde zintuig, en soms is dat ook zo, soms is een gokje een gokje. Maar de reden dat ik zo'n beetje mazzel met de knollen heb, en Jack Dodds en Lenny Tate dat nooit zullen hebben, is dat iedereen wil geloven in wedden op je gevoel, en het lijkt misschien wel geluk maar voor negentig procent is het zorgvuldige ambtenarij, voor negentig procent is het je sommetjes maken. Ik heb niet voor niks op dat verzekeringskantoor gewerkt. Mensen denken dat die paarden uit de hemel komen vallen, in antwoord op je gebeden, maar je moet leren winnen van de bookmaker, en wie wil winnen van de boekhouder, moet boekhouden.

Dus verdiepte ik me in de deelnemers, streek over mijn kaak, dacht: Kleine kans, kleine kans. Weddenschap buiten de baan, dus zit je met de belasting. Over duizend pond. Dacht: Handicaps aan het begin van het seizoen zijn een kat in de zak. Dacht: Als ik daar was zou het makkelijker zijn, het is altijd makkelijker als je er zelf bent. Je ziet de knollen, je ruikt de geur, het is geen blinde gok. En er staat nog van alles tegenover. De hoeven op de baan, zon op de zijden jockeykleren, Iers gebabbel. De hele heisa van bier en hoop. Dacht aan alles wat Jack nooit meer zien of horen zal.

De rook van mijn saffie kringelde naar het raam. Donzige wolken na buien, een windje, de staat goed tot zacht. De staat van de baan.

Ik keek op mijn horloge: half twaalf. Alleen een domoor wedt vroeg, de geur verandert, onophoudelijk, je hebt de sommetjes en de geur. Alleen een domoor wedt vroeg. Maar wat nou als? Stel nou dat Jack.

Ik keek almaar niet naar de naam die naar me opkeek uit het midden van de lijst voor de wedstrijd van vijf over drie. Tweeëntwintig deelnemers. Wat zegt een naam nou? Mij noemen ze Lucky. Alleen een domoor wedt op een naam. En Jack is niet te redden, heus niet.

Ik bladerde mijn overzichten door, krabbelde wat cijfers op. Regel één: waar voor je geld. Maar Jack wil geen waar voor zijn geld, hij wil een eenmalige winnaar die alle andere winnaars overschaduwt, om zijn hachje, zijn ziel en zijn zaligheid te redden. Hij heeft geen boodschap aan quitte spelen.

Dus dit is niet zomaar een gewone weddenschap.

Maar ik keek almaar niet naar die naam die naar me op tuurde. Volstrekte outsider, twintig tegen één op het veld. Al bleef hij wel terug naar mij turen. Je hebt geluk en geluk. Je hebt veilig geluk waardoor je buiten schot blijft, waardoor kogels je niet raken of je honderd vijf wordt, en je hebt wild geluk waardoor je naar goud graait. Je hebt de sommetjes en je hebt de geur, die sterker wordt, en soms heb je niks anders dan de geur en kan je alles wat je van een knol hoeft te weten uit de stand van zijn hoofd opmaken. Het lijkt of het om de weddenschap gaat maar soms gaat het alleen maar om het rennen en reppen en razen van de race. Soms gaat het alleen maar om de paardenglorie.

Dus drukte ik mijn saffie uit en stak er nog een op en zette een paar stappen door de kamer alsof ik niet stil kon zitten. Ik ging bij het raam staan. Het achtereind van Bermondsey. En de baan in Donnie een brede, vlakke galop. Je zou wel een domoor zijn. Ik voelde het gokje in mijn ribben en het geluk in mijn aderen. Waar je het allereerst voor doet, waar het je allereerst om begonnen is. Ik deed het raam open alsof ik in ademnood was. Ik voelde de lucht en de rook in mijn neusgaten en het leven in mijn ledematen en het geld van Jack dat tegen mijn hart een gat brandde.

Miracle Worker. Wonderdoener.

Maar in die tijd kreeg ik een man zo aan het lachen. Zelfs die controleur, Alf Green met zijn hoge borst, waar de pootjes onder bungelden, en zijn zwarte snor en zijn strakke blik als die van een sergeant-majoor, oppassen geblazen, die haalde voor mij zijn gezicht altijd een beetje uit de plooi, een klein beetje. Tenzij ik het me verbeeldde. Je zou denken dat hij het wel eens niet zo nauw nam, zes *bushels* zeven noemde. Ik daar bij de hopzak in mijn dunne jurk, warm en plakkerig, en hij met zijn maatstok. Zeven bushels voor een shilling en je deed je best om tweeënhalf per dag te verdienen. Zwaar werk, voor dag en dauw op. Maar vertel mij niet dat er geen handigheidjes waren, en meerdere manieren om aan hopbonnen te komen. Shirley Thompson had een plukkampioene moeten zijn, met haar bonnen. Tweehonderd bushels in de week, alleen waren het niet allemaal bushels. Uiteindelijk kwam ze haast op zo'n tien pond, extraatjes contant niet meegerekend. En haar pa en ma in Deptford waren dik tevreden met haar vanwege het briefje van vijf dat ze afdroeg. Onze kleine Shirl, hopplukkampioene.

En vertel me niet dat er niet van alles tegenover stond. Het gratis doen, het gratis krijgen, daar in de tuin van Engeland, met de zonneschijn en de frisse lucht en de hooibergen en de hopstengels, en dat gevoel, ook al was het werk waarbij je vastzat en aan moest poten, één rij hopzakken, met drie à vier per zak als een openluchtfabriek, dat je vrijgelaten was. Op vrije voeten. Je woonde als inboorlingen in hutten en tenten, je woonde op het land, zonder vaste verblijfplaats. Geen marskramers, geen zigeuners, geen honden, geen hopplukkers. 's Avonds de lucht van opgebakken maaltjes. Houtvuurtjes, kampeerpotjes, olielampen, gebabbel.

De zigeuners kwamen met hun woonwagens en paarden, hadden net zo hard de hoppluk nodig als wij, maar sloegen apart hun kamp op, vlak bij het bos, bekeken ons of wij degenen waren die ergens waren neergestreken waar we niet thuishoorden, en ik was altijd jaloers op ze omdat zij als vogelvrijen een stadium verder waren dan wij en omdat zij daar vaklui in waren en wij maar amateurs en als wij weer terug waren in Bermondsey, helemaal ingemetseld en opgesloten, dan zwierven zij nog altijd door de bossen en over de wegen. Ik was jaloers op hun roodbruine huid, in tegenstelling tot ons Londense deeg, wit dat rood werd, als een kappersstaf. Ik keek elke avond als een van hen met zijn paard naar het meertje ging om het te laten drinken, net als wij hopplukkers klaar waren. Maar voor hem geen hoppluk, leek het, werk voor stadslui. Grote kerel. Allebei met blote rug, hij en zijn paard.

Je zou denk ik kunnen zeggen dat het meer was dan jaloezie.

Mijn moeder zei dat ik nooit

En dat heb ik ook niet, al had het wel gekund. In plaats daarvan speelde ik met Jack Dodds, Jack Dodds van de andere kant van Bermondsey. Het is een grote wijde wereld. En ik weet niet wat Shirley Thompson deed, wat Shirley Thompson gebruikte, maar die werd nooit zwanger en ik wel, de eerste keer dat ik erom vroeg.

Hij was ook een spierbonk, een grote man, groter nog, zij het niet zo getraind. Ik wil het best toegeven, zo had ik ze graag, dat dacht ik tenminste, kanjers van mannen. Wat kon een meisje meer willen dat een kanjer van een man? En ik wist dat hij een oogje op me had, daar in de volgende rij hopzakken, ik wist dat hij zijn voelhoorns uit had gestoken. Terwijl Jim de Zigeuner je nog geen blik gunde, nog geen hoofdbeweginkje, niet als je wel eens terug zou kunnen kijken. En Jack vond ook nooit dat het mannenwerk was, met die grote kolenschoppen. O, helemaal vel over been. Net bloemen plukken, zei hij. Ze houdt van me, ze houdt niet van me. Net knopen tellen. Ik zei: 'Waarvoor ben je dan gekomen?' Hij zei: 'Mijn redenen.' En ik zei: 'En wat doe je als je geen hop plukt?' en hij zei: 'Zou je wel willen weten, hè?' Maar iemand fluisterde in mijn oor, toen ze zagen hoe de vlag erbij hing: 'Slagersjongen', en hij verraadde zich hoe dan ook toen we die wandeling maakten, zondagsavonds, om het erf van de boerderij heen en bleven staan kijken bij de varkens, en hij die bekeek of hij wat vertrouwds uit een nieuw gezichtspunt zag, alsof hij worstjes afwoog.

Net bloemen plukken, kralen rijgen. Maar de hop bracht ons samen, met de hoppluk is het begonnen. Zoals je leven voor je geregeld wordt. *Drink op, Vincey, neem nog wat kindersap.* Daarna was er nog van alles waar het door werd beklonken, maar met de hoppluk is het begonnen.

Hij komt met in een krant gepakt zo'n twee pond pronkbonen die hij naar zijn zeggen van een van de knechts van Wick had gekregen, al kon hij ze wat mij betreft ook zo geroofd hebben, en zegt wil ik die soms? En ik zeg: Ja, als hij me ze helpt afhalen en schoonmaken, alsof ik hem een dienst bewees. Oom Bert en Benny waren bij de Leather Bottle, de 'Leren Fles', dronken hopsap, gaven bonnen uit, lieten mij het avondeten maken, en hij was daar ook geweest als hij niet ook op zijn moment geloerd had. Pronkbonen. Hij zei: 'Best.' Dus ging ik de hut in en pakte een steelpan, twee messen, een vergiet. Dat moest je altijd allemaal meenemen, potten, pannen, wasteilen, alles, als vluchtelingen. Toen ging ik naar de standpijp om water en kwam terug en gaf hem een van de messen en pas toen wierp ik hem een lachje toe, echt zo'n lachje van je-weet-maar-nooit, als een verkeerslicht op oranje. Je weet maar nooit hoe van het één het ander komt.

Toen ging ik op het trapje van de hut zitten en spreidde de bonen op de krant op het gras voor me uit en ik zette de steelpan op het trapje naast me, expres, want er was daar ruimte voor twee. Ik zei: 'Er is binnen een stoel als je wil', en hij zei dat hij best zat in het gras. Meer been te zien. Ik gooide hem een pronker toe en ik kon zien dat hij nog nooit bonen had afgehaald. Ik zei: 'Zo.' Toen drukte ik het vergiet tussen mijn dijen zodat mijn rok helemaal kreukte en strak trok. Ik zei: 'Mik ze hier maar in. Kijken of we hem vol krijgen.' Want ik wou dat hij zag, ik wou dat hij wist, alsof dat niet zonneklaar was, dat er daar een kom was, een hele kom waarmee ik wachtte. Tenzij hij die op een pantser vond lijken. Dus gingen we de die kom vullen. Hij richtte en hij gooide, meer dan hij zich overboog en ze liet vallen, en natuurlijk gingen er wat van die stukjes boon naast, sommige gingen er ver naast, sommige vielen langs de voorkant van mijn jurk. Het was een oud crème geval met blauwe bloemen erop en knopen van voren. Hij keek denk ik naar die knopen, telde ze. Dus we vulden het vergiet. En ik zei: 'En nou?' en wond een lok haar om mijn vinger. Ik zei: 'Oom Bert en Benny zijn voorlopig nog niet terug', met het vergiet nog tussen mijn benen. 'Of jij moest naar hun toe willen?' Hij zei dat hij dat niet wou, en keek naar de bonen. Dus zei ik: 'Wacht even dan. We kunnen een eindje gaan wandelen.' Toen pakte ik het vergiet en stond op, schudde mopperend stukjes boon van me af, en ik pakte de steelpan en bracht alles binnen en kwam met een lachje weer naar buiten, en hij lachte ook.

Ik dacht: Wat doe je nou, Amy Mitchell, wat doe je nou? Je kent die jongen niet eens. Je vindt hem niet eens leuk, zo leuk niet, zo niet. Maar de lucht was zacht en rijp en stil. En ik had dat gevoel in me, tussen me, als een kom. En wie anders zagen we toen we bij het meertje de weg overstaken dan Jim de Zigeuner, met zijn paard. Trippel-trap. Er grijpt in deze wereld van alles in elkaar waardoor er van alles gebeurt, meer kan je er niet van zeggen. Het grijpt in elkaar.

Maar jij zal nooit weten, June, dat jij er daardoor bent gekomen. Zoals Jack nooit zal weten dat het door de aanblik van die zigeuner kwam. Wat er toch wel en niet wordt verteld. Jij zal nooit weten, die kans heb jij nooit gehad, van warme augustusavonden en vergieten. Jij zal nooit weten, dat zal je nooit hoeven en misschien ben je zo wel beter af, hoe van het één het ander komt. Als je een man naar het water leidt, zal hij drinken. En daar sta je dan met je buik vol, en probeert jezelf voor te houden dat jou niet meer valt te verwijten dan hem, maar toch met het gevoel, dat kan je niet helpen, dat je hem aan een touwtje hebt en dat hij zijn jawoord geeft in een geleend pak, terwijl de rest van hen als onschuldige lammetjes toekijkt. Aan iemand blijven hangen, noemen ze het.

Maar pas nadat jij gekomen was voelde ik hem gaan trekken, hij trok en draaide en keerde zich tegelijkertijd tegen me, alsof het toch echt allemaal mijn schuld was, mijn probleem, niet het zijne. Hier, zie je wel, dat krijg je er nou van. En het zou heel de tijd toch al beter geweest zijn als we hadden gedaan wat andere stellen doen als ze de rekening van een wilde avond in een hopveld gepresenteerd krijgen?

Maar ik dacht: Het is geen straf, want van het één komt het ander, het is geen straf. Belangrijk is dat je het niet als straf opvat.

Ik weet niet hoe ik het geld bij elkaar schraapte. Geen hoppluk die zomer. Hoe konden we? Geen extra shillings. En wel die mond erbij om te voeden. Alleen werd die voor ons gevoed, die werd ons uit handen genomen. Ik ging zowat op mijn knieën bij pa en bij oom Bert. Ik zei: Jack en ik zijn toch nooit op huwelijksreis geweest? En nou, en nou. Heb meelij, toe.

Toen was ik denk ik klaar om je te lozen, ik ben er denk ik nooit zo dichtbij geweest om je te laten vallen.

Ik zei tegen Jack: We gaan het weekeinde naar Margate. Nee, niks vragen, allemaal geregeld. Zorg alleen maar dat je vrij krijgt van je ouweheer. Zeg maar dat je op huwelijksreis gaat. De stoomboot van de Tower Bridge. En wou dat hij zei, liet zien, dat hij als hij haar dan niet wou, des te meer toch mij nog wou, des te meer. En wou dat ik zei of liet zien dat het niet erg was als hij haar niet wou, zolang hij mij nog maar wou. Jij zal nooit hoeven weten, June, wat een verbeten kleine lastpakken wij toch kunnen zijn.

Ik kocht een nieuwe zomerjurk. Ondergoed, schoenen, kousen, badpak, alles. Oom Bert ging zijn grootvaders klok verpanden.

En de zon kwam door, alsof die aan onze kant stond, en de golven blonken en ik droeg mijn nieuwe jurk, et cetera. Alleen word je door de moeder in je beslopen als je dat het minste wil. Dat hoef jij ook nooit te weten. Ook als je pas achttien bent en je bent aan zee, een ijsje en Jan Klaassen en Katrijn, in een nieuw badpak, en je wordt door mannen bekeken. Ja zeker, van links en rechts en overal. Ik moet eruit hebben gezien of iedereen me kon krijgen.

Ik dacht: Goed je hebt je kans gehad, goed ik heb je je kans gegeven.

De Pier, de Dam, het Strand. Droomland.

Ik dacht dat de oorlog misschien wat zou veranderen, alles zijn plaats zou geven. Dus jij denkt dat jij het moeilijk hebt. Bommen komen fluitend neer op Bermondsey, hele straten weg. Ik dacht: Hij kan wel omkomen. Of ik wel. Of jij wel. Een verdwaalde bom op een tehuis voor de hopelozen, niemand hoeft verdriet te hebben, een zegen eigenlijk. Wat verbeten. Maar door de oorlog ging alles juist van kwaad tot erger. Jij en ik waren samen, verder niemand die ons dierbaar was, en Jack was ver weg in het leger, sneuvelde niet, was weer met jongens onder elkaar. Met Ray Johnson. Dus toen Vince Pritchett, maar vergeet dat Pritchett, mij in de schoot, ons in de schoot viel, had ik moeten weten dat het niks zou helpen, daar zou ik hem niet mee terugkrijgen. Je kan iets niet echt maken door hard te doen alsof. Je kan een paard wel naar het water leiden, maar drinken moet het zelf. Die Amy Dodds is een goeierd, dat ze dat joch van Pritchett in huis neemt, en dat met haar eigen probleempje. Aha, maar dat is juist de reden, dat begrijp je toch wel?

Van toen af aan was het jij en ik, en hij en Vince. Dat wil zeggen hij en Vince tegen elkaar, hij en Vince met getrokken zwaard, met getrokken hakmes. Maar dat houdt mannen bij elkaar, dat houdt ze bezig, vechten.

Ja hier was het, Vince, hier. Hier was het. Hier, in de tuin van.

En wat jíj nooit zal weten is dat het nog waarder was dan jij ooit geloofd hebt, voordat je beter wist. Allemaal gedaan met hop, allemaal gedaan op de hop. Want het was in een hopzak. Een jute hopzak van twintig bushel, die tussen zijn schragen hing. Volledig ongestoord, had er wel voor gemaakt kunnen zijn. Als twee konijnen in een zak.

En wat je ook nooit zal weten is dat drie avonden later op die heuvel, bij die oude windmolen, die toen nog zijn wieken had, hij me aankeek, standvastig en strak, recht en strak, en zei: 'Je bent mooi, weet je dat? Je bent mooi.' Dat verwacht je niet van een slagersjongen. Daar raak je van ondersteboven, helemaal vol van, als je dat een man hoort zeggen. Om te leven, om in je leven een man dat te hebben horen zeggen, welke man ook, en aan zijn lachje te weten dat hij het meent.

Zoals jou nooit gebeurd is, June, en ook nooit kan of zal gebeuren.

Wat er toch wel en niet wordt verteld. De controleur kwam met zijn pootjes en zijn maatstok, om je bushels te tellen, om naar je bushels te kijken. Met zijn stalen gezicht dat zei: Ik ben de controleur en denk maar niet dat je om mij heen kan. Oppassen geblazen, pas opgeblazen, ernstige zaak, die controle. 'Eens kijken hoor. Mitchell, Amy...' Nooit een lachje. Dus misschien verbeeldde ik het me, maar misschien had hij wel gelachen, heel licht maar, heel even maar, als hij geweten had dat het daar in die zak was gebeurd.

Maar goed, dacht ik, dat ik nog in uniform was. Al die leuke meisjes. Nog maar een maand of zo voor ik afzwaaide. En nou ook nog mijn vierjaarsstreep.

Maar ze zei: 'En wat doe jij verder, Vic, als je niet op boten rondlummelt?'

Ik dacht: Tja, daar komt het, het moest wel komen, en ik weet al hoe het dan verdergaat. Eerst kijkt ze naar mijn handen, even een vluchtige blik waarvan ze denkt dat ik niks merk, maar dat doe ik wel. Dan kijkt ze me helemaal niet meer aan maar vat ze een grote belangstelling op voor de bijzonderheden van deze in elkaar geflanste danszaal, alleen zal ze ook weer niet zozeer daarnaar kijken als wel vlug even in haar hoofd het een en ander heroverwegen. Als ik haar dan vraag voor een volgende keer, komt ze aan met al de gangbare excuses.

En zij was de beste van het stel tot zover, Pam Summerfield, de beste van een niet-zo-lange lijst van niet-zulke-blijvertjes, de beste als lust voor het oog maar meer dan dat. Levenslust, evenwicht, lef. Alsof zij geen pleziertje zou missen, ze zou niet haar kans voorbij laten gaan en daar later spijt van hebben, maar er was ook wat bij dat voor de lange termijn was, en dat was ook niet van gisteren.

En ze ging gekleed zo goed als je verwachten kon in Gosport, Kerstmis 1945. Roze met zwarte jurk, alsof het haar ernst was.

Het orkest speelde *Chattanooga Choo Choo*.

Ik zei: 'Schepen, geen boten.' Maar ik dacht: Bij deze moet je open kaart spelen, en ik ga niet de ouwe zeebonk uithangen, en vroeg of laat moest ze het toch vragen, en misschien was het wel een teken dat ze het nou vroeg.

Dus zei ik: 'Ik zit in het uitvaartwezen. Familiebedrijf.'

Ze keek me aan. Nog geen ogenblik keek ze naar mijn handen. Ze keek me aan en zei: 'Nee maar, Vic, dat had ik nou nooit vermoed. Nou jij zal in elk geval niet zonder werk komen te zitten hè?' Toen keek ze vlug omlaag en weer omhoog alsof ze niet van plan was om van koers te veranderen, en had alleen een lachje in haar ene mondhoek. 'Dus dan weet jij wel met een lichaam om te gaan.'

Hij zegt: 'Wil je zaken doen over de sloperij?'

Overvalt me er vlug en plotseling mee, kijkt me aan met die zelfverzekerde blik van mij-weiger-jij-niks, alsof hij me kan zien denken: Hij moet een grapje maken, want waar wou hij nou zaken mee doen? Maar hij maakt geen grapje, hij meent het, en hij weet dat ik heus wel aanspreekbaar ben, wacht nou maar af, voor dat waar hij naar loopt te vissen.

Ik zeg: 'Wat voor zaken? We doen al zaken.'

Hij zegt: 'We doen geen zaken, we hebben een regeling.'

Ik zeg: 'Een vrij goeie regeling zou ik zeggen, als ik het zo bekijk. Dus wat is het probleem?' Bedenk dat hij daar nou twee wagens heeft staan die hij uit elkaar haalt om op te knappen. Naast een Rover is er nog een Alvis, om nog te zwijgen van het gebruik de laatste tijd van de camper. De laatste tijd. Alsof het daar zijn huis geworden is.

Hij zegt: 'Een hele goeie regeling, waar ik niet ondankbaar voor ben. Maar het is er net mee als met je vriendelijkheid. Je vriendelijkheid tegen een gewezen soldaat die wou klungelen met auto's, die zijn handigheid als monteur wou houden. Ik kan toch niet verwachten dat het oneindig zo doorgaat? Ik kan niet op je vriendelijkheid blijven vertrouwen.'

Hij raapt zijn pakje saffies op en schudt er een paar uit het zilverpapier omhoog, heel keurig en bestudeerd, en biedt mij er een aan en geeft me vuur. Hij zegt: 'Ik ben niet ondankbaar, oom Ray.'

Oom Ray.

En ik denk: ik ben benieuwd of hij weet dat ik er helemaal naast zit, er helemaal naast zit met mijn beeld. Dat ik dacht dat hij er wat aan had als ik hem een beetje onder mijn hoede nam, omdat Jack mij eens onder de zijne had genomen. Omdat ik er anders misschien wel niet geweest was, al vijfentwintig jaar, en in de *Coach* met Vincey een biertje drink en een sigaretje rook, ik had wel in Libië onder een kruis kunnen liggen. Het minste was toch dat ik wat terugdeed, die knul een handje hielp bij zijn terugkeer in de burgermaatschappij, en hem Jack uit handen nam. Alleen zag Jack het zo niet, dat had ik moeten weten. Die had het nog niet opgegeven, ook niet na vijf jaar waarin hij wel moest. Dodds en Zoon.

Een flater, een flater vanjewelste.

En alles was nou toch al veranderd, veranderd in een heel nieuw beeld, nou dat meisje onder het dak van Jack en Amy sliep, een deel van de tijd tenminste, nou er van alles kwam en ging, nou het opeens leek of iedereen een nieuwe plek zocht om zijn tent op te slaan. Nou met die middagen in Epsom.

Ik hoor dat jij en tante Carol. Wat naar om dat te horen, Raysy.

En misschien had ik Vincey wel nooit de sloperij laten gebruiken, misschien had ik wel nooit een paard voor hem uitgezocht om zijn eerste tweedehands auto van te kopen, Shady Lady, Sandown, zes tegen één, als Amy niet gezegd had: 'Vincey komt thuis, hij komt over een maand of twee thuis. We kunnen hier denk ik beter mee ophouden.'

Hij zegt: 'Trouwens', en hij neemt even de tijd om zijn eigen peuk op te steken en een grote rookwolk uit te blazen, hij kijkt naar de rook of hij naar zijn leven kijkt. Zijn knokkels zijn helemaal gebarsten en zwart. 'Trouwens, nou ik een zaak begin, moet ik een onderkomen hebben, moet ik alles doen zoals het hoort. Als je een zaak begint moet je toch een onderkomen hebben?'

Ik zeg: 'Wát begin je?'

Hij zegt: 'Dat verstond je best, Raysy.' Raysy. Wordt brutaler, heft zijn glas bier en neemt een slok. 'Het is zoals ik altijd al heb gezegd, ik doe het niet zomaar voor de lol, alleen dacht jij misschien dat het me geen ernst was. Maar ik wil het doen zoals het hoort, snap je, ik wil het goed doen. Anders kan jij altijd weer zeggen: "Weet je wel, Vincey, die regeling die wij hebben? Nou, daar wil ik van af, neem me niet kwalijk, ik heb andere ideeën voor die plek." En dat was dan dat, nietwaar? Dan had ik geen keus.'

Ik zeg: 'Maar ik heb geen andere ideeën voor die plek.'

Hij zegt: 'Nou die zou je dan misschien moeten hebben, Raysy. Het is commercieel toch een goeie ruimte?'

Ik kijk hem aan. Ik zeg: 'Het is geen bouwterrein, het is een sloperij. Er staat nog altijd Dixon op het hek geschreven.'

Hij zegt: 'Precies. En Charlie Dixon is toch al meer dan een jaar de pijp uit? Sindsdien vang jij geen huur of niks. Ben je alleen maar kantoorpik. En zit je achter de paarden aan.'

Ik zeg: 'Dat is mijn zaak.'

Ik kijk hem aan. Hij blaast nog een rookkringel uit.

Ik zeg: 'En wat stel jij dan voor? Dat je mij huur betaalt? Waarvan?'

Hij schudt van nee. 'Ik heb het over eigendom, ik heb het over kopen.'

Ik kijk hem aan. Zijn gezicht heeft wat waardoor het lachen je vergaat.

Ik zeg: 'Zelfde vraag, nog een keer. Waarvan?'

Hij zegt: 'Ik vraag je om te investeren, Raysy. In Dodds Auto's. Een investering in natura, je hoeft geen cent te dokken. Een investering in tijd. Er is nou nog geen Dodds Auto's, natuurlijk niet, maar over vijf jaar wel, let op mijn woorden. Jij verkoopt mij de sloperij als onderkomen maar je leent me vijf jaar de vraagprijs. Over vijf jaar betaal ik je je prijs plus een percentage. Als ik niet af kan komen – maar dat kan ik wel – is de sloperij weer van jou. Doodeenvoudig, je kan er niet op verliezen. Zodra ik weer een andere wagen onder handen heb en ik heb de marge, betaal ik je een borg. Die mag je dan houden en zo.'

Misschien kan hij me zien denken dat ik eigenlijk zou moeten lachen maar niet kan. Ik zeg, in een poging om de indruk te wekken dat ik weet wanneer ik beetgenomen word: 'Waarom zou ik op zo'n onzinnig aanbod ingaan?

Waarom geef ik het niet gewoon aan de hoogste bieder?'

Hij neemt een teug bier, klemt daar langzaam zijn lippen omheen. 'Ik heb het idee dat je daar het laatste jaar geen haast mee hebt gemaakt. Ik heb het idee dat je het wel best vond dat ik mijn auto's gewoon gratis op je sloperij zette. Daar komt jouw vriendelijkheid weer om de hoek kijken, en mijn dankbaarheid. Op dat punt zou ik ook op onze bijzondere verstandhouding rekenen.'

Ik kijk hem aan. Ik denk: Die is zomaar opzij gesprongen voor een V-1.

Hij zegt: 'Ik dring je niks op, ik vraag het alleen. Als ik je op andere gedachten heb gebracht is dat mijn probleem. Het is een gok, natuurlijk. Maar dat begrijp jij toch, oom Ray? Bij mij zijn het auto's, bij jou zijn het paarden.'

Maar hij kijkt me aan of het een zekerheid is, een zekere gok. De glans in zijn ogen wordt feller. En op dat moment denk ik dat hij het wéét. Ik weet niet hoe, maar hij weet het. Op de geur, doordat hij hetzelfde doet. In die camper slaapt. En niet alleen slaapt.

Achter de paarden aan.

Daarom denkt hij dat ik het hem niet kan weigeren.

Hij zegt: 'Nog een?' en steekt met een brede lach zijn hand uit om mijn glas te pakken, maar ik schud van nee, alsof ik een ander soort gedachtengang niet wil onderbreken. Gedachten die allemaal naar hem gaan.

Ik zeg: 'En de prijs?' alsof ik geen belangstelling heb, ik alleen een bezwaar opper, hem op de proef stel. Denk: daar zal hij niet meteen antwoord op hebben, want hij weet toch wel dat hij geen schijn van kans heeft.

Maar hij zegt, vliegensvlug, terwijl zijn hand nog bij mijn glas zweeft: 'Twee mille. Plus twintig procent over die vijf jaar. Twintig procent. Zeg dat er vijf mille zit aan te komen – nadat ik een borg heb neergeteld.'

Alsof hij zijn sommetjes heeft gemaakt.

Hij blaast nog een rookwolk uit en dan drukt hij zijn peuk uit, keert zijn ogen van me af, kijkt naar de asbak, terwijl ik nou naar de rook kijk, die omhoogzweeft en verdwijnt, omdat ik weet en hij moet weten, zonder enig rondvragen, dat die prijs nog altijd laag is, zelfs in 1968, zelfs voor een ongebruikte sloperij ergens aan de achterkant van Spa Road. En als ik had geweten wat er in vijf jaar gebeuren zou, als ik had geweten wat die jaren zouden doen, maar ook aan die pols had Vincey zijn vinger, dan had ik gezegd: Vergeet het maar, Vincey, vergeet het maar. Ik verkoop niet. Intussen mag jij het voor niks hebben.

Waar voor je geld.

Hij kijkt op en zegt: 'Ik doe alleen een aanbod, ik dring niet aan. Ik leg het je alleen voor. Weet je zeker dat je er geen een meer wil?'

Ik zeg: 'Ja.' Dan zeg ik: 'Ja, ik wil er nog wel een', voor het geval hij me verkeerd begrijpt.

Hij zegt: 'Denk erover na. Je kan mede aan het begin staan van Dodds Auto's. Grondlegger. Bernie! Ben je er nog?'

Ik denk: Misschien weet hij het wel niet, maar ik zal nooit weten dat hij het niet weet.

Dan komt Bernie te voorschijn en schenkt ons nog twee *pints* in en Vince betaalt ze en ik zeg, voordat ik een slok neem: 'Er is bij dit alles één probleem, Vincey.' En besef terwijl ik dat zeg dat ik er de weg mee op ga waar hij me hebben wil.

Hij zegt: 'En dat is?'

Ik zeg: 'Genaamd een slagerij.' En besef dat ik me erin lijk te mengen. 'Genaamd Dodds en Zoon.'

Hij blijft staan met zijn bier halverwege zijn mond, kijkt helemaal gekwetst en beteuterd, alsof ik hem niet begrepen lijk te hebben en hij reden had om te denken van wel. Hij zegt: 'Doe me een plezier, alsjeblieft zeg. Ik dacht dat jij aan mijn kant stond.' Kijkt me aan met die blik van het verloren-weesje.

Dan heft hij met een vlug lachje zijn glas. 'Proost.' Dus hef ik ook mijn glas en drink. Hij zegt: 'Denk er eens over.'

Dan drink ik nog wat, zonder wat te zeggen, dan zeg ik: 'Ik zou de camper er willen laten. Ik zou toch nog mijn eigen ruimte voor de camper nodig hebben.' Hij kijkt me aan en zegt: 'Natuurlijk mag dat. Zonder kosten. Ik zou hem zelfs een geregelde beurt voor je geven. En als je hem ooit in wou ruilen, zou ik zorgen dat je er een goeie prijs voor kreeg.' Hij houdt zijn glas aan zijn lippen en het lijkt haast wel of ik hem zie knipogen.

'Dat wil niet zeggen dat ik akkoord ga,' zeg ik.

Hij zegt: 'Natuurlijk niet, Raysy.'

Ik denk: Dit vergeeft Jack me niet. Hoe dan ook, dit vergeeft hij me nooit. Kwets iemand eenmaal, en je kan hem nogmaals kwetsen. In gedachten zie ik hem nou zelfs daar in de winkel, hakken en wegen, zonder wat te weten, terwijl wij hier zitten drinken. Hij had altijd een stelregel: geen drank tussen de middag, zelfs niet even om de mond te spoelen, niet als je met messen werkt.

Dan slaat Vince vlug de rest van zijn *pint* naar binnen en kijkt op zijn horloge, en zijn handen zijn heel groezelig, niet als die van Jack. Hij heeft die tatoeage op zijn onderarm, blauw met rood, laten doen in Aden, een rolletje met daarop zijn initialen en een vuist die bovenaan een bliksemschicht vasthoudt: 'V.I.P.'

Maar 'Dodds Auto's'.

Hij veegt zijn mond af aan zijn pols en zegt: 'Kan beter rennen, ik moet iemand over een wagen spreken.' Grinnikend. Hij stopt zijn pakje saffies in de borstzak van zijn overhemd en komt van zijn kruk, waarbij hij met zijn knokkels een duwtje tegen mijn schouder geeft. 'Denk erover,' zegt hij, en gaat ervandoor of het niks bijzonders is, of het helemaal niks uitmaakt.

En ik zit daar nog even, drink langzaam mijn eigen bier op, haal mijn eigen pakje te voorschijn en steek nog eens op, en de klok van Slattery kruipt rond naar kwart voor drie. Dan zeg ik: 'Ta-ta, Bernie', en ga naar Billy Hill, alsof ik er niet bij nadenk, en speel voor een pond een supertrio op een paard in een hindernisren in Sedgefield, waarbij ik denk: Ik doe het niet om te winnen, ik doe het om te beslissen. Als ik plaats heb, dan hou ik het, zo niet, dan verkoop ik het. Je moet niet wedden op bijgeloof. En het paard wordt vierde in een wedstrijd van negen. O'Grady Says, vijf tegen één. Dus ik loop naar buiten en denk: Dat lost niks op, en ik ga naar de sloperij en denk: Hij is er of hij er is niet, en als hij er wel is.

En hij is er niet. De Rover en de Alvis zijn er wel, staan daar in de zonneschijn, alsof iemand ze geloosd heeft, met hier een plaat eraf en daar een plaat eraf, en de Alvis met de achterkant op twee stapels bakstenen gehesen, en overal liggen zijn gereedschappen en oliekannen en dotten poetskatoen. Ik denk: Hij zou een brug moeten hebben. Ligt heel de dag op zijn rug met zijn neus in een carter. De camper staat buiten de loods geparkeerd, want het weer is zacht voor half februari en hij is op het ogenblik geregeld in gebruik. Geregeld en ongeregeld. Maar op dit moment is hij niet in gebruik, in geen van beide opzichten. Ik denk: Ik heb al een tijdje geen lekker uitstapje gemaakt, vanwege de ruimte die voor dat meisje is gemaakt, vanwege mijn grote inschikkelijkheid.

Ik denk: Ik verkoop Vince de sloperij. Ik heb Jack nooit de camper verkocht.

Dan sta ik daar zomaar midden op die sloperij, midden op mijn eigen sloperij, met die loods die eens de oude stal van Duke was, en de nieuwe huizenblokken die oprijzen tegen de donzige blauwe hemel en de spoorbogen die erlangs lopen, waarbij elke boog het bedrijfsonderkomen van weer een andere grappenmaker is, en de lucht van stof en roest en verkeersgedruis en iets wat maar doorbonkt ergens op een bouwterrein. Ik denk: Eerst Johnson, dan Dixon, dan Dodds. Of Pritchett. Het is een kwestie van grondgebied. Zodra je zegt: Dit is mijn lapje grond, dit is mijn stekkie, dan begint de narigheid. TowcesterUttoxeter.

Dus hij mag die sloperij hebben.

En nou denk ik dat hij het nooit geweten heeft, hij heeft het toen nooit geweten en hij weet het nou ook niet. Want dan had hij het inmiddels gezegd, dan was hij er zonder meer mee voor de draad gekomen, zeker vandaag. Natuurlijk.

Hij was denk ik alleen maar zo zelfverzekerd en geestdriftig omdat hij zo in elkaar zit, en omdat hij in die tijd aan zijn trekken kwam, bij Mandy, in mijn camper. Niet het minste vermoeden. Maar hij liet me hem die sloperij toch nog altijd voor een afbraakprijs verkopen en ik kreeg geen waar voor mijn geld, dus dat is denk ik nog een reden dat ik die duizend eigenlijk moet houden.

En nou heeft hij me denk ik mijn kans gegeven, dat is het. Leer om leer. Het me voor de voeten gegooid. Jij was degene, meid, die mij wou doen geloven dat het leven nooit zo vuil speelt dat je geen tweede kans krijgt, dat het niet weer verdergaat als je net denkt dat het afgelopen is.

Nou, hier is je kans. Die vent waar je vijftig jaar mee geleefd hebt, die met dat gestreepte schort en die grapjes voor de huisvrouwen, dat was maar een plaatsvervanger. En nou is hij weg, zie je, net nou je dacht dat hij zich in een nieuwe gedaante zou vertonen. Laten we allemaal naar zee gaan. Leuk hoor, krijg je hem eindelijk, ben je hem gelijk weer kwijt. Je weet pas wat je hebt als je het mist, nietwaar mevrouwtje? Neem wat van de haas. Dus hier is je kans, hier is heel je leven nog eens opnieuw. En het is nooit te laat.

Al is het eenvoudiger als je achttien bent.

Hij legde aan, met één oog dat langs de loop keek en het andere stijf dichtgeknepen, en natuurlijk dacht ik: Op een dag doet hij dit misschien wel echt, geen blikken eenden maar mensen. Of doet iemand het misschien wel met hem. Er moeten er die zomer wel een paar zijn geweest die op de kermis maar wat raak schoten en het niet zo'n spelletje vonden. Maar zijn oproep kwam wat hem betrof zo'n beetje op het juiste moment, denk ik. Haal me hier weg, haal me hier vandaan, breng me ergens waar ik opnieuw kan beginnen. Dat is tenslotte mogelijk. Kogels trotseren zou eenvoudiger zijn, daar zou hij goed in zijn. *Hé, Zustertje, moet je hier eens kijken.* Ik wist denk ik al dat hij sommige dingen beter zou kunnen trotseren dan andere.

'Waag een kans, waag een kans voor die mooie dame. Drie schoten voor twee pence.'

Maar ik dacht, domoor die ik was: Als hij raak schiet vinden we er wel wat op, als hij mist, nooit.

Hij zei dat je toch zou denken dat ze wel wat doen konden, vandaag de dag, je zou toch denken dat ze wel wat verzinnen zouden. *Ze*. Om prutskinderen weer heel te maken. Alsof ze met een toverstokje konden zwaaien. Dat was de enige keer dat we ooit over haar hebben gepraat, op die pensionkamer met zijn fraaie uitzicht op de tramremise, de enige keer dat ooit het gesprek op haar gekomen is. Toen vroeg hij of ik wist dat hij eens dat idee had gehad, het was maar een stom idee, om dokter te worden.

Maar hij was toch geen dokter, zei hij. Evenmin, zei hij, als ik Florence Nightingale was.

Dus wist ik dat het niet de eenvoudige reddingsoperatie was die ik dacht dat het zou worden, het eenvoudige paardenmiddel. Margate of failliet. Want misschien krijg je wel nooit je leven nog eens opnieuw, probeer dat maar aan June te vertellen.

Wat ik die vijftig jaar al doe.

Het beste dat we kunnen doen, Ame, is haar maar helemaal vergeten.

De eenden trokken voorbij in een eindeloze rij, op een verborgen band, allemaal rood-wit-groen geschilderd, maar gekrast en gedeukt waar ze waren geraakt, allemaal met één groot oog star wijdopen en de snavel in een lachje opgekruld, alsof ze maar al te graag weer werden beschoten, om met een geping en gekletter te verdwijnen en weer op te duiken.

Ik stond achter hem op de planken van de Dam, met de lichten en de herrie en het gedrang en de glibberende zee in het donker beneden, die kon je gewoon voelen. De witte rotsen die opdoemden de kant op van Cliftonville. Een stoomboot voer uit over de baai, tjoekte terug naar Londen, helemaal verlicht, terwijl de meeste passagiers aangeschoten waren maar dan niet van de schiettent. Ik dacht: Misschien denkt hij het ook wel: raak of mis, een paardenmiddel. Drie eenden wil zeggen dat het leven nog niet afgelopen is. Hij leek een eeuwigheid te nemen om elk schot af te vuren. Ping! Eén eend. Er zwommen er nog drie langs, met allemaal een uitnodigend oog. Ping! Nog een eend. Ping! En nadat er nog twee met een puilogend lachje voorbij waren gegleden, dook een derde in de vijver die er niet was.

'Goed geschoten meneer! Allemaal raak! Ziet u wel, mensen, het kan echt. Het zijn heus niet allemaal slome duikelaars. Wie volgt er, wie volgt? En wat zal het zijn, meneer? De chocolaatjes, het porselein of de teddybeer? Zullen we de dame maar laten kiezen? De gelukkige dame.'

En domoor die ik was koos ik de teddybeer. Wat moest ik daarmee? Behalve dan de wereld laten zien dat het mijn geluksdag was, onze geluksdag, en dat ik de gelukkige dame was. Hij lachte niet, hij keek niet eens voldaan. Hij keek me alleen aan toen ik met een lachje de teddybeer vasthield, alsof er wat was dat hij niet begreep. En nou, nou ik eraan terugdenk, weet ik dat ik hem helemaal niet heb geknuffeld, zoals je doet als iemand een prijs wint. Ik knuffelde alleen lachend die teddybeer. Ik dacht: Waar nou heen? Terug naar de wal of door naar het eind van de Dam? Misschien had het de wal moeten zijn. Al de verkeerde keuzen, terwijl hij net drie geldige schoten had gehad. Maar je gaat niet de Dam op om maar tot halverwege te lopen en dan weer om te keren, teddybeer of geen teddybeer, je gaat er niet op zonder naar het eind te gaan, zo is het nou eenmaal. En net zolang als het duurde om naar het eind van die Dam te lopen voelde ik: alles is nog mogelijk, alles zweeft nog, het water kabbelde en klotste onder ons, en ik merkte niet, of dat kon me niet schelen, dat het lachje dat hij nou op zijn gezicht had laten komen leek op het lachje van een van die eenden. Pas toen we bij het eind kwamen dacht ik: Dit is niet waar, het is maar een foto, een ansichtkaart van zee, en misschien dacht hij dat ook wel. Hoe kon ik lachen en doen of het leven vakantie was? Dat hele stomme idee van mij om naar Margate te gaan. De wind blies mijn rok omhoog. Mannen bekeken me. De geluksteddybeer. Ik dacht: Gewoon weer vrij zijn, gewoon met de wind en de avond en de zee en de mannen die kijken. Kies maar uit.

Alsof dit opnieuw je uitgangspunt was. Lambeth Vauxhall.

Er schrijnde een band van een van mijn schoenen, mijn nieuwe schoenen, dus gaf ik hem de teddybeer terwijl ik bukte om te friemelen. Misschien wou ik alleen mijn gezicht maar verbergen. En op het moment dat ik hem die aangaf wist ik denk ik al wat hij zou gaan doen. Hij stond daar even, een volwassen man, aan het eind van een pier, met in zijn handen een teddybeer, een man aan het eind van een pier. Hij keek er even naar alsof hij niet wist waarom hij die vasthield, alsof hij niet wist wat hij daarmee te maken had. Toen stapte hij op de balustrade af. En toen was er geen teddybeer meer, maar alleen Jack. Vaarwel Jack.

Maar ik trok niet mijn jas aan om naar Billy Hill te gaan. 'George, ik heb een vette voor je.' Waar ik voor gek zou staan als ik duizend contant neerkwakte, ook al namen ze het aan. Waar ik elke geloofwaardigheid als gehaaide gokker zou verspelen. 'Wat is dat voor geintje, Raysy? Het lijkt wel of je al gewonnen hebt.' En waar ik in ieder geval in de verleiding kon komen om te zeggen, te verkondigen tegen het verzamelde gezelschap, al de kanslozen en armoedzaaiers: 'Dit is voor Jack, ik doe dit voor Jack. Je weet wel, Jack Dodds, dit is om zijn huid te redden.' Je moet wel gek zijn om te wedden op een paard genaamd *Miracle Worker*, je moet wel gek zijn om dat te bezitten en te trainen. Dan moet je boezemvrienden met een bookmaker zijn. Maar goed, als Lucky Johnson hier een voorgevoel heeft.

Ik pakte ter plaatse de telefoon, derde saffie opgestoken, en draaide een nummer waar ze naar ik wist een inzet van vier cijfers aannamen, zonder vragen te stellen, zelfs van lui als ik. Waar ze zouden zeggen: 'Wat had u gewild?' En ik zou zeggen: 'Duizend, winnend, belasting betaald.' En dan zouden ze het nummer van mijn creditcard noteren en me zonder ook maar een hapering in de stem de bijzonderheden nog eens voorlezen, Miracle Worker, en denken: Sukkels heb je overal, er moeten moeilijker manieren zijn om centen te verdienen.

Drieëndertig tegen één.

Maar het is anders als je het wéét. En als het niks opbrengt, wat het wel gaat doen, dan krijgt Jack zijn geld terug. Ik betaal de rekening voor deze weddenschap, verdien die op een andere wel weer terug. Dan krijgt Jack zijn duizend terug, en dan is mijn geweten schoon. De prijs van een camper.

'Geplaatst, meneer Johnson. Bedankt voor uw telefoontje.'

En hij moet op mijn naam staan, hij mag niet op die van

Jack staan. Want stel. Stel nou eens.

Dan stop ik de duizend van Jack op een plek die ik gebruik, achter een kast. Ik loop niet rond met een mille contant als het even anders kan. En ik trok mijn jas aan en stopte mijn saffies in mijn zak en keek voor ik wegging de kamer rond zoals ik die nog nooit bekeken had. Het leek wel zowat de eenzaamste kamer op de wereld.

En jij verpatst het huis van de familie en zo.

Ik liep de kant op van de *Coach* en dacht: Als ik er zo zeker van ben, zou ik toch nog even aan kunnen wippen en zelf een weddenschap afsluiten, of een combinatie kunnen uitzoeken om mijn verlies te dekken. Wat niet logisch zou zijn, als ik het wéét, en wat hoe dan ook het lot zou tarten. Dit is niet mijn dag, dit is Jacks dag. Je moet het eenvoudig houden. Ook al is het dat niet.

Of ik zou nou bij hem langs moeten gaan en het hem vertellen. Misschien loop ik daarom hier door die straat alsof ik eigenlijk ergens heen moet. Bus 53 naar het St. Thomas, Westminster Bridge. Hem vertellen waar zijn geld op in is gezet, hem vertellen dat die weddenschap op mijn rekening gaat, hoe dan ook. Minste wat ik doen kan, Jack. Alleen wil ik hem niet in de ogen hoeven kijken, of hem in mijn ogen laten kijken. En als hij enig benul heeft, dan luistert hij mee op zijn koptelefoon, op zijn radio, dat is iets wat hij nog altijd kan. De renbaan van Doncaster. En hij zal het weten, want dat zal hij, hij zal het ook weten.

Dus schoot ik de *Coach* binnen. Rustig voor een vrijdag. Bernie zegt, met zijn even-tussen-jou-en-mij-stem, als hij me mijn *pint* brengt: 'Hoe is het met Jack?' Ik zeg: 'Ik ben gisteravond langs geweest, vanavond ga ik weer. Het is nog maar een kwestie van tijd, Bern.' Waarbij ik op de klok van Slattery kijk. Kwart over twee. En Bernie schudt zijn hoofd, alsof dat wat er met Jack gebeurt iets is wat niet mogelijk zou moeten zijn, alsof het een omgekeerd wonder is. Ik zeg: 'Wil jij ook, Bern? Neem er een van mij. Maak meteen een broodje voor me. Met ham, zonder mosterd.' En op zijn plank, hoog boven het eind van de bar, staat Bernies tv al helemaal klaar en aan, met het scherm schuin en het geluid precies goed afgesteld, zodat iedereen die aan de bar zit zijn oog en oor kan houden bij wat er te zien is, zonder dat hij een centimeter hoeft te bewegen om wat te drinken te bestellen. De renbaan van Doncaster. De Lincoln-handicapwedstrijd.

Bernie brengt mijn broodje en ziet mij naar het scherm kijken en zegt: 'Je hebt er wel wat lopen, zeker?' En ik zeg: 'Nee, eerlijk gezegd niks. Dat lijkt toch haast niet op zijn plaats? Vanwege.' Bernie knikt instemmend. 'Maar er zijn er toch wel bij waar je wat in ziet?' zegt hij. Ik zeg: 'Zou je wel willen weten, hè?' en bijt in mijn broodje. Bernie lacht alsof hij wist dat ik dat zou zeggen. Hij schenkt zichzelf in, en knikt naar de tv. 'En jij zou daar zeker wel geweest zijn, hè? Als niet.' En ik zeg: 'Ja zeker.' Zoals Jack wel gedacht had.

Cheltenham ook, de Gold Cup, dan Doncaster, de eerste van de vlakke-baanwedstrijden.

Hij zegt: 'Proost, Ray', en heft zijn glas. 'Op je gezondheid.' Ik zeg: 'Gezondheid.' Hij zegt: 'Geluid hard genoeg voor je?' Ik knik en hij waggelt weg, theedoek over zijn schouder, zoals hij doet als hij weet dat er geen behoefte is aan een gesprek. Maar hij kan me daar zien zitten, met mijn ogen aan het scherm gekleefd, meer dan nodig zou je denken voor een man die geen weddenschap heeft lopen. Hij kan zien dat ik de ene peuk na de andere opsteek en vlugger dan anders mijn glas achterover sla. Gestage drinker is Ray, langzaam en gestaag. 'Doe me hierna een whisky, Bernie. Een dubbele.'

'Maak je het niet te gek, Raysy?'

Maar als de wedstrijd van vijf over drie komt denk ik niet als een gokker, iemand die wat waagt en zich moed in wil drinken. Ik denk als een jockey. Ik denk alsof ik de jockey ben en geen keus heb. Ene Irons, nooit van gehoord, Gary Irons. Iron – ijzer. Zware naam voor een jockey. Ik denk wat moet een jockey met zo'n naam die wordt opgezadeld met een paard dat Miracle Worker heet? Ik zit op een barkruk in de *Coach* maar ik ben net een jockey, met mijn tenen op de bovenste sport, mijn knieën schrap geknepen, mijn kont die omhoog wil. Nou alleen nog de zweep. Ik zie hem uit de paddock komen, diepe borst, neusband van schapenvacht, en naar de start gaan en aan hoe hij heen rijdt zie ik hoe hij terug zal rijden, ik zie hoe hij de baan op gaat en vlug in volle galop is, lange, strakke pas, een *stayer*, een *finisher*, en ik denk: dit paard heeft zijn dag, deze jockey heeft zijn dag. Jack heeft zijn dag. En dan zie je alleen nog wat je al gezien hebt, zie je wat je al wist in je hoofd, hoef je alleen nog maar het paard de wedstrijd voor je te laten maken. Ik zie hem rennen zoals hij nog nooit heeft gerend en ook nooit meer zal rennen, althans niet tegen deze côte, midden in het veld blijven, het gat vinden, opschuiven en de rest uitdagen alsof hij een voorrondje afwerkt, en met nog vier voor zich en misschien drie lengten achterstand naar voren stormen en ze allemaal passeren alsof hij nog een extra versnelling in zich heeft en hij nog wel tweehonderd meter kon gebruiken om echt op gang te komen.

Soms is het gewoon de paardenglorie.

Ik vertrek geen spier als hij over de streep gaat. Of als ze hem naar het middenterrein leiden en de jockey afstijgt en afzadelt en tegen zijn hoofd klopt, en hij zijn hals buigt en briest of hij niks bijzonders heeft gedaan. Ik vertrek geen spier als ze ter bevestiging de uitslag en het prijzengeld in beeld brengen. Ietsje ongunstiger, maar ik heb die getallen niet nodig.

Drieëndertig tegen één.

Bernie zegt: 'Er is iemand die zijn geluksdag heeft.' En ik zeg: 'Zeker', en pak mijn whiskyglas, drink het leeg en kijk door de wazige bodem ervan. Dan kijk ik op mijn horloge en op de klok van Slattery en zet mijn lege glas op de bar en kom van mijn kruk. 'Goed, ik moet eens verder, Bern. Tot kijk.' Bernie zegt: 'Tot kijk', en pakt het glas. Het is moeilijk voor te stellen dat Bernie er niet is, net als de klok van

Slattery, daarachter de bar.

Dan ga ik naar buiten en denk ik: Ik zou gelijk bij hem langs moeten. Twintig minuten als ik geluk heb, ook geluk heb met de bus. Ik zou het hem gelijk moeten gaan vertellen. Maar als hij enig benul heeft, dan weet hij het, dan heeft hij geluisterd. Lucky heeft het hem gelapt, hij heeft het hem gelapt.

En dan is er nog zijn duizend pond, voor de veiligheid achtergelaten. Die zou hij terug moeten hebben, die zou ik hem moeten brengen. En dan is er nog de kleinigheid hoe ik de winst overhandig, want dat kan niet in contanten, al zal hij zich dat wel zo hebben voorgesteld, als hij het zich heeft voorgesteld, dan zal Jack Dodds het zich zo hebben voorgesteld. Een dik pak contanten, voorkeur van de winkelier. Vierendertigduizend pegels weg te stouwen in dat nachtkastje, alsof hij de kassa aanslaat. Zustertje, je raadt nooit wat ik hier heb.

Maar het zal een cheque moeten worden, Jack. Ik heb voor het gemak mijn eigen naam gebruikt. Zal ik hem aan jou uitschrijven? Of aan Amy?

Dus ging ik terug op huis aan en haalde Jacks duizend te voorschijn en telde ze voor de zekerheid, ook al waren ze niet aangeraakt. Achthonderd in vijftigjes en tweehonderd in twintigjes. Toen belde ik dat speciale nummer weer, om zeker te zijn van de uitbetaling, en klonk denk ik nogal koel voor een man die net ruim dertigduizend pond heeft gewonnen. Ik dacht: De belasting komt voor mijn rekening, Jack, ik geef je een cheque met drie duidelijke nullen. Toen voelde ik me of ik amper nog kon staan. Ik dacht: Ik moet er eentje te veel hebben gehad in de *Coach*, ik had niet aan de whisky moeten gaan. Dat was toch niet nodig, als ik het wist? En eigenlijk moet ik daar nou niet heen, naar dat ziekenhuis, terwijl ik naar bier en whisky walm en wankel op mijn stelten sta. Drank naar zuster Kelly walm.

Dus zette ik een sterke kop koffie en ging even zitten om bij te komen. Een halfuur maakt geen verschil en als hij enig benul heeft – Maar in plaats van bij te komen, dommelde ik weg, in een ommezien was ik weggedut, en voor ik het wist ging de telefoon en was het een uur later ook al wist ik dat niet, en stond mijn koffie nog waar ik die had neergezet, amper aangeroerd en koud, en buiten was de lucht troebel en grauw en groeide er een bui. Ik nam de telefoon op en ik kende die stem. Het was de stem van Amy. Maar ze klonk vreemd en ik kon er geen touw aan vastknopen wat ze zei. Ze zei: 'Het is gebeurd, Ray, het is gebeurd.'

We komen binnen over de weg uit Canterbury, langs verbleekte, gebladderde rijen huizen met erkers en die aanblik van glaceersel op een oude taart die gebouwen alleen aan zee hebben. Hotels, pensions. *Kamers te huur.* De gebouwen lijken des te fletser tegen de grauwe stapellucht, en tegen de wolken kan je witte vlekjes zien wervelen, als afgebroken schilfers van de gebouwen, als wit strooisel dat voort wordt gejaagd door de wind. Zeemeeuwen. Je kan de wind voelen, zelfs in de Mercedes, hij komt dansend door de zijstraten en bespringt ons, en we denken allemaal: Nou kunnen we hem ieder ogenblik zien, we moeten hem zien, hij kan nou alleen nog maar daar vlakbij zijn. Dan zien we hem, als we over een heuvelkam komen en er een opening in de bebouwing komt: de zee, de zee. Met heel Margate onder ons uitgespreid, de boulevard, de baai, het strand, met verderop Cliftonville, alleen kan je het strand niet zien, of maar heel erg weinig ervan, omdat het net hoog water is, zoals Vic al had gezegd, en de zee is grauw en troebel en woelig als de lucht, met wit opstuivend water. En die lange havenmuur daarginder aan de overkant van de baai, het enige dat je kan zien dat op een pier lijkt, waar het stuivende water des te feller tegenaan ranselt: daar moeten we zo te zien naartoe, daar moeten we het zo te zien gaan doen.

Met een storm op komst.

Lenny zegt: 'Einde van de reis. Halleluja. Ik moet sassen.'

Twee extra *pints* in Canterbury.

Hij zegt: 'Zo te zien worden we verwacht.'

Vic fleurt zo'n beetje op, alsof hij in zijn rechtmatige element komt. Ik denk: Je zou finaal van die muur af kunnen waaien. Ik heb Jack weer vast, in zijn tas, in zijn koker, en ik hou hem nog steviger vast, alsof ik die extra ballast al nodig heb. Vince lijkt heel koel en behoedzaam en bedaard. Hij zwijgt. Hij heeft alleen die ene gehad in de laatste aanloophaven, maar wij zijn denk ik allemaal blij dat we nog wat extra aan boord genomen hebben om ons schrap te zetten tegen dat wat komen gaat. Hij rijdt langzaam de heuvel af, met de bocht van de baai voor ons, en zijn ogen kijken alle kanten op. Er is niet bepaald druk verkeer en het puilt niet uit van de dagjesmensen. Het is geen seizoen.

We komen op de eigenlijke boulevard en hij stopt langs de stoeprand en laat de motor lopen. Zo te zien heeft hij acht geslagen op Lenny's probleempje. De plotse aanblik van al dat water. Als er iets niet moeilijk te vinden is in een badplaats is het een openbare plee, en hij is er vlak bij een gestopt, die eruitziet als een blokhut. Maar daar laat hij het niet bij. Hij doet het portier aan zijn kant open en stapt uit. Er komt een enorme vlaag lucht binnen. Hij loopt om naar het trottoir, heft zijn hoofd en speurt de baai af, waarbij zijn verfomfaaide witte overhemd wappert als een vlag, dan doet hij voor Lenny het portier aan zijn kant open, de hoffelijkheid zelf, als een chauffeur. Hij houdt zijn hoofd schuin naar het gebouw met de blinde muren aan de overkant van het trottoir. 'Maak het je makkelijk, Lenny,' zegt hij, en het klinkt of hij dat met een lachje zegt. Het lijkt wel of hij alles nou verder keurig netjes wil, zonder haken en ogen als een gesprongen blaas. 'Nog iemand?' zegt hij. Maar ik voel geen aandrang. Ik ben op whisky overgeschakeld, op aanraden van Vic.

Lenny schuift van zijn stoel, heel beteuterd en gehoorzaam. Er wervelt terwijl zijn portier open is nog meer gure lucht door de wagen, maar dat lijkt Vince, buiten op het trottoir, niet te kunnen schelen. Het lijkt wel of hij het excuus wou om als eerste van ons op de boulevard van Margate te staan en het zilte nat op te snuiven. Ik draai mijn hoofd om zodat ik kan zien dat hij zijn schouders naar achter duwt en zijn kin omhoog houdt. Je kan het geraas van de golven horen. Ik hou Jack vast. Speldenprikjes regen bespikkelen de voorruit en drogen haast meteen weer op alsof de hemel, ondanks de wolken, te opgewonden is om aan een echte stortbui te beginnen. Veel wind en weinig pies. Lenny staat op het trottoir en zuigt zijn eigen longen vol lucht, half alsof dat hem buitengewoon goed doet en half alsof het zeer doet. Hij kijkt om, heeft zich ineengedoken schrap gezet en kijkt Vince aan, die recht en lang naast hem om staat te kijken. Hij zegt: 'Weet je nog, ouwe reus? Weet je nog?'

Dus loop ik het ziekenhuis in met dat geld in mijn binnenzak. Achthonderd in vijftigjes, de rest in twintigjes, elastiek, bruinpapieren envelop. Ik denk: Er kunnen hier niet veel mensen aankomen alsof ze een casino onveilig gaan maken. En ik hoop dat hij begrijpt dat het niet eenvoudig was. Hij zou toch het een en ander over kasgeld moeten weten, hij zeker. Misschien denkt hij wel dat dit soort bedragen voor mij gewoon zakgeld zijn, omdat ik een pak draag van vierhonderd pond, omdat ik handje contantje rammelkasten verpats, maar hij zou toch van marges moeten weten, vooral nou. Soms is er geld in kas en soms niet. Momenteel is zowat de bodem te zien.

Dus Hoessein moest maar.

En wanneer krijg ik het terug? Je mag iemand die op sterven ligt geen gunst weigeren, wat voor mals hij ook vraagt, maar dat wil nog niet zeggen. Je kan het niet meenemen als je gaat, maar hij wel, híj wel.

Ik denk: Ik kan dit geld net zo goed over de rand van een rots gooien.

Maar dan kom ik uit de lift en loop de gang door, met het gangbare verkeer van wagentjes en rolstoelen, en daar is weer die lucht die zo bekend wordt dat je hem ook kan ruiken als hij er niet is. Ik sta in de showroom en ik kan hem ruiken. Ik zuig de geur van auto's op maar ik kan hem ruiken. Als de lucht van het watje dat je krijgt na een prik, maar dan uitvergroot, met eronder de lucht van iets wat muf en ijl en verbruikt is, als de lucht van oude vermoeide papierachtige huid. Het zal de lucht wel zijn van – Ik denk aan al de patiënten in dit ziekenhuis, stuk voor stuk in bed, ik vraag me af hoeveel stuks wel, ik vraag me af wat de omzet van vandaag is. En ik denk: Ik heb gedaan wat hij gevraagd heeft, ik heb alleen maar gedaan wat hij gevraagd heeft, en als ik dit geld nooit meer in handen krijg, heb ik er tenminste een schoon geweten door, heb ik niks op mijn geweten.

Dus been ik met geheven hoofd die gang door, alsof ik weer op het plein bij het depot ben en de sergeant me naar buiten heeft geroepen. *Detachement!* En ik kijk naar al die arme verschrompelde stakkers en ouwe wijven in hun rolstoelen en denk: Wedden dat jullie geen duizend pond weg te geven hebben? Maar het is toch alleen maar geld? Alleen maar papier.

Ik loop naar binnen, en daar ligt hij met zijn slangen en zijn pompen en zijn meters en zijn helemaal opgezwollen buik alsof hij zwanger is. Ik merk dat hij er niet zo best uitziet. Ik bedoel, gegeven dat hij toch al afgepeigerd is. Vandaag heeft hij een slechtere dag dan gisteren. Elke dag is een stapje één en dezelfde kant op. Maar ik kan zien waar hij allereerst aan denkt, dus haal ik geen geintjes uit, plaag hem niet. Ik haal de envelop te voorschijn, loer even vlug om me heen, alsof het daar wemelt van de spionnen en dieven, en geef die aan hem, waarbij ik hem aankijk en denk: Dat geld zie ik nooit meer terug.

Ik zeg: 'Alsjeblieft, Jack, zoals beloofd. Je hoeft het niet na te tellen.'

Al wil ik wedden dat hij dat wel doet, zodra ik weg ben. Hij gluurt alleen vlug even in de envelop, voelt de dikte, strijkt erover met zijn duim, kijkt mij dan aan, van top tot teen alsof hij me helemaal in zich opneemt, alsof hij die sergeant is die mijn uitrusting inspecteert, en zegt: 'Je bent een beste jongen, Vince.'

Ze zijn er nou wel, waar we misschien heen waren gegaan. Waren geëindigd of opnieuw begonnen. Nieuwe mensen, oude mensen, dezelfde mensen.

Hij kijkt me aan terwijl ik aan het bed zit en zijn hand vasthou, en zijn duim beweegt zacht, droog, in kringetjes rond de muis van de mijne, en ik denk: We zullen elkaar niet zo vaak meer aankijken, we zullen niet zo vaak meer tegen elkaar praten. Eerst tel je de jaren, bij tientallen, dan zijn het opeens uren en minuten. En zelfs op dit moment, nou het zijn laatste kans is, begint hij niet over haar, zegt hij geen woord over haar. Het lijkt wel of we daar nou weer terug konden zijn, vijftig jaar geleden, in dat pension, en of ik inzag, of ik opeens glashelder wist dat hij er nooit van weten wou. *Je zou toch denken dat ze wel wat verzinnen zouden.*

Hij kijkt me aan of het hem spijt dat hij er te laat mee is gestopt, dat hij weg moet net nou hij het een en ander recht wou zetten. Hij zou een ander mens geworden zijn, natuurlijk, helemaal bekeerd, alleen voor ons zou de wereld op zijn kop zijn gaan staan. Alsof het hem spijt dat hij de man was die hij was. Is. Maar hij begint niet over haar, hij zegt niet dat het hem spijt vanwege haar. Hij kijkt niet eens zo verontschuldigend bij alles waarvan hij je het idee geeft dat het hem spijt. Hij kijkt mij zo standvastig en recht en strak aan dat ik zelf weg moet kijken, heel even maar, al zou je denken dat daar geen tijd voor zou horen te zijn, geen seconde kijken te verliezen. Maar ik denk: Ik zal altijd zijn gezicht zien, ik zal altijd Jacks gezicht zien, als een fototje in mijn hoofd. Alsof iemand voor het geestesoog nooit doodgaat.

Maar hij begint niet over June. Hij begint over Vince, die niet van ons is, en nooit geweest is. Hij zegt: 'Vince zal naar je omkijken. Het is een beste jongen. Hij is nog niet zo kwaad.' Hij zegt dat ik wel terechtkom, er wordt wel naar me omgekeken, maar hij zegt niet dat hij nooit naar June heeft omgekeken, hij zegt niet: 'En doe June de groeten van me.'

Dus denk ik: Dan begin ik niet over Ray, zeg ik niks over Ray. Ook al is het mijn laatste kans, en is het er het ogenblik voor, aan het bed, nou of nooit.

Hij begint niet over June dus ik begin niet over Ray. Wees nou eerlijk. Wat niet weet wat niet deert. Maar hij kijkt me aan met die onbewogen, onverschrokken blik, zodat ik mijn ogen weer vlug af moet wenden. Ik kijk naar het bed ernaast, dat net even leeg is, de lakens en dekens zijn afgehaald, en als ik weer terugkijk, hebben zijn eigen ogen geen haar bewogen, ze kijken bij mij naar binnen en nog verder, alsof hij wel dwars door me heen zou willen stappen en dan doorlopen en omkeren en terugkomen en me knuffelen. En hij zegt, alsof dat zijn laatste woord is over alles, waarom hij daar ligt en waarom ik daar zijn hand zit vast te houden, en waarom hij het moest zijn, waarom ik met hem en niet met honderden anderen opgezadeld werd, het lot van een zomeravond: 'Allemaal een gokje, hè. Vraag Raysy maar. Maar jij komt wel terecht.'

Het lijkt geen einde van de reis, het lijkt geen laatste rustplaats, waar je heen zou willen om je levensavond door te brengen en voor eeuwig en altijd vrede en voldoening te vinden. Het is geen *Blue Bayou.* Als je de ene kant uit kijkt, voorbij de openbare plee waar Lenny in verdwenen is, zie je alleen grauwe troebele hemel en grauwe troebele zee en een grauwe horizon die daar met veel moeite de scheiding tussen probeert aan te geven, en de andere kant uit, aan de overkant van de weg, lijkt het wel of iemand haastig een straatkant heeft opgetrokken om die grauwheid te trotseren, lijken de gebouwen wel een rij frontsoldaten die zijn opgesteld voor een vertoon van dapperheid, maar het helpt niet bepaald dat ze in schertsuniformen gestoken zijn.

Flamingo. Tivoli. Royal. Grab City.

Vince zegt: '*Marine Terrace.*' Hij is weer in de wagen gestapt terwijl we op Lenny wachten. Het lijkt wel of hij weer besloten heeft om onze gids te zijn, net als in de Kathedraal van Canterbury, alleen draait hij het dit keer uit zijn geheugen af. 'Marine Terrace, Margate. De "Gouden Mijl".' Maar het is wel een korte mijl, hij is zo'n vierhonderd meter en hij lijkt ook niet zo van goud, niet in dit weer, hij lijkt niet van goud gemaakt. *HamburgersHotdogsIJsMilkshakesTheePopcornSuikerspinnenZuurstokken.* Er zijn uithangborden en lichtreclames, sommige zijn aan, sommige knipperen, alles rammelt en schudt in de wind, en hier en daar ligt aan een ketting een omgewaaid trottoirbord. De meeste van de speelhallen lijken gesloten maar er zijn er een paar verlicht, een en al geschitter en geknipper. Bij een van de ingangen prijkt in een hokje een knakker met een pet en een jockeyjek, alsof hij ook maar zijn plicht doet. Maar ze drommen niet bepaald naar binnen.

Vince zegt: 'Het is natuurlijk geen seizoen.'

Je kan je voorstellen dat Vince een speelhal drijft. Dat is tenslotte niet zo anders. Dodds Showrooms.

Mirage. Gold Mine. Mr B.

Nog meer spatjes en spettertjes bespikkelen de voorruit en Vince zet de ruitenwissers aan maar krijgt alleen een veeg, dus zet hij ze weer uit. De regen wil nog niet regenen, al wordt de lucht elk moment donkerder.

Vic zegt: 'We hebben het ideale tijdstip uitgekozen, hè? Had ik niet gedacht vanochtend.'

Vince zegt: 'Nou ja, we zijn er.'

Dat weet de zee niet.

Vic zegt: 'Het is geen mooi strooiweer', alsof die gedachte nog niet op was gekomen.

Vince zegt: 'Het is maar hoe je het bekijkt.'

Ik heb de doos vast.

Vic zegt: 'Stevig windje.'

Ik zeg, alsof ik het alleen maar zeker wil weten: 'Waar is de Pier?'

Vince zegt, langzaam en geduldig: 'Voor je neus, Raysy. Dat ding daar pal voor je neus, dat is de Pier.'

Ik zeg: 'Dat lijkt niet op een pier.'

Vince zegt: 'Maar hij heet wel de Pier. Het is een havenmuur maar hij heet de Pier.' Dan barst hij los in zijn reisleidersbabbel. 'Vroeger had je ook nog de zogeheten Dam, die eruitzag als een pier, waar je op ging als een pier, waar de stoomboten aankwamen. Maar die noemden ze de Dam, en dat daar wat eigenlijk een havenmuur is, dat noemen ze de Pier.'

Ik zeg: 'Klinkt redelijk. En wat is er met dat andere ding gebeurd – die Dam?'

Vince kijkt me aan alsof ik dat toch ook wel had mogen weten. 'Weggevaagd, hè, bij een storm. Ergens in de jaren zeventig. Ik weet nog dat Amy zei: "Heb je het al gehoord van de Dam in Margate?' Daarom heeft Jack denk ik speciaal de Pier gezegd. Hij bedoelde niet de Pier, hij bedoelde de Dam. Maar het moet hem te binnen zijn geschoten dat er geen Dam meer was, dus viel zijn keuze op de Pier.'

Ik raak in verwarring dus ik zwijg.

Vince zegt: 'Je kan het hiervandaan niet zien, het moet achter de Pier liggen, maar er schijnt nog een stukje van de Dam te zijn, nog overeind te staan, helemaal alleen de zee in.'

Ik zeg: 'Nou misschien is dat dan vandaag wel weggevaagd.'

Vic zegt: 'Dit is geen storm.' Gezaghebbende stem.

Ik denk: Natuurlijk niet, en kijk naar het stuivende water.

De meeuwen suizen door de lucht of ze de tijd van hun leven hebben of anders misschien wel wilden dat ze nooit opgestegen waren.

Vince tuurt over het trottoir en zegt: 'Wat doet hij toch? Is hij soms gaan pootjebaden?'

Dan zien we hem uit de luwte van de ommuurde ingang van de Heren komen. Hij kan zien dat we naar hem kijken en met opzet wankelt hij een beetje, als de wind hem te pakken krijgt, en doet of het erger is dan het is. Toch kijkt hij somber op naar de lucht en glimlacht dan zwakjes, zoals een man dat altijd kan als hij net zijn blaas heeft geleegd. Hij ziet eruit als degene die weet dat hij altijd de laatste is, altijd iedereen laat wachten. Hij blijft even staan, met de balustrade en de grauwe zee achter zich, alsof hij omdat ze aan zee zijn en hij in het middelpunt van de aandacht staat vlug wat komisch zou moeten doen maar hij niet bedenken kan wat, dus staat hij daar maar te grinniken, onbeholpen, alsof hij een foto van zich laat nemen. Dit ben ik in Margate. Beestenweer. Plotseling gaat hij op zijn tenen staan, houdt zijn vuisten omhoog, rolt met zijn ene schouder, stoot met zijn rechter. Lenny's gezicht is denk ik al komisch van zichzelf. Dan komt hij naar de auto, alsof dat een hele klus is, alsof hij uit alle macht moet zwemmen, en doet het portier open. Er komt een vlaag lucht binnen.

'Geen strandweer,' zegt hij.

'Maart roert zijn staart,' zegt Vince.

Vic zegt: 'Het is april.'

'Aprilletje zoet,' zegt Lenny.

'Kanonnier Tate roert zijn staart,' zegt Vince, alsof hij er niks mee bedoelde, het kwam er gewoon uit.

'Jack Dodds roert zijn staart,' zegt Lenny, en doet het portier dicht. 'Het was gisteren één april. Denk je dat hij dit allemaal speciaal zo heeft opgeklopt?'

Aan de koker is daar niks van te voelen, geen trillinkjes. Alleen de motor ronkt.

Vince kijkt in de achteruitkijkspiegel naar Lenny en kijkt dan recht vooruit. We staan langs de stoeprand.

Vic zegt: 'Goed', alsof het ogenblik is aangebroken.

Lenny zegt: 'Goed.'

Ik zeg niks. Het lijkt wel of we allemaal wachten tot iemand anders het sein geeft en misschien moet ik dat wel zijn omdat ik Jack vastheb, zou ik hem moeten voelen zeggen: 'Kom op, jongens, karren nou.' Maar ik zeg niks. Ik neem het bevel niet.

Vince tuurt voor zich uit, zijn handen rusten breeduit op het stuur alsof hij rijdt ook al staan we stil, het is een denkbeeldige auto. De voorruit is helemaal zilverachtig, de lucht lijkt wel lood. En dan net als ik wil zeggen: 'Kom op, laten we gaan', komen we toch nog in beweging. Alsof Vince niks gedaan heeft en de auto voor ons heeft besloten, alsof wij allemaal gewoon vracht zijn en hij zichzelf in beweging heeft gezet, zoals opeens die band ging bewegen, je kon een klikgeluidje horen, die de kist van Jack achter de blauwfluwelen gordijnen aan het oog onttrok.

Het lijkt niet het einde van de weg, geen eindbestemming, het lijkt niet iets waar je naar zou streven en voor werken. Het lijkt of hier heel het jaar wordt geprobeerd wat aan de gang te houden dat maar eenmaal in een weekend van hupsakee gebeurd is. Dit is dus wat je krijgt, hier kom je terecht. Het gaat er denk ik allemaal om dat je weer kind wil zijn, emmertje en schepje en een bek vol ijs. Of het gaat er allemaal om dat je op de rand bent, wat je in ander opzicht ook bent en dat weet je. Niet waar de weg naartoe gaat, alleen maar waar hij niet meer verdergaat, vanwege de majem. Einde van de weg, einde van de pier. Plons. En als het aan zee zelf nou zo leuk en geweldig was, dan zou toch die hele porseleinwinkel van Attracties niet nodig zijn? Die allemaal proberen je fantasie te prikkelen als een stel vermoeide oude hoeren. Alsof het niet de kust van Kent is, maar de Kutstraat in Caïro.

Flamingo. Tivoli. Royal.

Vince rijdt langzaam voort, raakt amper het gas aan, alsof de wagen weet wat hij moet doen, een Mercedes houdt er zo zijn eigen ideeën op na, zoals Duke toch altijd de weg naar huis wist, en ik kan zien wat hij doet, ik kan zien hoe hij het wil hebben. Het lijkt wel of de auto een lijkwagen is geworden, een koningsblauwe lijkwagen. Want dit is Jacks laatste rit, langs Marine Terrace in Margate, langs de Gouden Mijl. Laatste rit van de dag, hè Jack? Vince kijkt recht voor zich uit, met zijn handen aan het stuur, alsof hij niet afgeleid wil worden. *Mirage, Gold Mine, Ocean*. Ze zijn allemaal opgeschilderd en uitgedost als armeluispaleizen, op één na, aan het einde van de promenade, die overal bovenuit steekt, een kale bakstenen toren met maar enkele grote woorden erop. Hij lijkt meer de ingang van een gevangenis dan van een kermis. We zijn er al voorbij, maar we hebben het allemaal gezien, toen we die heuvel af kwamen, het reuzenrad dat erachter oprijst en de achtbaan, zwart en spichtig tegen de grauwe lucht. Daar is Margate beroemd om, daarvoor komen de mensen hierheen. *Droomland*.

En het meeste dat ik gewild heb, het meeste dat ik gehoopt heb in vijftig jaar, geloof me ik heb nooit overvraagd, is dat je me zou hebben aangekeken, eenmaal maar, en gezegd had: 'Mam.' Dat was toch niet zo'n grote wens, in al die tijd. Verdomme, je bent *vijftig jaar.* Je had inmiddels het nest ontvlucht moeten zijn, je zou mij niet om je heen moeten willen, je zou een eigen leven moeten leiden. Alsjeblieft, mam, ik ben een *grote meid.* Nou goed, vooruit dan maar, grote meid, jij je zin. Het is jouw leven, verwoest jij dat dan maar.

Ik heb proberen te beseffen hoe het is om jou te zijn. Om altijd in dat Tehuis te zijn, waar alleen ik op bezoek kom. Om heel de tijd in dat lijf te zitten, waar ik maar tweemaal in de week naar kijk. Wat toch niet zo moeilijk zou moeten zijn, want eens is het toch deel van het mijne geweest? Mijn vlees en. Maar ik denk dat ze als ze die streng doorknippen ook verder alles afknippen. Ze zeggen: Je bent nou alleen, je bent even verschillend en afzonderlijk als al de anderen, het is flauwekul om wat anders te denken. En als ik al die bezoekjes tweemaal in de week bijeentel, dan lijken we elkaars gezelschap niet veel meer te hebben gedeeld dan één heel jaar, wat niet veel is van de vijftig, wat niet veel is voor moeder en dochter. Maar als je het anders bekijkt, is het één heel jaar alleen maar op bezoek.

Dat ben ik, dat was ik: een bezoeker. En toen ik bij Jack was, in dat kamertje, waar Vincey buiten wachtte, op bezoek bij het lijk van Jack, zoals je ook zou kunnen zeggen dat ik dat bezocht toen het nog leefde, maar ik heb de keren in vijftig jaar niet opgeteld, dacht ik: Wat is het verschil? Hij zal nou nooit meer wat anders worden, maar maak jezelf niks wijs, Amy Dodds, dat gold net zozeer voor Jack levend als dood.

Dus wat voor jou gold, meid, gold ook voor hem. En misschien is hij daarom wel nooit bij je langsgekomen, omdat hij al bij zichzelf op bezoek was geweest, al een blik op zichzelf had weten te werpen in dat kamertje waar zijn eigen lijk lag, in het besef dat hij niet zou veranderen. Misschien was dat wel zijn offer ter wille van jou: geen hoop voor jou dus ook niet voor hem. Offerde hij zo al die andere Jacks die hij had kunnen zijn. Maar maak dat maar een ander wijs. Misschien was Jack Dodds, mijn man, in werkelijkheid wel een heilige en heb ik dat nooit geweten, heb ik dat nooit doorgehad. En was ik de zwakkeling en de egoïst. Dag mam.

Het beste wat we kunnen doen, Ame, is

Hufter, slager.

Ik stond daar met mijn hand op zijn koude voorhoofd, steenkoud, en dacht: Dit is de enige Jack die er ooit is geweest of zal zijn, echt de enige, mijn arme arme Jack. Dacht: Ze hebben hem uit de koelkast gehaald en daar stoppen ze hem weer in terug, zoals hij zelf altijd met zijn vlees deed. Zeg wat, Jack, ga niet ook voor mij zomaar dood.

Dacht: Ik moet sterk en fier en stevig lijken voor Vince. We hebben die arme hopeloze drommel tenminste een thuis gegeven.

Ik zei: 'Wil jij hem ook nog zien, Vincey?'

Ik heb proberen te beseffen hoe het is om jou te zijn, meid. Te beseffen hoe het is om gemist te hebben wat jij hebt gemist en niet eens te beseffen dat je het hebt gemist. Ik heb proberen te beseffen of het beter of slechter was geweest, als we het vooruit geweten hadden en als we de keus hadden gehad, om je uit je ellende te laten verlossen nog voor je ook maar besefte wie je was. Als je tenminste beseft wie je bent. Zodat Jack en ik vrij waren geweest om een ander leven te leiden, doordat jij het jouwe had gegeven. Jouw offer. Alleen lijkt die handelwijze Sally Tate – Sally 'Overtijd' – bepaald geen goed gedaan te hebben, niet op korte termijn, maar ook niet op lange. Ook zij lijkt geëindigd te zijn als bezoeker. Getrouwd met een bajesklant. Toen zelf bezoek ontvangen, betalende gasten. Het is een broodwinning, je kan zien hoe een vrouw ertoe komt.

En Lenny Tate heeft zich afgekeerd, zijn handen in onschuld gewassen. Het is jouw leven, verwoest jij dat dan maar. Ook al rest er van zijn eigen leven niet zoveel meer, als je hem tegenwoordig ziet, hij is zelf een beetje verwoest. En of Joan Tate zich al of niet heeft afgekeerd, of wat zij denkt, weet ik niet. Alleen denk ik wel dat ze altijd heeft geweten dat Lenny een zwak voor mij had.

En dan was het ook natuurlijk nog een misdrijf in die tijd, die slechte ouwe tijd, een misdrijf. Aan stukjes voor u, mevrouwtje? Maar waarom een misdrijf, als meer dan de helft van de wereld, als je erbij stilstaat, als je stilstaat bij al die ellende, meer dan de helft van de tijd wel zal wensen dat ze nooit geboren was? Jij en ik zouden zo gelukkig moeten zijn, June. En hoe dan ook is het zo, droevig genoeg, dat Sally Vince echt wou. En ik Jack nog altijd wou. Laten we allemaal naar Droomland gaan.

Pronkbonen. Vergiet. Gaatjes in je hoofd en zo.

De bus kruipt vooruit vandaag. Het zal wel komen door de regen, die de wegen in rivieren verandert. Gruwelijk weer. Maar een bus komt er altijd door. Ik ben vandaag te laat, meid, maar dat maakt geen verschil, want wanneer heb jij ooit geweten hoe laat het was? Ook al heb ik op die maandagen en donderdagen wel eens gedacht dat jij misschien *wachtte*. Dat je dacht: Het is maandag, het is donderdag, dus ze komt. Ik hoop dat ze komt, ik hoop dat ze het nooit vergeet.

En ik wil trouwens niet dat deze reis vlug voorbij is, vandaag niet. Tijd om na te denken, terwijl de bus voortronkt, tijd om voor te bereiden wat ik te zeggen heb.

Ik heb mijn best gedaan en ik heb vijftig jaar gehoopt en gewacht en je kan mij nou niks meer verwijten. Je kan me verwijten dat je gebóren bent maar je kan mij nou niks meer verwijten. Vijftig jaar is veel gevergd. En geboren worden is volgens een flink deel van deze wereld misschien wel de grote fout, maar als je er eenmaal bent, niet janken, vooruit ermee. Dat wil zeggen jij ook, beste meid, zelfs jij. Jij bent nou nog de enige die het kan laten zien, het kan bewijzen: dat het niet hetzelfde is alsof je *er nooit geweest was*, dat het niet zo is alsof je er net zo goed *nooit had kunnen zijn*. Vijftig jaar gaat te ver, om een kind groot te brengen. En het spijt me van de valse hoop en loze beloften, en de momenten van zwakte. Het spijt me van al die invallers, VinceySallyMandy. Maar dat is geen excuus voor jou dat je bent wie je werkelijk bent. JuneJuneJune.

Ik moet me nou zelf redden. Al besef jij dat niet, hoe zou je ook? Moet je me nou zien, een arme weerloze weduwvrouw, gezeten in bus 44, boven, al mag God weten waarom, met buiten de wereld, wat je daar door de beslagen ramen van kan zien, heel gruwelijk geworden. En Bermondsey vandaag de dag erger dan erg. Veiliger waar jij zit, meid, geloof me. En nou, omdat we vertraging hebben en ze om deze tijd de school uit mogen, zijn we gestopt bij een halte waar een hele lading staat te schreeuwen om in te stappen. Marineblauwe kleine krengen. Ze drommen naar boven, duwen en dringen en gillen alsof ze niet eens goed kunnen praten. En ik weet dat het maar kinderen zijn, kinderen die stoom afblazen, maar ik ben er doodsbenauwd voor. Tweemaal zo doodsbenauwd als ik misschien geweest zou zijn als Jack er nog was. Dat zou niks mogen uitmaken, hè, want dan zou hij toch niet hier zijn? Dan zou hij daar zijn, achter zijn toonbank, mooi biefstukje, mevrouwtje, niet bij mij hier in die bus. Niet bij jou op bezoek, nooit. En nooit gevraagd, nooit: Hoe gaat het met haar? Hoe gaat het met June? Maar ik word er doodsbenauwd van dat hij dan wel niet hier is, maar dat hij ook niet daar is, waar hij altijd was, lekker boutje. Hij zit niet eens meer rechtop in die ziekenhuiskussens, zoals ook wel een eeuwigheid, een heel leven het geval leek, met bezoek. Weet je wat, Ame, kom jij bij mij. En ook toen nooit je naam genoemd. Nergens is hij. Of hij is inmiddels naar zee gespoeld of vermengt zich met het strand van Margate, als alles volgens plan is gegaan, alles is gedaan voordat het dit weer werd. En ik weet wat ze zullen zeggen, denken: Ze had mee gemoeten, ze had hier moeten zijn, echt. Verwijt me dat ook maar, geef Ame maar de schuld. Maar iemand moet het jou vertellen.

Wat ik probeer te zeggen is dat het je eigen stomme schuld is. Als niemand je ooit gekust heeft, niemand je ooit gemist heeft, behalve ik. Het is je eigen stomme zaak. En het is denk ik te veel om te hopen, te veel om te verwachten dat na vijftig jaar zonder een piepje, zonder een fluistering van jou, jij nou zou wachten, beseffen, wachten om te zeggen: Ik begrijp het, ik heb het altijd begrepen. Het is niet erg. Vergeet mij maar.

Wat ik probeer te zeggen is Vaarwel June. Vaarwel Jack. Ze lijken wel een en hetzelfde. We moeten nou ons eigen leven leiden zonder elkaar, we moeten elk ons eigen weg gaan. Ik moet aan mijn eigen toekomst denken. Dat was iets wat Ray zei, over hoeveel ik wel tekortkwam.

Weet je nog Ray, oom Ray? Hij en ik zijn eens bij je op bezoek geweest, die zomer dat ik die donderdagen oversloeg.

Ik moet nu mijn eigen baas worden. Maar ik had niet zomaar kunnen wegblijven zonder het je in je gezicht te zeggen: Vaarwel June. En ik had niet het ene kunnen zeggen zonder ook het andere te zeggen. Het zal niks voor je betekenen maar iemand moet het je zeggen, want niemand anders zal het doen. Dat je eigen papa, die je nooit is komen opzoeken, die jij nooit gekend hebt omdat hij jou nooit wou kennen, dat je eigen papa

Als hij zich met ontbloot bovenlijf in ging graven, een vrachtwagen laadde, munitie versjouwde of als hij naar de plee was, en eenmaal toen hij lag te pitten in de schaduw van een vernielde muur bij Matroeh en ik op wacht hoorde te staan, de helft van de tijd is er niks wat een soldaat liever wil dan slaap, voelde ik in zijn borstzak en haalde er die portefeuille uit. Ik moet wel een dief hebben geleken alleen nam ik niks weg, en dan pakte ik die foto en wou dat ik hem was. Er zijn gekkere dingen die voorkomen dat je gek wordt, als je verdwaald bent in de woestijn. Al had ik als ik hem was geweest en haar had gehad, hem niet gehad als schild en beschermer, die bij wijze van spreken tussen mij en de kogels ging staan. Dan was ik niet de dwerg geweest die zich achteraan verborg, dan was ik de reus voorop geweest. Groot doelwit.

En dan had ik me in elk geval nog des te kwetsbaarder en onbeschermder gevoeld omdat ik net had gehoord dat mijn ouweheer was overleden. Want nieuws gaat langzaam in oorlogstijd. Maar hij was al weken dood, waar ik niks van geweten had. Hij was al dood toen ik met Jack op die kameel zat, toen we die hoeren bekeken. Toen ik amper een voet in Afrika had gezet. Ik, Afrika. Nou Ray, jongen, zo zie je nog wat van de wereld, zo zie je nog wat meer dan het achtereind van Bermondsey, maar hou verdomme je kop naar beneden, dat zeg ik je wel. Wat twee staaltjes van vaderlijke raad waren waarvan ik niet inzag hoe je die ooit kon combineren.

Geen bom, zijn borst. En je zou niet denken dat het ook maar iets uit zou maken voor je directe veiligheid en zekerheid, dat hij er niet meer was, als hij er toch al niet was, levend even ver als dood. Alleen neemt het een soort armslag weg, een soort speelruimte. Je krijgt het gevoel dat je naar voren bent geschoven, jij bent de volgende.

En het is vreemd om te bedenken dat het zo en niet

andersom was. Terwijl je zou verwachten. Terwijl ik hem net voor ik dat nieuws over hem kreeg nog een ansichtkaart had gestuurd, om te zeggen dat ik springlevend was en genoot van de zonneschijn, al wou ik nou niet bepaald dat hij ook daar was. Al had hij denk ik wel bloeiende zaken kunnen doen, met al dat schroot dat overal lag, en de lucht was goed voor zijn longen geweest, droog en schoon, afgezien van het stof en de rook en de benzinedampen en die klotevliegen. En hij moet zich voorbereid, schrap gezet hebben om een bericht te krijgen over mij, Soldaat Johnson, R., dat ik er geweest was. Jack zei: 'Nou die zorg blijft hem dan tenminste bespaard.' Zelf neergeploft bij die muur als een dooie. En ik dacht aan een moment in de toekomst dat ik misschien tegen dat meisje op die foto zou moeten zeggen: 'Mevrouw Dodds? Amy Dodds? U kent mij niet, maar ik heb Jack gekend. In Afrika.' Met in mijn hand een bundeltje persoonlijke bezittingen zoals het leger die noemt. 'Ik ben Ray Johnson. Ik woon hier vlak om de hoek.'

En denk erom, Ray jongen, schroot is niks voor jou.

Het was een foto die genomen was aan zee. Dat voelde je gewoon. Zomerjurk, zomerlachje, strandfotograaf. En nou weet ik waar.

We rijden met de bocht van de boulevard mee, nog altijd met een slakkengang, statig en traag en gepast. We moeten eigenlijk opschieten als we de regen voor willen zijn. Alleen lijkt het of we toch wel een nat pak krijgen, afgaand op het stuivende water tegen die havenmuur, ik bedoel Pier. De wind moet recht over de baai staan, van west naar oost. De gevels worden minder groots en naar de zee is er niet zoveel brede weg meer. Ze zien er kwetsbaarder en troostelozer uit, doordat ze onbeschutter zijn of doordat ze al nooit zoveel hadden om vertoon mee te maken. *Mario's Coffee Parlour.* Bij sommige lijken de luiken wel voorgoed gesloten. *Rowland's Rock Shoppe. The Ruby Lounge Free House.* Daar zal Lenny wel zijn oog op laten vallen, met zijn ouwe rooie kop. Daar zullen we allemaal wel ons oog op laten vallen. *Casanova's Take-away. Femme Fatale – Lingerie, Health and Beauty*.

Het is niet zoveel. Het is niet zoveel om over naar huis te schrijven, als dit het is wat je krijgt. Als de zee alleen maar de zee is, een natte woestijn, en de rest prullaria. Een pier, een ansichtkaart, een munt in een gleuf. Naar mijn idee zou je kunnen zeggen dat Jack en Amy uiteindelijk gespaard zijn, dat Amy gespaard is. Het is een povere droom. Alleen zijn alle dromen pover.

Vierendertigduizend.

Ik zou de wereld kunnen zien. Die kan niet helemaal uit zee en woestijn bestaan. Ik zou de andere kant van de wereld kunnen zien, de haven van Sydney, het Bondi-strand, waar Margate een lachertje bij moet zijn. Ik zou Sue kunnen opzoeken, voordat ze bericht krijgt dat luidt – Voordat ze zegt tegen Andy, die wel niet meer dat Afghaanse jasje zal dragen: 'Het is mijn ouweheer.'

Er geweest.

En ik zou kunnen zeggen: het spijt me. Het spijt me dat ik met schrijven ben opgehouden. Want ik ben als eerste opgehouden, dat geef ik toe, maar ik had mijn redenen. Ik ben een kleine man maar ik heb mijn trots en ik ben niet zo goed in toegeven. Het kwam door Carol. Het kwam doordat Carol bij me wegging, me liet zitten voor een andere grappenmaker, en ik schaamde me en was bang het je te vertellen omdat ik dacht dat je wel zou denken, ook al waren jullie altijd water en vuur, dat het toch ergens mijn schuld was, of dat ik alleen maar uit was op medeleven of dat het toch eigenlijk gekomen was doordat jij ervandoor was gegaan. Ik dacht dat het beter was om maar helemaal niet te schrijven dan om leugens te verzinnen, dat dacht ik. Alleen, nou je dat weet en nou je weet dat ik je dat zowat vijfentwintig jaar niet verteld heb, val ik waarschijnlijk nog meer onder verdenking. En jij moet vijfentwintig jaar gedacht hebben dat daar aan de andere kant van de wereld

Carol en ik waren, maar hoofdzakelijk ik, en dat wij gewoon hadden besloten om niet te schrijven. Uit het oog, uit het hart. Daardoor zal je des te blijer zijn geweest dat je de benen had genomen. Maar nou vertel ik het je toch, zeg ik het je in je gezicht. Carol is een maand of zes na jou bij me weggegaan, zo is het. En het is ook zo dat ik haar allang niet meer mis, zo is het nou eenmaal, maar dat ik jou altijd ben blijven missen.

Goed, waar zijn die kleinkinderen van me? En dat zwembad. En laat je me niet wat koalaberen zien?

Ik zou de wereld kunnen zien. Dat is misschien beter dan renbanen te zien. WincantonWolverhamptonYork. Dat is misschien beter dan achter de knollen aan te zitten. Heb je het al gehoord? Die ouwe Lucky Johnson heeft de paarden eraan gegeven, die sluit geen weddenschap meer af. De wereld is vol eenzame pechvogels die rondhangen bij renbanen en gokkantoren, de voetbaluitslagen nagaan, bonnetjes verscheuren, zondagsmiddags rondbanjeren als mallotten, aangesloten op metaaldetectors.

En ik zou tegen Susie kunnen zeggen: En dan nog iets wat ik je niet verteld heb. Ik ben niet dat hele eind helemaal alleen gekomen, nee, meid. Wacht heel even. Er is iemand die – Dit is Amy. Amy, weet je nog, tante Amy zoals jij haar noemde? Alleen is ze nou niet meer tante Amy, niet meer. Je weet toch wel wat dit voor reis is? Het is niet zomaar een reisje, en het is niet zomaar gezinshereniging.

Alleen zou ik er dan wel mee voor de draad moeten komen, hè? Opbiechten. Tante Amy en ik. Net als je mama en – Belangrijker nog: Ik zou het eerst Amy moeten voorleggen, haar vragen, de gok wagen. Je krijgt niks zonder vragen, die niet waagt, die niet wint, de eerste wet van het wedden. Maar soms krijg je ook niks door oude sintels op te rakelen. Dan krijg je alleen as. Ze zei: 'We moeten hiermee ophouden, ik moet weer naar June', en leek wel een non die 'm was gesmeerd uit een klooster. Ze zei: 'Ik moet echt naar June.'

Heb je zin in een reisje naar Australië? Aan de andere kant van de wereld?

En stel dat ze zei: 'Vergeet het maar, Ray, dat is toch al meer dan twintig jaar geleden? We zijn nou oude mensen.' Stel dat ze gewoon zei: 'Vergeet het maar.' Dus misschien ben ik wel beter af in mijn eentje, zoals ik toch altijd al was. Als ik de wereld in mijn eentje zie, als ik helemaal in mijn eentje naar de andere kant van de wereld ga, met in mijn portefeuille dertigduizend pegels bij wijze van ballast. Niemand hoeft ervan te weten. Vincey weet niet eens waar zijn duizend naartoe is gegaan. Daar durf ik om te wedden.

Dat gebeurt zo geen tweede keer, wonderen zijn eenmalig. En het zou toch een beetje een cadeau van Jack geweest zijn, hoe dan ook.

Of misschien moet ik haar gewoon het geld geven, zomaar, zonder omhaal. Alsjeblieft Ame, hier heb je dertigduizend, om te zorgen dat je goed terechtkomt. Je hoeft mij niet te bedanken, bedank Jack maar, en een paard. Alleen zie ik dan niet in hoe ik het voor haar zou moeten verzwijgen. Dat het zo'n beetje bedoeld was als teken, als toestemming, als zegen op ons tweeën, om verder te gaan waar we gebleven waren. En dan zou het weer erop of eronder zijn, je hele leven dat afhing van een ja of nee. Wat zeg je ervan, Ame? En heel de wereld zou het moeten weten, als ik geluk had. Niet ik die de wereld zag maar de wereld die mij zag. Die Raysy zit ook vol verrassingen, hè? Die heeft er geen gras over laten groeien, als je het mij vraagt.

Maar híj wist er gewoon altijd al van. Daar komt het al met al op neer. Had het helemaal door en uitgeknobbeld. Zoals hij daar in dat bed lag. Alsof hij zei: Dit zijn mijn schoenen, Raysy, toe maar, stap er maar in, trek ze maar aan. Jij had ze altijd al aan moeten hebben, als er op deze wereld wat anders was dan de regel van het blinde toeval, als we allemaal eerst konden zien en kiezen. Jij en Ame. Als we konden kiezen. En dan zou jij winnaars van de Derby berijden en Lenny kampioen middengewicht zijn. En ik dokter

Kildare. En Vic? Vic heeft denk ik wel wat hij wil, Vic heeft het denk ik wel allemaal voor elkaar.

Toe maar, neem ze maar. Ze zijn een maat of vier te groot maar volgens mij kan je er wel op lopen.

Als we allemaal konden zien. We komen nou waar de Pier begint. *Barnacles Free House. Thanet Match Room – Snooker and Social.* Als we allemaal konden zien en kiezen. Dan zouden de bookmakers failliet gaan. Maar een paar dingen gebeuren toch, een paar dingen gebeuren. Die we dan wel niet gezien of gekozen hebben, ook al hadden we dat wel als we gekund hadden, maar die toch gebeuren, alsof zij ons eerst gezien en gekozen hebben, ons aan zagen komen, zodat we niet helemaal overgeslagen of over het hoofd gezien zijn, ook al zijn we dan niet de grootste, slimste, linkste, uitgekooktste gokker in de buurt. De hemel drukt alsof hij wel moet barsten en Vince zoekt een parkeerplaats, en wat ik bedenk is dat ik de koker vastheb en dat niet verdien. De zee heeft de kleur van verlatenheid. Het is de kleur van natte as. Het gaat regenen. O Ray, je bent zo'n lieve man. Dat in je leven een vrouw tegen je hebben horen zeggen, ook al is het niet waar. Je bent zo'n lieve man. De regen op het dak, het lawaai van het publiek als golven. Met tranen in haar ogen en een vlam in haar keel: O Ray, je bent zo'n lieve man, je bent zo'n geluksvogel, je bent een sprankje zon, je bent een sprankje hoop.

Hij zei: 'Jack jongen, het draait allemaal om afval. Wat je in moet zien is dat wat de winkel in komt niet is wat eruit gaat. De hele kunst van het slagersvak is afval te vermijden. Als een slager wat kon krijgen voor dat wat hij in zijn afvalemmer en zijn vetla gooit, dan was hij toch een gelukkig mens? Dan lachte hij. Als je het gewicht van het afval van je inkoop aftrekt en de rest deelt op wat je betaald hebt, dan krijg je je echte kosten die je af kan zetten tegen je omzet en dat mag je nooit vergeten. Je betaalt voor botten en je betaalt voor vet en je betaalt voor het slinken en je betaalt als je messen niet geslepen zijn. En wat je uiteindelijk het meeste kost is slecht bewaren of slecht snijden, met allemaal miezerige stukjes vlees die niet meer geschikt zijn om aan iemand te verkopen. Je moet doorlopend letten op je afval, doorlopend. Wat je in moet zien is de aard van de waar. Die bederfelijk is.'

Vince zet de wagen neer en ik heb de koker vast en denk: Ik verdien het niet, ik verdien het niet. Er is een ruig stuk grond, tussen de weg en de zee, met in het midden een oud gedrongen gebouwtje, met een klokkentoren, een douanehuisje of zo, en daarachter begint de Pier. Aan de ene kant is de inham van de haven, als de oksel van de Pier, met een betonnen talud dat omlaag loopt, en aan de andere is alleen de zeekant, hoog en met een balustrade, die in een bocht de andere kant op loopt, met in de verte rotsen, vaal wit in het grauwe licht, en zeemeeuwen die toeren uithalen of op de balustrade in een rij gaan zitten met hun vleugels schrap in de zij. Het lijkt wel of er die kant op geen strand meer is, alleen maar open zee, Noordzee, volgende halte Noorwegen, en de Pier hier in de eerste plaats is aangelegd om de baai en het strand en de haven te vormen, als beschermende arm tegen de elementen. De ellende is alleen dat de elementen tegenwoordig van de andere kant komen.

Vince zegt: 'Goed', en doet zijn portier al open nog voor hij goed en wel het contact heeft uitgeschakeld. 'Vooruit dan, vooruit dan.' Het lijkt wel of die langzame rit langs de boulevard alleen zijn veer maar heeft gespannen en hij nou vaart wil maken. Maar aan de lucht te zien moeten we toch al opschieten, je zou niet denken dat een lucht zo zwaar kon worden zonder te barsten. Vince kijkt omhoog, houdt in een kom zijn hand op, half om te zien of hij druppels voelt maar ook half om ons, met vermanende vingers, te wenken om uit te stappen en de sokken erin te zetten. Er wordt alleen nog maar plagerig naar ons gespuugd, maar de golven lijken te weten dat er wat in aantocht is. Die dringen en wriemelen als dieren bij voedertijd, alsof ze zich opmaken om nog natter te worden.

Lenny zegt: 'We kunnen ook even wachten. Jack kan wel een kwartier missen.'

Vic zegt: 'Het is geen bui die overdrijft. We krijgen vies weer.'

Aye aye schipper.

Vince loopt naar de kofferbak om zijn jas te pakken, en laat zijn portier open. Er wervelt weer koude lucht door de auto, en ook de geur van de zee: terig en gorig en viezig, en tegelijk toch ook schitterend en schoon. Het ruikt als iets uit je herinnering, als de zee uit je herinnering, alleen ben ik nooit mee naar zee genomen. *Het is de pier van de Tower Bridge of niks, Ray jongen, voor jou en mij*. Het ruikt als het geheugen zelf, als het binnenste van een kreeftenfuik.

Vince komt weer omgelopen en we kunnen hem weer zien. Hij heeft al onze jassen en jeks bij zich, weer of hij papa is, maar wij verroeren ons niet. Dat komt denk ik doordat we allemaal bang zijn. Opeens zijn we allemaal bang. Vince bonst met zijn vuist op het dak boven Vic en Lenny, en Lenny duikt instinctief weg, zijn mond wordt plat en breed, zijn ogen gaan rollend omhoog, hij lijkt wel een kikker. 'Kom op,' zegt Vince, 'vooruit.' Dan doet Vic zijn portier open en geeft Vince hem zijn jas aan. Dan doe ik mijn portier open maar ik blijf zitten, en hou de koker vast of die te zwaar is om te tillen. Dan loopt Vince om naar zijn open portier om de autosleutels te pakken, en gooit mijn jas voor mij op zijn stoel. Ik kijk hem aan, met Jack in mijn handen, alsof ik zeggen wil: Wil jij? Wil jij misschien? En hij zegt: 'Hou jij hem maar bij je, Ray', alsof hij bedenkt dat hij al wat heeft gedragen en gestrooid, een stukje Jack dat onderweg verloren is gegaan. 'Hou jij hem maar bij je.' Wat betekent dat ik het op mag knappen. Hij zegt: 'We hebben die tas denk ik niet meer nodig, hè?' Dus haal ik de koker eruit en laat de tas bij mijn voeten vallen. *Jack Arthur Dodds*. De regen is harder gaan spugen. Dan pak ik mijn jas en stap uit en Lenny doet zijn portier open en stapt uit. Vince geeft hem zijn jas aan en doet zijn portier dicht en op slot. Dan staan we allemaal in de wind en het lawaai van de zee, en wurmen ons in onze plunje. Ik jongleer met Jack terwijl ik mijn pet opzet en die vastklem tegen de wind, maar ik zet hem niet graag neer op het asfalt. Ik kan de koker nat en glibberig zien worden. Stel dat ik hem laat vallen? Vince gaat gewoon blootshoofds, dat glad naar achter geplakte haar van hem staat alle kanten op, maar ik heb nou mijn pet opgezet en ik vraag me af of ik daar wel goed aan heb gedaan.

'Kom op, kom op,' zegt hij, 'vooruit.' En het lijkt opeens niet meer zo tegenstrijdig dat het ons heel de dag heeft gekost om hier te komen maar we nou vlug moeten handelen. Als je er van tevoren aan dacht, het je voor je geestesoog verbeeldde, zag je het allemaal afgemeten en langzaam en plechtig gaan, waarbij Vic misschien wat aanbevelingen deed, als maarschalk optrad, zonder gejacht en gehol en gehaast. Natuurlijk, als we hier eerder waren geweest, zoals gekund had, was er misschien kalmte, ruimte, zonneschijn, tijd geweest. Maar het lijkt wel of al die tijd het weer nodig was om ons zover te krijgen, alsof we de elementen niet zozeer tegen ons als wel achter ons hebben. Alsof we heel de tijd waggelend en wankelend op een rand af zijn gegaan en we nou niet meer terug kunnen. Omdat zo dadelijk de hemel opengaat.

De Pier is breder dan hij uit de verte leek, hij is zo breed als een weg, wat betekent dat we misschien niet zo'n nat pak krijgen, in elk geval niet van het stuivende water. Aan de zeekant, de kant die het meest te verduren zou moeten hebben maar dat niet heeft, loopt over de hele lengte een verhoogd stuk, meer dan een meter hoog, een soort vesting, alleen lijken er wel de overblijfselen van een oude balustrade en lantaarnpalen op te staan, roestig en stomp, alsof je langgeleden daarboven wel eens een montere wandeling hebt kunnen maken, als je niet eerst werd weggeblazen. Maar nou is het daar afgesloten, de trap omhoog helemaal vervallen, en staan beneden, op het hoofdniveau, waar wij lopen, borden met daarop DIT IS EIGEN TERREIN – BETREDEN OP EIGEN RISICO. Dus zouden we een excuus hebben als we omkeerden en terugkrabbelden. Gaat niet, Jack, verboden toegang. Maar wie houdt ons tegen, op een dag als deze? Niemand verder in de buurt. En hoe dan ook: bijzondere omstandigheden, bijzonder verzoek, bijzondere missie. Het lijkt nog wel een zweep om ons voort te drijven.

Hij is breed en hij is stevig. Ik ben blij dat het geen pier is waar de zee onder tekeergaat. Maar hij is kuilig en opgelapt en oneffen, er zou al niet makkelijk op te lopen zijn onder gunstige omstandigheden. In de binnenmuur van het verhoogde stuk zijn gewelfde inhammen vol puin en verroeste blikjes en afval, en verderop, waar het verhoogde stuk nog hoger wordt, zijn er loodsjes en afdakjes tegenaan gekwakt, voor de opslag van God weet wat, waarvan sommige helemaal verweerd en verveloos zijn, met daaronder grauw en pluizig houtwerk.

Het lijkt wel een vuilnisbelt, daar lijkt het op.

Hij is een meter of tweehonderd, tweehonderd vijftig lang, maar Jack zei het einde, hij had het uitdrukkelijk over het einde. We lopen door, verspreid, maar het lijkt wel of we door het weer uiteen worden gedreven, het is niet onze keuze, alsof ieder van ons zijn eigen gevechtje met de elementen levert. We houden rechts, weg van de steile zeekant en de het stuivende water, maar af en toe slaat dat toch sproeiend over ons heen en prikken er spatten in ons gezicht, waarbij de hoofdmoot neerkletst met een lawaai als neergesmeten grind. Voor ons uit, in de binnenbocht van de Pier, kan je de aansnijdende golven koppen zien vormen, als dolzinnige beesten die naar het platte oppervlak proberen te stormen en met hun staart meppen als ze beseffen dat ze dat niet kunnen. We zeggen niks. We kunnen niks zeggen, zo ver van elkaar, maar anders zou ik denk ik ook niks kunnen zeggen. Want er zwelt iets in mijn binnenste, in mijn borst, waar ik Jack onder mijn jek hou, alsof er golven tegen mijn eigen havenmuur slaan.

Ik had het niet verwacht, ik had er niet op gerekend. Het lijkt wel of een deel van me de leiding over me neemt, me zegt wat ik moet doen, me zegt hoe ik moet handelen.

Vince loopt vooruit, misschien een meter of vier, vastberaden, met zijn ene hand in zijn jaszak gestoken, met de andere aan zijn kraag tegen zijn keel. Aan zijn broek zit de modder van Kent. Vic heeft hem ingehaald maar dan meer naar links, alsof wat extra stuifwater hem niet kan schelen. Hij heeft zijn hoofd omhoog en zijn gezicht heeft een stand die haast wel een lachje kon zijn. En Lenny is ergens achter mij, dat hoop ik tenminste. Ik zou om moeten keren, hem een handje helpen, hem bij de arm pakken en meetrekken, wat niet zo makkelijk zou zijn, met ook Jack in mijn handen. Maar het is Vince die opeens blijft staan en zich omkeert, kijkt hoe het staat met ons achterblijvers, en als ik doorloop is hij het die ik bij de arm pak, zonder me zorgen te maken om Jack, want mijn andere arm en het gevoel in mijn borst zorgen wel voor Jack. Ik pak zijn arm, trek eraan, knijp erin, en als ik dichter bij hem ben zeg ik: 'Ik heb die duizend van jou. Je krijgt die duizend van mij terug. Ik leg het nog wel uit.' En ik ben blij dat er bij al het lawaai en tumult geen langdurig gesprek plaats kan vinden, en dat bij al dat water dat rondstuift Vincey niet precies kan weten wat er op mijn gezicht gebeurt. Maar de blik op het gezicht van Vincey lijkt wel doodgewone opluchting, alsof het opeens baadt in het licht. Het lijkt wel of hij kan wachten op het hele verhaal maar voorlopig is hij even verlost van een zeurend probleempje en kan hij zijn volle aandacht geven aan de lopende zaak. We keren ons allebei om en kijken naar Lenny, die ineengedoken, met een vuurrood gezicht, worstelend op ons af strompelt. Hij haalt ons in en hij zegt: 'Amy heeft denk ik toch de goeie beslissing genomen.'

We gaan verder, glijden terug in onze eigen persoonlijke ruimte, met nou Vic een paar meter vooruit. Vic lijkt deze wedstrijd te gaan winnen. Victor. En terwijl we doorlopen lijkt het wel of de regen besluit dat het eindelijk tijd is om nou echt te gaan vallen. Er verandert niks aan de hemel maar de regen gaat gewoon in ernst regenen. Hij komt aangeraasd met de wind alsof hij genoeg heeft van dat water dat ons zo armzalig nat stuift, dus zijn we in een ommezien doornat en loopt hij langs onze neus en kin, maar ik vind dat niet erg. En de wind neemt wat weg van het gewicht van de regen of anders doorsnijdt de regen de kracht van de wind, want het lijkt wel of met de regen alles zachter, veiliger wordt, of we ermiddenin zitten en we nou verder niks meer naar ons hoofd kunnen krijgen. Het licht over de baai is helemaal schemerig en wazig, alsof er plooien van reusachtige kanten gordijnen in rondwervelen, en de golven lijken niet meer zo onstuimig, en misschien had Vic wel ongelijk dat het geen bui was die overtrok want helemaal onder aan de hemel in de verte, landinwaarts, is een flauwe ijle glans. We kiezen onze ogenblikken.

Het is nou niet ver meer. Ik weet niet of ik het hardop zeg of alleen maar in mijn hoofd maar ik zeg het: 'Het is nou niet ver meer, Jack', en hou hem vast onder mijn natte jas, 'we zijn er bijna.' En nou we eenmaal de arm van de Pier voorbij zijn, kan je door het donker naar het centrum van Margate aan de overkant kijken alsof we aan tegenoverliggende kusten, in verschillende landen zijn. Je kan Marine Terrace zien, en de stoet speelhallen waar we eerder voorbij zijn gekomen, met hun sprenkeling van lichtjes, als speelgoedgebouwtjes die proberen naar ons te zwaaien, proberen te zeggen: Hier zijn we. En daarachter, tegen die fletse band aan de hemel, kan je de omtrek van het reuzenrad en de achtbaan zien en je zelfs voorstellen dat er nou misschien wel wat rare donders daarboven zijn, in die schommelende zitjes, in die rammelende wagentjes, en dat die schreeuwen en krijsen in de wind en de regen alsof ze nog gekker zijn dan wij.

Vic is bij het einde gekomen. Hij blijft daar even uit staan kijken. Kapitein op de brug. Boven hem, op het verhoogde gedeelte, staat een soort miniatuurvuurtoren met een havenlicht, maar waar hij staat lijkt alleen maar een stenen platform met een diepte te zijn. IJsberend wacht hij op ons. Het lijkt terecht dat Vic er het eerst is, om de stek te keuren, de outillage te bekijken, het is wel zaak dat alles aan de vereisten voldoet. We komen op hem toe en hij keert zich om en kijkt ons aan, staat vierkant en recht, alsof de wind heeft besloten om hem heen te gaan, en gunt ons zo'n lachje van alles-present-en-in-orde. Hij kijkt vooral mij aan.

Hij zegt: 'We zijn er.' Maar er is hier niks behalve reusachtig grote platen steen die neergelegd zijn als plavuizen, helemaal pokdalig en puttig en plassig, en een laag granieten muurtje, als een stoeprand, half weggebroken, en de wind en de regen en het stuivende water. Aan de ene kant smakken en beuken de golven, en aan de andere gorgelen en klokken ze of ze zich proberen te verontschuldigen. Aan de ene kant is Margate met Droomland, aan de andere is de open zee. Alleen is het niet zomaar de open zee, want nou we om het einde van het verhoogde stuk kunnen gluren, kunnen we het zien: een verroeste massa oud ijzerwerk die over zo'n driehonderd meter opsteekt uit het water en waar de golven omheen deinen, als het restant van een ingestorte brug.

'Dat is de Dam,' zegt Vince, roept hij tegen de wind in. 'Dat is de Dam, het stuk dat nooit is weggeslagen.'

Ik hoor Lenny zeggen: 'Dat gebeurt misschien vandaag dan wel.'

We zijn aan het einde en ik heb Jack vast. Je weet denk ik wel wat je aan het einde moet doen. Ik dacht altijd dat er een rustpauze zou zijn, een moment om je laatste gedachten te verzamelen, en dat iemand misschien een enkel woord zou willen zeggen en een teken geven. Dat er zo'n aarzeling zou zijn als wanneer je aan tafel gaat bij onbekende mensen en om je heen kijkt omdat je niet zeker weet of ze het soort zijn dat bidt. Maar ik aarzel niet. Ik haal de koker onder mijn jas vandaan, Jack Arthur Dodds, en zwijgend beschut ik de koker met mijn arm en schroef het deksel los, alsof het nou maar moet gebeuren, en terwijl ik dat doe wordt de regen minder, alsof er net lang genoeg een onderbreking in is gekomen om iemands as uit te strooien, en dat is als teken genoeg. We zijn aan het einde. Ik zei: 'Wat deed hij aan het einde?' Amy zei: 'Hij zat rechtop in bed en luisterde naar de radio, en toen, zei de zuster, deed hij zijn koptelefoon af, heel keurig en zorgvuldig, en zei: "Dat is het dan. Dat is dan voor elkaar", en ze ging heel even weg om wat te doen en toen ze terugkwam was hij dood.' Ik schroef het deksel los en stop dat in mijn zak, dan steek ik de koker uit, keer mijn rug naar de wind, en ik zeg: 'Kom op dan', alsof ik een blikje snoepjes uitsteek of rantsoenen uitdeel. Voorzichtig hoor, één tegelijk, er is maar plaats voor één hand tegelijk. Lenny pakt als eerste en haalt er een handvol uit, en er glijden vleugjes tussen zijn vingers door als Vic zegt: 'Hou je handen zo droog als je kan', en als hij zijn eigen handen aan een zakdoek afveegt besef ik wat hij bedoelt. Dat is om Jack niet aan ons vast te laten plakken, dat is om Jack niet aan onze handen vast te laten plakken. Maar ik heb geen zakdoek, ik had helemaal niet gedacht. Uitgerekend vandaag heb ik helemaal niet aan een zakdoek gedacht. Dan schept Vic er een handvol uit. Dan stroopt Vince zijn mouw op maar aarzelt, alsof hij gaat zeggen: 'Na jou, Raysy', omdat hij al geweest is, hij al toegetast heeft, of omdat hij gewoon wil dat ik voorga. Maar ik kan zien dat het niet makkelijk wordt als ik ook die natte koker vasthou, dus zeg ik: 'Toe maar, Vincey, toe maar.' En hij neemt een schep en ze gaan allemaal naar de luwe kant van het muurtje, met hun handen uitgestoken in een kom en stijf dicht alsof ieder een vogeltje vrij moet laten en we dat allemaal tegelijk moeten doen, zodat ze op mij wachten. Vic zegt: 'Ik zou niet te dicht naar de rand gaan, als ik jullie was. De wind neemt het wel mee, laat de wind het maar meenemen', alsof wij zo stom zijn. Straks deelt hij nog zwemvesten uit. En ik weet dat ik het vlug moet doen, alsof ik zaad strooi, omdat ik maar één hand vrij heb, dus ga ik naar het muurtje, keer de koker van de wind af, grijp dan in de koker en haal een handvol op naar de hals. Het is zacht en tegelijkertijd korrelig, en bijna wit, het is net wit zacht zand op een strand. Dan steek ik vlug mijn hand uit en gooi. Ze moeten allemaal tegelijk hebben gegooid maar ik kijk niet naar ze, ik kijk naar wat ik heb gegooid. Ik zeg: 'Vaarwel Jack.' Ik zeg het tegen de wind. En zij zeggen: 'Vaarwel Jack.'

Het is waar wat Vic zei. De wind neemt het mee, het is in een werveling, in een flits verdwenen. Zo zie je het, zo zie je het niet meer. Dan pak ik de koker weer in beide handen, gluur er vlug even in, en zeg: 'Kom op, kom op.' Ze verdringen elkaar om nog een schep te nemen. Er is niet veel meer dan door vier man in twee keer kan worden opgeschept. Ze pakken nogmaals, een voor een. Een gelukkige greep. En ik pak en we gooien allemaal nog eens, een dun spoortje wit, net rook, voordat het weg is, en uit het niks komen wat zeemeeuwen aangedoken die weer wegzwenken alsof ze zijn beetgenomen. Daarna weet ik dat er niet genoeg meer is om nog eens uit te delen, nog eens een hele ronde, dus ga ik zelf maar scheppen, dat lijken ze niet erg te vinden. Ik schep en schep als een dier dat zijn hol uitgraaft, en ik weet dat ik uiteindelijk de koker op zal moeten houden en erop slaan zoals je doet als je bij de bodem van een pak cornflakes komt. Eén handvol, twee handen vol, er zijn nog maar twee handen vol. Ik zeg: 'Vaarwel Jack.' De lucht en de zee en de wind zijn allemaal vermengd maar het zou denk ik niks uitmaken als dat niet zo was vanwege het waas voor mijn ogen. De gezichten van Vic en Vincey lijken wel witte vlekken maar dat van Lenny lijkt wel een baken, en over het water kan je de lichten van Margate zien. Je kan op het einde van de Pier van Margate staan en naar Droomland aan de overkant kijken. Dan gooi ik de laatste handvol en de zeemeeuwen komen een tweede kans wagen en ik hou de koker op, schud eraan, alsof ik die ook in zee zou moeten mikken, een boodschap in een fles, Jack Arthur Dodds, s.o.s., en de as die ik in mijn handen meevoerde, die de Jack was die eens rondliep, wordt weggevoerd door de wind, wervelt weg in de wind tot de as wind wordt en de wind Jack wordt waaruit wij bestaan.